# El animal público

Manuel Delgado

# El animal público

## Hacia una antropología de los espacios urbanos

EDITORIAL ANAGRAMA
BARCELONA

*Diseño de la colección:*
Julio Vivas
Ilustración: «30/03/93», Pamela Jane (P.J.) Crook, 1993

*Primera edición: mayo 1999*
*Segunda edición: mayo 1999*
*Tercera edición: julio 1999*
*Cuarta edición: julio 1999*


Pedró de la Creu, 58
08034 Barcelona

ISBN: 84-339-0580-5
Depósito Legal: B. 35222-1999

Printed in Spain

Liberduplex, S.L., Constitució, 19, 08014 Barcelona

El día 8 de abril de 1999, el jurado compuesto por Salvador Clotas, Román Gubern, Xavier Rubert de Ventós, Fernando Savater, Vicente Verdú y el editor Jorge Herralde, concedió, por mayoría, el XXVII Premio Anagrama de Ensayo a *El animal público*, de Manuel Delgado.

Resultó finalista *Los Goytisolo*, de Miguel Dalmau.

# PRÓLOGO: EL OTRO GENERALIZADO

> Yo soy exactamente lo que ves –dice la máscara– y todo lo que temes detrás.
>
> *Masa y poder*, ELIAS CANETTI

Si ya de por sí es comprometido explicar en qué consiste la antropología, y cuáles son sus objetos y sus objetivos, mucho más lo es tener que dar cuenta de su papel en contextos en los que, en principio, no se la esperaba. En efecto, es obvio que los motivos que fundaron la antropología como disciplina –el conocimiento de las sociedades exóticas– carecen hoy de sentido, en un mundo crecientemente globalizado en que ya apenas es posible –si algún día lo fue de veras– encontrar el modelo de comunidad exenta, culturalmente determinada y socialmente integrada, que la etnografía había convertido en su objeto central. Ya no hay –si es que las hubo alguna vez– sociedades a las que aplicar el calificativo de «simples» o «primitivas», al igual que tampoco se puede aspirar a encontrar hoy culturas claramente contorneables, capaces de organizar significativamente la experiencia humana a través de una visión del mundo omniabarcativa, libre de insuficiencias, contradicciones o paradojas, con la excepción, claro está, de ese refugio para la claridad de ideas que son en la actualidad los fanatismos ideológicos o religiosos de cualquier signo.

Disuelto su asunto tradicional de conocimiento, puede antojarse que el antropólogo debe comportarse como una especie de repatriado forzoso, que procura infiltrarse entre las rendijas temáticas sin cubrir del mundo moderno y adaptarse a trabajar en todo tipo de sumideros y reservorios de no se sabe exactamente qué, aunque lo que acabe estudiando se parezca a los saldos y restos de serie que las demás ciencias sociales renuncian a tratar. Como si el antropólogo que hubiera optado por estudiar su propia sociedad sólo estuviera legitimado a actuar sobre rarezas sociales y extravagancias culturales, algo así como los residuos del festín que para la sociología, la economía o la ciencia política son las sociedades contemporáneas. Puede vérsele, entonces, observando atentamente costumbres ancestrales, ritos atávicos, supervivencias religiosas y otros excedentes simbólicos más o menos inútiles, o, y eso es mucho peor, grupos humanos que la mayoría social o el orden político han problematizado previamente, con lo que el antropólogo puede aparecer complicado involuntariamente en el marcaje y fiscalización de disidencias o presencias considerarlas alarmantes. La tendencia a asignar a los antropólogos –y de muchos antropólogos a asumirlas como propias– tareas de inventariado, tipificación y escrutamiento de «sectores conflictivos» de la sociedad –a saber, inmigrantes, sectarios, jóvenes, gitanos, enfermos, marginados, etc.– demostraría la inclinación a hacer de la antropología de las sociedades industrializadas una especie de ciencia de las anomalías y las desviaciones.

Lejos de esa contribución positiva que se espera de ella para el control sobre supuestos descarriados e indeseables, lo cierto es que la antropología no debería encontrar obstáculo alguno en seguir atendiendo en las sociedades urbano-industriales a su viejo objeto de conocimiento, es decir la vida cotidiana de personas ordinarias que viven en sociedad, todo lo que sólo a una mirada trivial podría antojársele trivial. No existe ninguna razón por la que el etnólogo de su sociedad deba renunciar a lo que ha sido la aportación de su disciplina a las ciencias sociales, tanto en el plano epistemológico como deontológico: aplicación del método comparativo; vocación naturalista y empírica, atenta a lo concreto, a lo contextualizado; planteamientos amplios y holísticos; desarrollo de técnicas cualitativas de investigación –trabajo «hecho a mano» en una sociedad hipertecnificada–, y, por último, un relativismo que, al querer ser coherente consigo mismo, no puede nunca dejar de ser relativo.

De esa vocación de la antropología de mirar «a su manera» la vida de cada día ahora y aquí, surge lo que la compartimentación académica al uso reconoce como *antropología urbana.* Como ha señalado Ulf Hannerz, en lo que continúa siendo el mejor manual para introducirse en esa subdisciplina,[1] los antropólogos urbanos pueden ser considerados como urbanólogos con un tipo particular de instrumentos epistemológicos, o, si se prefiere, como antropólogos que analizan un tipo particular de ordenamiento. Se entiende, a su vez, que la contribución específica de lo urbano a la antropología consiste en una gama de hechos que se dan con menor o nula frecuencia en otros contextos, es decir en sus contribuciones a la variación humana en general. Al tiempo, el método comparatista le permite al antropólogo aplicar instrumentos conceptuales que han demostrado su capacidad explicativa en otros contextos. Sin contar, a un nivel moral, con la importancia que la antropología puede tener a la hora de hacer pensar sobre el significado de la diversidad cultural y hasta qué punto nos son indispensables sus beneficios.

Ahora bien, cabe preguntarse: ¿cuál es el objeto de esa *antropología urbana* cuya posibilidad y pertinencia se repite? ¿Puede o debe ser la antropología urbana una antropología *de* o *en* la ciudad, entendiendo ésta como una realidad delimitable compuesta de estructuras e instituciones sociales, un continente singular en el que es posible dar –como se pretende a veces– con culturas o sociedades que organizan su copresencia a la manera de algo parecido a un mosaico? ¿O deberíamos establecer, más bien, que la antropología urbana es una antropología *de lo urbano*, es decir de las sociedades urbanizadas o en proceso de urbanización, siendo los fenómenos que asume conocer encontrables sólo *a veces* o *a ratos* en otras sociedades, lo que obligaría a trabajar con estrategias y predisposiciones específicas, válidas sólo relativamente para otros entornos?

Está claro, en este orden de cosas, que la ciudad no es lo mismo que lo urbano. Si la ciudad es un gran asentamiento de construcciones estables, habitado por una población numerosa y densa, la urbanidad es un tipo de sociedad que puede darse en la ciudad... o no. Lo urbano tiene lugar en otros muchos contextos que trascienden los límites de la ciudad en tanto que territorio, de igual

1. U. Hannerz, *Exploración de la ciudad*, FCE, México DF., 1991, pp. 4-19.

modo que hay ciudades en las que la urbanidad como forma de vida aparece, por una causa u otra, inexistente o débil. Ya veremos cómo lo que implica la urbanidad es precisamente la movilidad, los equilibrios precarios en las relaciones humanas, la agitación como fuente de vertebración social, lo que da pie a la constante formación de sociedades coyunturales e inopinadas, cuyo destino es disolverse al poco tiempo de haberse generado. Una antropología urbana, en el sentido de *de lo urbano*, sería, pues, una antropología de configuraciones sociales escasamente orgánicas, poco o nada solidificadas, sometidas a oscilación constante y destinadas a desvanecerse enseguida. Dicho de otro modo, una antropología de lo inestable, de lo no estructurado, no porque esté desestructurado, sino por estar *estructurándose*, creando protoestructuras que quedarán finalmente abortadas. Una antropología no de lo ordenado ni de lo desordenado, sino de lo que es sorprendido en el momento justo de ordenarse, pero sin que nunca podamos ver finalizada su tarea, básicamente porque *sólo es esa tarea.*

De lo que se trata es de aplicar métodos y criterios antropológicos a hechos que, hasta cierto punto al menos, tienen bastante de inéditos. Buena parte de estos hechos en apariencia nuevos están relacionados con la generalización, a lo largo del siglo XIX, de una división radical de la vida cotidiana en dos planos segregados a los que se atribuye una cierta cualidad de incompatibles: la de lo público *versus* lo privado, versión a su vez del divorcio entre lo *interior*/anímico y lo *exterior*/sensible que es herencia común de la teología protestante y del pensamiento racionalista moderno. Si el ámbito de lo privado está definido por la posibilidad que supuestamente alberga de realizar una autenticidad tanto subjetiva como comunitaria, basada en lo que cada cual *realmente es* en tanto que persona y en tanto que miembro de una congregación coherente –el hogar, una comunidad restringida de afines–, el espacio público tiende a constituirse en escenario de un tipo insólito de estructuración social, organizada en torno al anonimato y la desatención mutua o bien a partir de relaciones efímeras basadas en la apariencia, la percepción inmediata y relaciones altamente codificadas y en gran medida fundadas en el simulacro y el disimulo. El hecho de que el dominio de lo público se oponga tan taxativamente al de la inmanencia de lo íntimo como refugio de lo de veras natural en el hombre, hace casi inevitable que aquél aparezca con frecuencia como insoportablemente complejo y contradictorio, sin sentido, vacío, desalmado, frío, moralmente inferior o incluso decididamente inmoral, etc.

De la vivencia de lo público se derivan sociedades instantáneas, muchas veces casi microscópicas, que se producen entre desconocidos en relaciones transitorias y que se construyen a partir de pautas dramatúrgicas o comediográficas –es decir basadas en una cierta teatralidad–, que resultan al mismo tiempo ritualizadas e impredecibles, protocolarias y espontáneas. Su conocimiento obliga al estudioso a colocarse ojo avizor, puesto que, por naturaleza, tales asociaciones son con mucha frecuencia inopinadas e irrepetibles, irrumpen en el momento menos pensado. Son acontecimientos, situaciones, ocasiones... que emergen en los cruces de caminos o *carrefours* que ellos mismos provocan, y que hacen del estudioso de esos fenómenos una especie de cazador furtivo, siempre al acecho, «a la que salta», siguiendo el modelo del reportero ávido de noticias que sale a la calle presto a captar incidentes y accidentes significativos, o del naturalista que aguarda pacientemente desde su punto de vigilancia que suceda algo significativo en el entorno que observa.

Los protagonistas de esa sociedad dispersa y múltiple, que se va haciendo y deshaciendo a cada momento, son personajes sin nombre, seres desconocidos o apenas conocidos, que protegen su intimidad de un mundo que pueden percibir como potencialmente hostil, fuente de peligros posibles para la integridad personal. De la inmensa mayoría de esos urbanitas –en el sentido no de *habitantes de la ciudad* sino de *practicantes de lo urbano*– no sabemos casi nada, puesto que gran parte de su actividad en los espacios por los que se desplazan consiste en ocultar o apenas insinuar quiénes son, de dónde vienen, adónde se dirigen, a qué se dedican, cuál es su ocupación o sus orígenes o qué pretenden. El sentimiento de vulnerabilidad es, precisamente, lo que hace que los protagonistas de la vida pública pasen gran parte de su tiempo –y en la medida en que les resulta posible– escamoteando u ofreciendo señales parciales o falsas acerca de su identidad, manteniendo las distancias, poniendo a salvo sus sentimientos y lo que toman por su verdad. La desconfianza y la necesidad de preservar a toda costa lo que *realmente son* del naufragio que les depararía una exposición excesiva ante los extraños, hace de los seres del mundo público personajes clandestinos o semiclandestinos, perfiles lábiles con atributos adaptables «a la ocasión», entregados a todo tipo de juegos de camuflaje y a estrategias miméticas, que negocian insinceramente los términos de su copresencia de acuerdo con estrategias adecuadas a cada momento. La vida urbana se puede comparar así con un gran baile de disfraces, ciertamente, pero en el que, no obstante, ningún disfraz aparece completamente acabado antes de su exhibición. Las máscaras, en efecto, se confeccionan por sus usuarios en función de los requerimientos de cada situación concreta, a partir de una lógica práctica en que se combinan las aproximaciones y distanciamientos con respecto a los otros.

Más que representar un guión preescrito, lo que hacen los protagonistas de las relaciones urbanas es jugar, y hacerlo de una manera no muy distinta de como lo haría un niño, es decir organizando situaciones impersonales basadas en la actuación exterior, regidas por reglas –es decir en las que la espontaneidad juega un papel mínimo–, pero en las que existe un fuerte componente de impredecibilidad y azar. El juego es precisamente el ejemplo que G. H. Mead –el padre del interaccionismo simbólico– propone para explicar la noción de *otro generalizado*,[1] es decir esa abstracción que le permite a cada sujeto ponerse en el lugar de los demás al mismo tiempo que se distancia, se pone a sí mismo en la perspectiva de todos esos *demás*.

En tanto en cuanto el espacio público es el ámbito por antonomasia del juego, es decir de la alteridad generalizada, los practicantes de la sociabilidad urbana –al igual que sucede con los niños– parecen experimentar cierto placer en hacer cada vez más complejas las reglas de ese contrato social ocasional y constantemente renovado en que se comprometen, como si hacer la partida

1. G. H. Mead, *Espíritu, persona y sociedad*, Paidós, Barcelona, 1990, pp. 182-193.

interminable o demorar al máximo su resolución, manteniéndose el mayor tiempo posible en estado de juego, constituyeran fuentes de satisfacción. Los jugadores son siempre conscientes, claro está, de la posibilidad de cambiar las reglas de su juego, así como de la posibilidad de sustituirlo por otro o dejar de jugar. En esa generalización del juego que es la urbanidad, en una apoteosis tal de la exterioridad absoluta, de la más radical de las extroversiones, se alcanza a reconocer el valor anticipatorio del pensamiento de Gabriel Tarde, el primer gran teórico de lo inestable social, que en 1904 escribía: «Ese yo no sé qué, que es todo el *yo* individual, tiene necesidad de ocuparse en lo exterior para tomar conciencia de sí mismo y fortalecerse; *se nutre de lo que le altera.*»[1]

La persona en público puede parecer dominada por un estado de sonambulismo o antojarse víctima de algún tipo de zombificación, hasta tal punto actúa disuadida de que toda expresividad excesiva o cualquier espontaneidad mal controlada podría delatar ante los demás quién es en verdad, qué piensa, qué siente, cuál es su pasado, qué desea, cuáles son sus intenciones. Se sabe, no obstante, que su discreción aplaza gesticulaciones inimaginables, rictus, mohínes, espasmos, violencias, bruscos cambios de dirección, efusiones que en cualquier momento podrían desatarse y que, en tanto que virtualidad o amenaza, nunca dejan de estar presentes. El hombre de las calles es un actor que parece conformarse con papeles mediocres, a la espera de su gran oportunidad. Es cierto que los seres del universo urbano no son «auténticos», pero en cambio pueden presumir de vivir un estado parecido al de la libertad, puesto que su *no ser nada* les constituye en pura potencia, disposición permanentemente activada a convertirse en cualquier cosa. De ahí el desprecio que suscitaran en pensadores como Ortega y Gasset, para el que el hombre-masa es «sólo un caparazón de hombre constituido por meros *idola fori*», ser sin interioridad, vacío, simple oquedad..., «siempre en disponibilidad de fingir ser cualquier cosa».[2] Pero también de ahí la inmensa inquietud que

1. G. Tarde, *La opinión y la multitud*, Taurus, Madrid, 1986, p. 142; el subrayado es suyo.

2. J. Ortega y Gasset, *La rebelión de las masas*, Orbis, Barcelona, 1983, p. 17.

despierta, la desconfianza que provoca el descaro de su disimulo, todo lo que se agazapa tras el puro disfraz con el que se camufla. Al transeúnte, como a la máscara, se le conoce sólo por lo que enseña. Como de ella, al decir de Elias Canetti, del viandante se podría afirmar que su poder descansa en que se le conoce con precisión, sin saber jamás qué contiene: «Yo soy exactamente lo que ves –dice la máscara– y todo lo que temes detrás.»[1]

Esa mutabilidad del señor del secreto, que puede ser visto moviéndose taciturno como un merodeador, en nubes parecidas a enjambres, en grupos poco numerosos que se mueven como jaurías o en masas que pueden desplazarse en manada o en estampida, es lo que hace de una posible antropología del espacio público una especie de teratología, es decir una ciencia de los monstruos. Si la antropología de las sociedades contemporáneas es cada vez más una antropología de las hibridaciones generalizadas, de las difusiones por polinización capaces de producir las más sorprendentes distorsiones, una antropología que tuviera que aplicarse sobre las cosas que suceden en las calles, en los vestíbulos de los edificios públicos, en los andenes del metro no podría ser sino una especie de muestrario de entes imposibles: seres medio-medio, camaleones capaces de adoptar cualquier forma, cimarrones de media hora, embaucadores natos, mentirosos compulsivos, conspiradores a ratos libres.

He ahí, por cierto, lo que resuelve el enigma de uno de los grandes protagonistas de la mitología contemporánea, Jack Griffin, el Hombre Invisible. ¿Por qué él, que por fin ha logrado una fórmula que le permite no ser visto, envuelve su rostro con vendas y usa gafas ahumadas y guantes?[2] La respuesta a esa paradoja es

1. E. Canetti, *Masa y poder*, Muchnik, Barcelona, 1994, p. 394.

2. En la novela se brinda una insatisfactoria explicación al misterio, que es que Griffin ha de vestirse para combatir el frío y no puede hacer invisibles sus ropas. En un serial posterior titulado *Los crímenes del fantasma*, protagonizado por Ralph Byrd y dirigido por William Witney (1941), el protagonista conseguía la invisibilidad integral gracias a un artilugio electrónico..., que no podía evitar la emisión de un zumbido que se encargaba de delatar inequívocamente su presencia. En *Memorias de un hombre invisible*, una revisión del mito debida a John Carpenter (1991), el agente que persigue al protagonista, aludiendo a la vida anodina que éste llevaba, puede decir en un momento dado que «el hombre invisible ya era invisible antes de volverse invisible».

que el personaje de H. G. Wells y de la película de James Whale (1933) actúa así para que, en un momento dado, se sepa que es invisible, puesto que si lo fuera literalmente nadie estaría en condiciones de tomarlo como lo que desesperadamente quiere continuar siendo: *un sujeto.* Ha enloquecido por no poder hacer reversible su virtud de desaparecer. Puede estar entre la gente sin ser percibido, pero no puede devenir denso, dejar de ser transparente, a voluntad. Sin saberlo, el Hombre Invisible deviene metáfora perfecta del hombre público, que reclama una invisibilidad relativa, consistente en ser «visto y no visto», ser tenido en cuenta pero sin dejar de ocultar su verdadero rostro, beneficiarse de una «vista gorda» generalizada; que alardea de ser quien es sin ser incordiado, ni siquiera interpelado por ello; que quiere recordar que está, pero que espera que se actúe al respecto como si no estuviera. Como el protagonista de la novela de Wells, el ser de las calles ostenta su invisibilidad y, justamente por ello, se convierte en fuente de inquietud para todo poder instituido: es visto porque *se visibiliza,* pero no puede ser controlado, *porque es invisible.*

Toda esa muchedumbre que se agita por el espacio público «a su aire», que va «a la suya» o, como suele decirse hoy, «a su rollo», la conforman tipos que son poco más que su propia coartada, que siempre tienen algo que ocultar, que siempre planean alguna cosa; personajes que, porque están vacíos, huecos, pueden devenir conductores de todo tipo de energías. Una inmensa humanidad intranquila, sin asiento, sin territorio, de paso hacia algún sitio, destinada a disolverse y a reagruparse constantemente, excitada por un nomadeo sin fin y sin sentido, cuyos estados pueden ir de la estupefacción o la catatonia a los espamos más impredecibles, a las entradas en pánico o a las lucideces más sorprendentes. Victoria final de lo heteronómico y de lo autoorganizado, esa sociedad molecular, peripatética y loca, que un día se mueve y al otro se moviliza, merece tener también su antropología.

Esa antropología de lo urbano –antropología de las agitaciones humanas que tienen como escenario los espacios públicos– ha de hacer frente a algo que, como se acaba de hacer notar, *no se ve,* un objeto de conocimiento en muchos sentidos opaco, del que cabe esperar cualquier cosa, que está ahí, pero cuya composición cuesta distinguir con nitidez. La imagen de la niebla resulta inmejorable para describir un asunto que sólo se deja entrever, insinuar, sobrentender. De ahí las dificultades que los sistemas dispuestos para su vigilancia encuentran para realizar su trabajo. De ahí también los problemas con los que, a la hora de saber de qué está hecha esa bruma espesa o qué sucede en su interior, se encuentran saberes concebidos para conocer estructuras societarias coaguladas o procesos lo suficientemente lentos y macroscópicos como para resultar perceptibles a simple vista y lo bastante claros en sus objetivos como para ser comprensibles. En cambio, de lo que se trata ahora es de trabajar con mutaciones instantáneas, transfiguraciones imprevisibles, cuerpos sociales que se conforman y desintegran al instante. En un espacio público definido por la visibilidad generalizada, paradójicamente el antropólogo ha de moverse por fuerza casi a tientas, conformándose con distinguir apenas brillos y perfiles. Indispensable para ello dotarse de técnicas con que registrar lo que muchas veces sólo se deja adivinar, estrategias de trabajo de campo adaptadas al estudio de sociedades inesperadas, pero también artefactos categoriales especiales, conceptos y maneras de explicación que, para levantar acta de formas sociales hasta tal punto alteradas, deberían recabar la ayuda tanto del arte y la literatura como de la filosofía y de todas las disciplinas científicas que se han interesado por las manifestaciones de la complejidad en la vida en general.

Una síntesis de ese tipo es la que he querido sugerir aquí –no sé con qué exito– con objeto de avanzar algo en el camino hacia una antropología de lo urbano, en cierto sentido todavía por diseñar como subdisciplina con proyecto propio. Tampoco es que esté todo por hacer. Provocando el alboroto de los perros guardianes de las diferentes fincas epistemológicas, ha habido y hay quienes han abordado el conocimiento de las sociedades mínimas, todo ese barullo de hechos que la macrosociología, la historia de las instituciones, la gran política o la antropología de las culturas y las estructuras sociales desdeña injustamente. Esa antropología de los espacios públicos, que lo es por tanto de las incongruencias, los falsos movimientos y los nomadeos, puede trazar un árbol genealógico en cuyas raíces y ramificaciones principales aparecerían autores de los que yo tampoco he podido prescindir: Gabriel Tarde, George Simmel, G. H. Mead, los teóricos de la Escuela de Chicago en general, Henri Lefebvre, Michel de Certeau, así como disciplinas en bloque, como la sociolingüística interaccionista, la etnografía de la comunicación, la etnometodología o la microsociología, un marco éste en el que la figura de Erving Goffman brilla con luz propia. Por otra parte, mi aportación quisiera sumarse a las procuradas por antropólogos y sociólogos europeos –franceses y belgas sobre todo– que han abierto una línea de estudios urbanos respecto de la cual no quiero ocultar mi deuda. Entre aquellos de quienes más he aprendido quiero destacar a Jean Remy, Georges Gutwirth, Colette Pétonnet y –de una manera especial– Isaac Joseph.

La obra que sigue interpela de algún modo –al tiempo que se reconoce como deudora suya– lo dicho hace tres décadas por teóricos como Jane Jacobs y Richard Sennet,[1] que denunciaron la decadencia de un espacio público que sólo merecía la pena por lo que conservaba del caos amable en movimiento y de la disonancia creativa que habían conocido a lo largo del siglo XIX. De la riqueza de aquel hervor sólo quedaba lo poco que las políticas urbanísticas, las vigilancias intensivas en nombre del «mantenimiento del orden público», la zonificación, la suburbialización y el despotismo de los automóviles habían respetado. Al respecto, se debe reconocer que la situación del espacio público ha cambiado de manera sustantiva desde entonces, de forma que muchas de las prácticas que le eran propias y que podían antojarse en crisis están reapareciendo con extraordinaria fuerza en los últimos años. Se vive un momento en que la calle vuelve a ser reivindicada como espacio para la creatividad y la emancipación, al tiempo que la dimensión política del espacio público es crecientemente colocada en el centro de las discusiones en favor de una radicalización y una generalización de la democracia. Todo ello sin contar con la irrupción en escena de nuevas modalidades de espacio público, como el

1. La lectura de *Muerte y vida de las grandes ciudades*, de Jane Jacobs (Península, Barcelona, 1973), o *El declive del hombre público*, de Richard Sennet (Península, Barcelona, 1974), tuvieron en su día para mí una virtud reveladora y este libro no quiere ni puede disimularlo.

ciberespacio, que obligan a una revisión al alza del lugar que las sociedades entre desconocidos y basadas en la interacción efímera ocupan en el mundo actual.

Cabe preguntarse también –y la obra que sigue así lo hace– si lo que se pretende estudiar constituye un cuadro tan inédito como podría darse por supuesto, un asunto exclusivo de las sociedades modernas urbanizadas, altamente entrópicas, inestables, generadoras de incertidumbre en la medida en que son generadas por la incertidumbre, y que conocerían su expresión más genuina en la animación constante y con frecuencia frenética de las calles. ¿Es que ninguna sociedad hasta ahora había percibido lo volátil de toda organización, lo precario de cualquier estado de lo social, la vulnerabilidad de todas las certidumbres que la cultura procura? ¿Es que la nuestra es la primera civilización en practicar formas de anonadamiento, de nihilización, de puesta a cero que representen la conciencia de que todo orden social es polvo y en polvo habrá de convertirse?

De manera aparentemente paradójica, es en la jurisdicción de la antropología simbólica y la etnología de la religión donde podemos encontrar materiales con los que el antropólogo puede jugar –también en la ciudad– a lo que mejor sabe, que es comparar, experimentar ese *déjà vu* del que no puede sustraerse. Cosa curiosa. En ese mismo ámbito que integra los ritos y los mitos, en que todas las sociedades instalan sus principios más inalterables, los axiomas de los que depende su continuidad y la del universo mismo, es donde pueden encontrarse técnicas destinadas a poner de manifiesto cómo no hay nada en la organización del mundo que no se perciba como susceptible de desintegrarse en cualquier momento, para volverse a conformar de nuevo, de otra manera. Como si todas las sociedades dieran a entender que todo lo que es, incluso lo más aparentemente intocable, podría ser de otro modo, o ser al revés, o no ser. Sociedades pensadas para no cambiar jamás saben hacer periódicamente un paréntesis en sus más sólidas convicciones con objeto de contemplar la posibilidad –y aunque sólo sea esa posibilidad– de que, en cualquier momento, se barajen de nuevo las cartas que posibilitan la convivencia ordenada y se reinicie, de otra forma, una parte o la globalidad del orden de las cosas. Por ello, me he permitido convocar, para esa antropología de los espacios públicos que aquí se propone, a autores centrales en la antropología de los simbolismos rituales: Émile Durkheim, Arnold Van Gennep, Marcel Mauss, Claude Lévi-Strauss, Gregory Bateson, Michel Leiris, Alfred Métraux o Victor Turner, entre otros.

He ahí al antropólogo de vuelta a casa. No se le pide que renuncie ni al patrimonio ni a la identidad de su disciplina, ni que se reconvierta a los requerimientos de un mundo supuestamente imprevisto para él, sino todo lo contrario: que reconozca ahora y aquí, alcanzando una intensidad inédita, generalizándose, lo que ya había tenido la ocasión de contemplar antes, en otros sitios, en otras dosis: lo insensato de las sociedades, las agitaciones inesperadas que de tanto en tanto sacuden el orden del mundo, lo deforme o lo amorfo de los organismos sociales, la impotencia de las instituciones..., todo lo extraño e incalculable que está siempre debajo, sosteniendo en secreto las estabilidades aparentemente más sólidas, las congruencias, los equilibrios siempre en falso que le permiten a las comunidades sobrevivirse a sí mismas. Todo lo que, en silencio, pacientemente, aguarda su momento: el instante preciso de revelarles a los mortales de qué es de lo que está hecha en realidad su sociedad.

El grueso de las disquisiciones de que se compone este ensayo han sido fruto de mi trabajo como profesor en el Posgrado de Estética de la Facultad de Humanidades de la Universidad Nacional de Colombia en Medellín, entre 1994 y 1998, donde aprendí mucho más de lo que fui a enseñar. Quisiera evocar aquí mi extraordinaria deuda con la inteligencia y la sensibilidad de mis anfitriones antioqueños, los profesores Jairo Montoya, Juan Gonzalo Moreno y Jaime Xibillé, que me acompañaron en discusiones apasionantes ante un público que raras veces se resignaba a permanecer en su papel, pero también en otros contextos no precisamente académicos. Agradezco a Pere Salabert la persistencia de su confianza en mí. Dos de los capítulos de la obra fueron adelantados parcialmente en forma de sendas conferencias. «La sociedad y la nada» se dio a conocer como ponencia invitada al XXXV Congreso de Filósofos Jóvenes, reunido en el Centro de Cultura Contemporánea de Barcelona en abril de 1998. «Actualidad de lo sagrado» se expuso dentro del XVIII Curso de Etnología Española «Julio

Caro Baroja», en el Consejo Superior de Investigaciones Científicas de Madrid, un mes más tarde. Agradezco a Jordi Delgado y al Grupo de Sistemas Complejos de la Universidad Politécnica de Cataluña que hayan sabido excitar en mí el interés por las teorías sobre sistemas críticos autoorganizados y lejos de la linealidad. No obstante, lo que de inapropiado o excesivo pueda haber en mi apropiación de figuras adoptadas de la física y en las analogías que se irán proponiendo corre del todo de mi cuenta y debe considerárseme a mí su único responsable.

Decididamente, las mujeres han marcado mi existencia. No lo he podido evitar, y no me importa. Quisiera dedicarle este libro a las cinco, con mucho, más importantes, que menciono por orden de aparición en mi vida: María, Carlota, Ariana, Cora y Selma. Yo soy su obra.

# I. HETERÓPOLIS: LA EXPERIENCIA DE LA COMPLEJIDAD

> Abajo
> el puerto se abre a latitudes lejanas
> y la honda plaza igualadora de almas
> se abre como la muerte, como el sueño.
>
> JORGE LUIS BORGES

> Qué difícil es olvidar a alguien a quien apenas conoces.
>
> en *Cosas que nunca te dije*, de ISABEL COIXET

## 1. LA CIUDAD Y LO URBANO

Una distinción se ha impuesto de entrada: la que separa *la ciudad* de *lo urbano.* La ciudad no es lo urbano. La ciudad es una composición espacial definida por la alta densidad poblacional y el asentamiento de un amplio conjunto de construcciones estables, una colonia humana densa y heterogénea conformada esencialmente por extraños entre sí. La ciudad, en este sentido, se opone al *campo* o a *lo rural*, ámbitos en que tales rasgos no se dan. Lo urbano, en cambio, es otra cosa: un estilo de vida marcado por la proliferación de urdimbres relacionales deslocalizadas y precarias. Se entiende por *urbanización*, a su vez, «ese proceso consistente en integrar crecientemente la movilidad espacial en la vida cotidiana, hasta un punto en que ésta queda vertebrada por aquélla».[1] La inestabilidad se convierte entonces en un instrumento paradójico de estructuración, lo que determina a su vez un conjunto de usos y representaciones singulares de un espacio nunca plenamente territorializado, es decir sin marcas ni límites definitivos.

En los espacios urbanizados los vínculos son preferentemente laxos y no forzosos, los intercambios aparecen en gran medida no programados, los encuentros más estratégicos pueden ser fortuitos,

1. J. Remy y L. Voye, *La ville: vers une nouvelle definition?*, L'Harmattan, París, 1992, p. 14.

domina la incertidumbre sobre interacciones inminentes, las informaciones más determinantes pueden ser obtenidas por casualidad y el grueso de las relaciones sociales se produce entre desconocidos o conocidos «de vista». Hay ciudades poco o nada urbanizadas, en las que la movilidad y la accesibilidad no están aseguradas, como ocurre en los escenarios de conflictos que compartimentan el territorio ciudadano y hacen difíciles o imposibles los tránsitos. En cambio, no hay razón por la cual los espacios naturales abiertos o las aldeas más recónditas no puedan conocer relaciones tan típicamente urbanas como las que conocen una plaza o el metro de cualquier metrópoli. Históricamente hablando, la urbanidad no sería, a su vez, una cualidad derivable de la aparición de la ciudad en general, sino de una en particular que la modernidad había generalizado aunque no ostentara en exclusiva. Desde presupuestos cercanos a la Escuela de Chicago, Robert Redfield y Milton Singer asociaron lo urbano a la forma de ciudad que llamaron *heterogenética*, en tanto que sólo podía subsistir no dejando en ningún momento de atraer y producir pluralidad. Era una ciudad ésta que se basaba en el conflicto, anómica, desorganizada, ajena u hostil a toda tradición, cobijo para heterodoxos y rebeldes, dominada por la presencia de grupos cohesionados por intereses y sentimientos tan poderosos como escasos y dentro de la cual la mayoría de relaciones habían de ser apresuradas, impersonales y de conveniencia. Lo contrario a la ciudad heterogenética era la ciudad *ortogenética*, apenas existente hoy, asociada a los modelos de la ciudad antigua u oriental, fuertemente centralizada, ceremonial, burocratizada, aferrada a sus grandes tradiciones, sistematizada, etc.

Lo opuesto a lo urbano no es lo *rural* –como podría parecer–, sino una forma de vida en la que se registra una estricta conjunción entre la morfología espacial y la estructuración de las funciones sociales, y que puede asociarse a su vez al conjunto de fórmulas de vida social basadas en obligaciones rutinarias, una distribución clara de roles y acontecimientos previsibles, fórmulas que suelen agruparse bajo el epígrafe de *tradicionales* o *premodernas*. En un sentido análogo, también podríamos establecer lo urbano en tanto que asociable con el distanciamiento, la insinceridad y la frialdad en las relaciones humanas con nostalgia de la pequeña comunidad basada en contactos cálidos y francos y cuyos miembros compartirían –se supone– una cosmovisión, unos impulsos vitales y unas determinadas estructuras motivacionales. Visto por el lado más positivo, lo urbano propiciaría un relajamiento en los controles sociales y una renuncia a las formas de vigilancia y fiscalización propias de colectividades pequeñas en que todo el mundo se conoce. Lo *urbano*, desde esta última perspectiva, contrastaría con lo *comunal*.

Lo urbano consiste en una labor, un trabajo de lo social sobre sí: la sociedad «manos a la obra», produciéndose, haciéndose y luego deshaciéndose una y otra vez, empleando para ello materiales siempre perecederos. Lo urbano está constituido por todo lo que se opone a cualquier cristalización estructural, puesto que es fluctuante, aleatorio, fortuito..., es decir reuniendo lo que hace posible la vida social, pero antes de que haya cerrado del todo tal tarea, como si hubiéramos sorprendido a la materia prima societaria en estado ya no crudo, sino en un proceso de cocción que nunca nos será dado ver concluido. Si las instituciones socioculturales primarias –familia, religión, sistema político, organización económica– constituyen, al decir de Pierre Bourdieu, estructuras *estructuradas* y *estructurantes* –es decir sistemas definidos de diferencias, posiciones y relaciones que organizan tanto las prácticas como las percepciones–, podríamos decir que las relaciones urbanas son, en efecto, estructuras *estructurantes*, puesto que proveen de un principio de vertebración, pero no aparecen estructuradas –esto es concluidas, rematadas–, sino *estructurándose*, en el sentido de estar elaborando y reelaborando constantemente sus definiciones y sus propiedades, a partir de los avatares de la negociación ininterrumpida a que se entregan unos componentes humanos y contextuales que raras veces se repiten. Anthony Giddens habría hablado aquí de *estructuración*, proceso de institucionalización de relaciones sociales cuya esencia o marca es, ante todo, *temporal*, puesto que es el tiempo y sus márgenes de incertidumbre los que determinan el papel activo que se asigna al libre arbitrio de los actores sociales. No en vano la diferenciación, aquí central, entre la *ciudad* y lo *urbano* es análoga a la que, recuperando conceptos de la arquitectura clásica, le sirve a Giulio Carlo Argam para distinguir entre *estructura* y *decoración*. La primera remite la ciudad en términos de tiempo largo: grandes configuraciones con una duración calculable en décadas o en siglos. La segunda a una ciudad que cambia de hora en hora, de minuto en minuto, hecha de imágenes, de sensaciones, de impulsos mentales, una ciudad cuya contemplación nos colocaría en el umbral mismo de una estética del suceso.[1]

La antropología urbana debería presentarse entonces más bien como una antropología de lo que define la urbanidad como forma de vida: de disoluciones y simultaneidades, de negociaciones minimalistas y frías, de vínculos débiles y precarios conectados entre sí hasta el infinito, pero en los que los cortocircuitos no dejan de ser frecuentes. Esta antropología urbana se asimilaría en gran medida con una antropología de los espacios públicos, es decir de esas superficies en que se producen deslizamientos de los que resultan infinidad de entrecuzamientos y bifurcaciones, así como escenificaciones que no se dudaría en calificar de coreográficas. ¿Su protagonista? Evidentemente, ya no comunidades coherentes, homogéneas, atrincheradas en su cuadrícula territorial, sino los actores de una alteridad que se generaliza: paseantes a la deriva, extranjeros, viandantes, trabajadores y vividores de la vía pública, disimuladores natos, peregrinos eventuales, viajeros de autobús, citados a la espera... Todo aquello en que se fijaría una eventual etnología de la soledad, pero también grupos compactos que deambulan, nubes de curiosos, masas efervescentes, coágulos de gente, riadas humanas, muchedumbres ordenadas o delirantes..., múltiples formas de sociedad peripatética, sin tiempo para detenerse, conformadas por una multiplicidad de consensos «sobre la marcha». Todo lo que en una ciudad puede ser visto flotando en su superficie. El objeto de la antropología urbana serían estructuras líquidas, ejes que organizan la vida social en torno a ellos, pero que raras veces son instituciones estables, sino una pauta de fluctuaciones, ondas, intermitencias, cadencias irregulares, confluencias, encontronazos... Siguiendo a Isaac Joseph, se habla aquí de una realidad porosa, en la que se sobreponen distintos sistemas de acción, pero también de una realidad conceptualmente inestable, al mismo tiempo epi-

1. G. C. Argam, *Historia del arte como historia de la ciudad*, Laia, Barcelona, 1984, pp. 211-213.

sódica y organizada, simbólicamente centralizada y culturalmente dispersa.[1]

Esa antropología urbana entendida no como *en* o *de* la ciudad, sino como de las inconsistencias, inconsecuencias y oscilaciones en que consiste la vida pública en las sociedades modernizadas, no puede pretender partir de cero. Antes bien, debería reconocer su deuda con las indagaciones y los resultados aportados por corrientes sociológicas que, desde las primeras décadas del siglo, anticiparon métodos específicos de observación y de análisis para lo urbano. Estos teóricos de la inestabilidad social tampoco surgieron a su vez de la nada. En cierto modo vinieron a formalizar en el plano de las ciencias sociales todo lo que antes, y en torno a la noción de *modernidad*, había prefigurado una tradición filosófica que, constatando la creciente disolución de la autoridad de la costumbre, la tradición y la rutina, se fija en lo que ya es ese «torbellino social» del que hablara por primera vez Rousseau. Esa misma impresión será organizada ideológicamente por Marx y Engels –«inquietud y movimiento constantes..., todo lo sólido se desvanece en el aire», como rezaba el *Manifiesto comunista* y nos recordara más tarde Marshall Berman en el título de un libro indispensable–,[2] pero también por Nietzsche. En literatura, Baudelaire, Balzac, Gogol, Poe, Dostoievski, Dickens o Kafka, entre otros, harán de esa zozobra el tema central de sus mejores obras.

Una biografía de esas ciencias sociales de lo inestable y en movimiento nombraría como sus pioneros a los teóricos de la Escuela de Chicago y el primer interaccionismo simbólico de G. H. Mead, en Estados Unidos; a Georges Simmel, en Alemania, y a discípulos de Durkheim como Maurice Halbwachs, en Francia. Todos ellos coincidieron en preocuparse mucho más por los estilos de vínculo social específicamente urbanos que por las estructuras e instituciones solidificadas que habían constituido y seguirían constituyendo el asunto central de la sociología y la antropología más estandarizadas. Todos ellos fueron testigos de excepción de lo que estaba suce-

1. I. Joseph, «Introduction: Paysages urbains, choses publiques», *La ville sans qualités*, Éditions de l'Aube, París, 1998, pp. 5-25.

2. M. Berman, *Todo lo sólido se desvanece en el aire. La experiencia de la modernidad*, Siglo XXI, Madrid, 1991.

diendo en ciudades como Chicago, Nueva York, Berlín o París, convertidas en colosales laboratorios de la hibridación y las simbiosis generalizadas. Las formas de sociabilidad que interesaron a estos teóricos se definían por producirse en clave de trama, reticulándose en todas direcciones, dividiendo la experiencia de lo real en estratos, sin apenas concesiones a lo orgánico. Asociaciones efímeras, frágiles, sin una visión del mundo compartida sino «a ratos» y perdiendo ya de vista el viejo principio de interconocimiento mutuo, tal y como mucho después supo reflejar Robert Altman en una película cuyo título no podría ser más elocuente: *Vidas cruzadas* (1993).[1]

Fue la Escuela de Chicago –la corriente a la que pertenecieron William Thomas, Robert E. Park, Ernest E. Burgess, Robert MacKenzie y Louis Wirth entre 1915 y 1940– la primera en ensayar la incorporación de métodos cualitativos y comparatistas típicamente antropológicos, desde la constatación de que lo que caracteriza a la cultura urbana era justamente su inexistencia en tanto que realidad dotada de uniformidad. Si esa cultura urbana que debía conocer el científico social consistía en alguna cosa, sólo podía ser básicamente una proliferación infinita de centralidades muchas veces invisibles, una trama de trenzamientos sociales esporádicos, aunque a veces intensos, y un conglomerado escasamente cohesionado de componentes grupales e individuales. La ciudad era vista como un dominio de la dispersión y la heterogeneidad sobre el que cualquier forma de control directo era difícil o imposible y donde multitud de formas sociales se superponían o secaban, haciendo frente mediante la hostilidad o la indiferencia a todos los intentos de integración a que se las intentaba someter. Un crisol de microsociedades el tránsito entre las cuales podía ser abrupto y dar pie a infinidad de intersticios e intervalos, de «grietas», por así decirlo. Como Wirth nos hacía notar, una ciudad es siempre algo así como una «sociedad anónima», y, por definición, una sociedad anónima «no tiene alma»,[2] de igual manera que mucho después

1. Como criterio, las películas estrenadas en España se citarán por su título en castellano.

2. L. Wirth, «El urbanismo como forma de vida», en M. Fernández-Martorell, ed., *Leer la ciudad*, Icaria, Barcelona, 1988, p. 45.

Lefebvre escribiría que «*lo urbano* no es un alma, un espíritu, una entidad filosófica».[1] ¿Acaso no era la ciudad expresión de lo que Darwin había llamado la *naturaleza animada*, regida por mecanismos de *cooperación automática*, una simbiosis impersonal y no planificada entre elementos en función de su posición ecológica, es decir un colosal sistema biótico y subsocial?

George Simmel había llegado a apreciaciones parecidas en el marco de la sociología alemana de principios de siglo, planteándose el problema de cómo capturar lo fugaz de la realidad, esa pluralidad infinita de detalles mínimos que la sociología formal renunciaba a captar y para cuyo análisis no estaba ni preparada ni predispuesta. Para Simmel la sociología debía consistir en una descripción y un análisis de las relaciones formales de elementos complejos en una constelación funcional, de los que no se podía afirmar que fueran resultado de fuerzas que actuaban en un sentido u otro, sino más bien un atomismo complejo y altamente diferenciado, de cuya conducta resultaría casi imposible inferir leyes generales. De ahí una atención casi exclusiva a los procesos moleculares microscópicos que exhiben a la sociedad, por decirlo así, *statu nascendi*, «solidificaciones inmediatas que discurren de hora en hora y de por vida aquí y allá entre individuo e individuo».[2]

En la estela de esa tradición –aunque incorporando argumentos procedentes de la etnosemántica, de la antropología social, del estructuralismo o del cognitivismo– vemos cómo aparecen en los años cincuenta y sesenta una serie de tendencias atentas sobre todo a las *situaciones*, es decir a las relaciones de tránsito entre desconocidos totales o relativos que tenían lugar preferentemente en espacios públicos. Tanto para el interaccionismo simbólico como para la etnometodología, la *situación* es una sociedad en sí misma, dotada de leyes estructurales inmanentes, autocentrada, autoorganizada al margen de cualquier contexto que no sea el que ella misma genera. Dicho de otro modo, la situación es un fenómeno social autorreferencial, en el que es posible reconocer dinámicas autónomas de concentración, dispersión, conflicto, consenso y recomposición

1. H. Lefebvre, *El derecho a la ciudad*, Península, Barcelona, 1978, pp. 67-8.
2. G. Simmel, *El individuo y la libertad*, Península, Barcelona, 1986, p. 234.

en las que las variables espaciales y el tiempo juegan un papel fundamental, precisamente por la tendencia a la improvisación y a la variabilidad que experimentan unos componentes obligados a renegociar constantemente su articulación.

Es en ese contexto intelectual donde Ray L. Birdwhistell elabora su propuesta de *proxemia*, disciplina que atiende al uso y la percepción del espacio social y personal a la manera de una ecología del pequeño grupo: relaciones formales e informales, creación de jerarquías, marcas de sometimiento y dominio, establecimiento de canales de comunicación. El concepto protagonista aquí es el de *territorialidad* o identificación de los individuos con un área que interpretan como propia, y que se entiende que ha de ser defendida de intrusiones, violaciones o contaminaciones. En los espacios públicos la territorialización viene dada sobre todo por los pactos que las personas establecen a propósito de cuál es su territorio y cuáles los límites de ese territorio. Ese espacio personal o informal acompaña a todo individuo allá donde va y se expande o contrae en función de los tipos de encuentro y en función de un buscado equilibrio entre aproximación y evitación. Más tarde, y en esa misma dirección, los interaccionistas simbólicos –Herbert Blumer, Anselm Strauss, Horward Becker y, muy especialmente, Erving Goffman– contemplaron a los seres humanos como actores que establecían y restablecían constantemente sus relaciones mutuas, modificándolas o dimitiendo de ellas en función de las exigencias dramáticas de cada secuencia, desplegando toda una red de argucias que organizaban la cotidianeidad: imposturas conscientes o involuntarias en que consiste la asunción apropiada de un lugar social y que reactualizan a toda hora la conocida confusión semántica que el griego clásico opera entre *persona* y *máscara*. Algo no muy distinto de aquello que Alfred Métraux y Michel Leiris nombraran, para referirse a la «impostación sincera» que se producía en los trances de posesión, como *comedia ritual* y *teatro vivido*.

La aportación de la etnometodología se produciría en un sentido parecido. Inspirándose en la teoría de la acción social de Talcott Parsons, en la fenomenología de Alfred Schutz y en el construccionismo de Peter L. Berger y Thomas Luckmann, Harold Garfinkel interpretó la vida cotidiana como un proceso mediante el cual los actores resolvían significativamente los problemas, adaptando a cada oportunidad la naturaleza y la persistencia de sus soluciones prácticas. La etnometodología se postulaba como una praxeología o análisis lógico de la acción humana, que concebía a los interactuantes en cada coyuntura como sociólogos o antropólogos *naïfs* que elaboraban su teoría y orientaban sus procedimientos. Obtenían como resultado las autoevidencias, lo «dado por sentado», las premisas de sentido común que, mudables para cada oportunidad particular, permitían producir sociedad y vencer la indeterminación, prescindiendo o adaptando determinaciones socioculturales previas, calculando sus iniciativas en función de las contingencias de cada secuencia en que se hallaban comprometidos y de los objetivos prácticos a cubrir. Tanto la perspectiva etnometodológica como la interaccionista se conducían a la manera de una radicalización de los postulados del utilitarismo y del pragmatismo, matizados por la sociología de Durkheim. Del viejo utilitarismo se desarrollaban las premisas básicas de que el ser humano era mucho más un agente que un cognoscente y de que la racionalidad, como concepto, se refería a los medios y conductas concretas que mejor se adaptaban a la consecución de los fines. De la escuela pragmática norteamericana se llevaba a sus consecuencias más expeditivas la noción de *experiencia*, entendida como prospectiva para la acción futura, fuente de usos práctico-normativos, una guía para la conducta adecuada, interpretada ésta no sólo como actividad, sino también como proceso de conocimiento del mundo.

La ficción ha provisto de valiosos ejemplos de ese modelo de personalidad que concibe las situaciones concretas como un medio ambiente ecológico al que adaptarse ventajosamente. El cine nos presenta al Zelig de la película homómina de Woody Allen (1983), personaje dotado de la camaleónica cualidad de amoldar automáticamente su temperamento, sus actitudes y hasta su aspecto físico a cada circunstancia particular. Restándole la peyorativización de que era objeto en la novela de Robert Musil –derivada sobre todo de su relación perversa con el poder político–, encontraríamos otro modelo de lo mismo en Ulrich, el protagonista de *El hombre sin atributos*, personaje deliberadamente vaciado de valores, que se muestra predispuesto a pactar con cada una de las facetas y fases de la realidad en que se mueve. Tanto Zelig como Ulrich reproducen el perfil del *hombre de acción* que los interaccionistas y etnometodólogos analizaban desplegando sus ardides y negociando por los distintos escenarios de la cotidianeidad, manteniendo en todo momento una actitud calculadamente ambigua en que se mezclan la disponibilidad –el «verlas venir», por así decirlo–, la incoherencia interesada, la indiferencia ante las tentacularidades en que se ve inmiscuido y –con todo– la lucha por mantener estados de cierta autenticidad.

Por su parte, el marco teórico que funda la antropología social británica es ya interaccionista. En 1952 Radcliffe-Brown definió un *proceso social* como una «inmensa multitud de acciones e interacciones de seres humanos, actuando individualmente o en combinaciones o grupos».[1] Fue en el medio ambiente estructural-funcionalista donde, más adelante, se vino a reconocer que los contextos urbanos requerían formas específicas de percibir, anotar y analizar. En la década de los 60, Elisabeth Bott, Clide J. Mitchell o Jeromy Boissevain, entre otros, analizaron la vida urbana como una red de redes profesionales, familiares, vecinales, amistosas, clientelares..., a las que se designaba en términos de *campos, contactos, conjuntos, intervinculaciones, mallas, planes de acción, coaliciones, segmentos, densidades*, etc. Estas tramas de relaciones se trenzaban hasta conformar urdimbres complejas que comprometían a cada sujeto en una amplia gama de situaciones, oportunidades, prescripciones, papeles... ya no sólo bien distantes entre sí y de difícil ajuste, sino muchas veces incompatibles.

Lo que todas esas escuelas tenían en común era la premisa de que –como veíamos al principio– una antropología urbana no solamente no debía limitarse a ser una antropología *de* o *en* la ciudad, sino que tampoco debía confundirse con una variante más de una posible antropología del espacio o del territorio. Es cierto que el objeto de la antropología urbana sería una serie de acontecimientos que *se adaptan* a las texturas del espacio, a sus accidentes y regularidades, a las energías que en él actuan, al mismo tiempo que *los*

1. A. R. Radcliffe-Brown, «Prólogo» a *Estructura y función en la sociedad primitiva*, Planeta-Agostini, Barcelona, 1986, p. 12.

*adaptan*, es decir que se organizan a partir de un espacio que al mismo tiempo organizan. Es cierto también que todo ello podía subsumir la antropología urbana como una más entre las ciencias sociales del espacio. Ahora bien, la antropología del espacio ha sido las más de las veces una antropología del espacio construido y del espacio habitado. En cambio, a diferencia de lo que sucede con la ciudad, lo urbano no es un espacio que pueda ser morado. La ciudad tiene habitantes, lo urbano no. Es más, en muchos sentidos, lo urbano se desarrolla en espacios deshabitados e incluso inhabitables. Lo mismo podría aplicarse a la distinción entre la historia de la ciudad y la historia urbana. La primera remitiría a la historia de una materialidad, de una forma, la otra a la de la vida que tiene lugar en su interior, pero que la trasciende. Debería decirse, por tanto, que lo urbano, en relación con el espacio en que se despliega, no está constituido por habitantes poseedores o asentados, sino más bien por *usuarios* sin derechos de propiedad ni de exclusividad sobre ese marco que usan y que se ven obligados a compartir en todo momento. «¿No será el *disfrute* lo que corresponde a la sociedad urbana?», se preguntaba con razón Henri Lefebvre.[1]

Por ello, el ámbito de lo urbano por antonomasia hemos visto que era no tanto la ciudad en sí como sus espacios *usados* transitoriamente, sean públicos –la calle, los vestíbulos, los parques, el metro, la playa o la piscina, acaso la red de Internet– o semipúblicos –cafés, bares, discotecas, grandes almacenes, superficies comerciales, etc.–. Es ahí donde podemos ver producirse la epifanía de lo que se ha definido como específicamente urbano: lo inopinado, lo imprevisto, lo sorprendente, lo oscilante... La urbanidad consiste en esa reunión de extraños, unidos por la evitación, el anonimato y otras películas protectoras, expuestos, a la intemperie, y al mismo tiempo, a cubierto, camuflados, mimetizados, invisibles. Tal y como nos recuerda Isaac Joseph, el espacio público es vivido como *espaciamiento*, esto es como «espacio social regido por la distancia». El espacio público es el más abstracto de los espacios –espacio de las virtualidades sin fin–, pero también el más concreto, aquel en el que se

1. H. Lefebvre, *La revolución urbana*, Alianza, Madrid, 1971, p. 39. El subrayado es suyo.

despliegan las estrategias inmediatas de reconocimiento y de localización, aquel en que emergen organizaciones sociales instantáneas en las que cada concurrentes circunstancial introduce de una vez la totalidad de sus propiedades, ya sean reales o impostadas.[1]

La antropología urbana tampoco –y por lo mismo– debería ser considerada una modalidad de lo que se presenta como una antropología del territorio, esto es de lo que se define como un «espacio socializado y culturalizado..., que tiene, en relación con cualquiera de las unidades constitutivas del grupo social propio o ajeno, un sentido de exclusividad».[2] El espacio usado «de paso» –el espacio público o semipúblico– es un espacio diferenciado, esto es territorializado, pero las técnicas prácticas y simbólicas que lo organizan espacial o temporamente, que lo nombran, que lo recuerdan, que lo someten a oposiciones, yuxtaposiciones y complementariedades, que lo gradúan, que lo jerarquizan, etc., son poco menos que innumerables, proliferan hasta el infinito, son infinitesimales, y se renuevan a cada instante. No tienen tiempo para cristalizar, ni para ajustar configuración espacial alguna. Nada más lejos del territorio entendido como sitio propio, exclusivo y excluyente que una comunidad dada se podría arrogar que las filigranas caprichosas que trazan en el espacio las asociaciones transitorias en que consiste lo urbano.

Precisamente por su oposición a los cercados y los peajes, el espacio urbano tampoco resulta fácil de controlar. Mejor dicho: su control total es prácticamente imposible, a no ser por los breves lapsos en que se ha logrado despejar la calle de sus usuarios, como ocurre en los toques de queda o en los estados de guerra. Eso no quiere decir que no se disponga, por parte del poder político o por comunidades con pretensiones de exclusividad territorial, de diferentes modalidades de vigilancia panóptica. En ese sentido hay que darles la razón a los teóricos que, a la manera de Michel Foucault, Jean-Paul de Gaudemar o Paul Virilio, se han preocupado en denunciar la existencia de mecanismos destinados a no perder

1. I. Joseph, «Reprendre la rue», en *Prendre place: Espaces publics et culture dramatique.* Recherches, Plain Urbain, París, 1995, p. 12.

2. J. L. García, *Antropología del territorio*, Taller de Ediciones JB, Madrid, 1977, p. 29.

de vista la manera como la sociedad urbana se hace y se deshace, desparramándose por ese espacio público que reclama y conquista como decorado activo. Sucede sólo que esos dispositivos de control no tienen garantizado nunca su éxito total. Es más, bien podría decirse que fracasan una y otra vez, puesto que no se aplican sobre un público pasivo, maleable y dócil, que ha devenido de pronto totalmente transparente, sino sobre elementos moleculares que han aprendido a desarrollar todo tipo de artimañas, que desarrollan infinidad de mimetismos, que tienden a devenir opacos o a escabullirse a la mínima oportunidad.

Tenemos pues que, si el referente humano de una antropología de lo urbano fuera el habitante, el morador o el consumidor, sí que tendríamos motivos para plantearnos diferentes niveles de territorialización estable, como las relativas a los territorios fragmentarios, discontinuos, que fuerzan al sujeto a multiplicar sus identidades circunstanciales o contextuales: barrio, familia, comunidad religiosa, empresa, banda juvenil. Pero está claro que no es así. El usuario del espacio urbano es casi siempre un transeúnte, alguien que no está allí sino *de paso*. La calle lleva al paroxismo la extrema complejidad de las articulaciones espacio-temporales, a las antípodas de cualquier distribución en unidades de espacio o de tiempo claramente delimitables. ¿Cuáles serían, en ese concepto, las fronteras simbólicas de lo urbano? ¿Qué fija los límites y las vulneraciones, sino miradas fugaces que se cruzan en un solo instante por millares, el ronroneo inmenso e imparable de todas las voces que recorren la ciudad?

Lo urbano demanda también una reconsideración de las estrategias más frecuentadas por las ciencias sociales de la ciudad. Así, la topografía debería antojarse inaceptablemente simple en su preocupación por los *sitios*. Por su parte, la morfogénesis ha estudiado los procesos de formación y de transformación del espacio edificado –presentándolo injustamente como «urbanizado»–, pero no suele atender al papel de ese individuo urbano para el que se reclama aquí una etnología, y una etnología que, por fuerza, debe serlo más de las relaciones que de las estructuras, de las discordancias y las integraciones precarias y provisionales que de las funciones integradas de una sociedad orgánica. Los análisis morfológicos del tejido urbano, por su parte, no han considerado el papel de las alteraciones y turbulencias que desmienten la normalidad, papel cuyo actor principal siempre es aquel que usa –y al tiempo crea– los trayectos, arabescos hechos de gestos, memorias, símbolos y sensaciones.

## 2. ESPACIOS EN MOVIMIENTO, SOCIEDADES SIN ÓRGANOS

Las teorías sobre lo urbano resumidas hasta aquí nos deberían conducir a una reconsideración de lo que es una calle y lo que implica cuanto sucede en ella. Los proyectadores de ciudades han sostenido que la delineación viaria es el aspecto del plan urbano que fija la imagen más duradera y memorable de una ciudad, el esquema que resume su forma, el sistema de jerarquías y pautas espaciales que determinará muchos de sus cambios en el futuro. Pero es muy probable que esa visión no resulte sino de que, como la arquitectura misma, todo proyecto viario constituye un ensayo para someter el espacio urbano, un intento de dominio sobre lo que en realidad es improyectable. Las teorías de lo urbano deberían permitirnos reconocer cómo, más allá de cualquier intención colonizadora, la organización de las vías y cruces urbanos es el entramado por el que oscilan los aspectos más intranquilos del sistema de la ciudad, los más asistemáticos.

A la hora de desvelar la lógica a que obedecen esos aspectos más inquietos e inquietantes del espacio ciudadano se hace preciso recurrir a topografías móviles o atentas a la movilidad. De éstas se desprendería un estudio de los espacios que podríamos llamar *transversales*, es decir espacios cuyo destino es básicamente el de *traspasar*, cruzar, intersectar otros espacios devenidos territorios. En los espacios transversales toda acción se plantearía como un *a través de*. No es que en ellos se produzca una travesía, sino que son la travesía en sí, cualquier travesía. No son nada que no sea un irrumpir, interrumpir y disolverse luego. Son *espacios-tránsito*. Entendido cualquier orden territorial como axial, es decir como orden dotado de uno o varios ejes centrales que vertebran en torno a ellos un sistema o que lo cierran conformando un perímetro, los espacios o ejes transversales mantienen con ese conjunto de rectas una relación de perpendicularidad. No pueden fundar, ni constituir, ni siquiera limitar nada. Tampoco son una contradirección, ni se oponen a nada concreto. Se limitan a traspasar de un lado a otro, sin detenerse.

He aquí algunas de las nociones que se han puesto al servicio de la definición de ese espacio transversal, espacio que sólo existe en tanto que aparece como susceptible de ser cruzado y que sólo existe en tanto que lo es. Un prehistoriador de la escuela durkheimiana, André Leroi-Gourhan, se refería, para un contexto bien distinto pero extrapolable, a la existencia de un *espacio itinerante.*[1] Desde la Escuela de Chicago, Ernest E. Burgess concibió el mapa de la ciudad como divisible en zonas concéntricas, una de las cuales, la *zona de transición*, no era otra cosa que un pasillo entre el distrito central y las zonas habitacionales y residenciales que ocupaban los círculos más externos. Lo más frecuente era permanecer en esa área transitoriamente, excepto en el caso de sus vecinos habituales, gentes caracterizadas por lo frágil de su asentamiento social: inmigrantes, marginados, artistas, viciosos, etc. Desde la escuela belga de sociología urbana, Jean Remy ha sugerido, a partir de esa misma idea, el concepto de *espacio intersticial* para aludir a espacios y tiempos «neutros», ubicados con frecuencia en los centros urbanos, no asociados a actividades precisas, poco o nada definidos, disponibles para que en ellos se produzca lo que es a un mismo tiempo lo más esencial y lo más trivial de la vida ciudadana: una sociabilidad que no es más que una masa de altos, aceleraciones, contactos ocasionales altamente diversificados, conflictos, inconsecuencias.[2] Siempre en ese mismo sentido, Isaac Joseph nos habla de *lugar-movimiento*, lugar cuya característica es que admite la diversidad de usos, es accesible a todos y se autorregula no por disuasión, sino por cooperación.[3]

1. A. Leroi-Gourhan, *El gesto y la palabra*, Universidad Central de Caracas, Caracas, 1971, p. 316.

2. J. Remy, *Sociologie urbaine et rurale*, L'Harmattan, París/Quebec, 1998, pp. 182-183.

3. I. Joseph, «Les lieux-mouvements de la ville», en *Programme pluri-annuel de recherches concertées. Plan Urbain*, RATP-SNCF, 1994, texto mecanografiado cedido por el autor.

Jane Jacobs designaría ese mismo ámbito como *tierra general*, «tierra sobre la cual la gente se desplaza libremente, por decisión propia, yendo de aquí para allá a donde le parece», y que se opone a la *tierra especial*, que es aquella que no permite o dificulta transitar a través de ella.[1] Todas estas oposiciones se parecen a la propuesta por Erving Goffman, en relación con el espacio personal, entre *territorios fijos* –definidos geográficamente, reivindicables por alguien como poseíbles, controlables, transferibles o utilizables en exclusiva–, y *territorios situacionales*, a disposición del público y reivindicables en tanto que se usan y sólo mientras se usan.[2] Otra concepción aplicable también a los estados transitorios en que se da lo urbano –propuesta desde una embrionaria antropología del movimiento–[3] sería la de *territorio circulatorio*, superpuesto a los espacios residenciales y ajeno a cualquier designación topológica, administrativa o técnica que se le quiera imponer.

Esos espacios abiertos y disponibles serían también aquellos a cuyo conocimiento podría aplicársele lo que Henri Lefebvre y, antes, Gabriel Tarde reclamaban como una suerte de *hidrostática* o dinámica de fluidos destinada al conocimiento de la dimensión más imprevisible del espacio social. Se anticipaban así a las aproximaciones efectuadas a las morfogénesis espaciales desde la cibernética y las teorías sistémicas, que han observado cómo la actividad autónoma y autoorganizada de los actores agentes de las dinámicas espaciales suscita todo tipo de estructuras disipativas, fluctuaciones y ruidos.[4] Así, para Lefebvre, el espacio social es hipercomplejo y aparece dominado por «fijaciones relativas, movimientos, flujos, ondas, compenetrándose unas, las otras enfrentándose».[5]

Pero el concepto que mejor ha sabido resumir la naturaleza puramente diagrámatica de lo que sucede en la calle es el de *es-*

1. Jacobs, *Muerte y vida de las grandes ciudades*, pp. 280-281.

2. E. Goffman, *Relaciones en público. Microestudios de orden público*, Alianza, Madrid, 1971, p. 47.

3. A. Tarrius, *Anthropologie du mouvement*, Paradigme, Caen, 1989, p. 12.

4. Cf. Y. Lung, *Auto-organisation, bifurcation, catastrophe. Les ruptures de la dynamique spatiale*, Presses Universitaires de Bordeaux, Burdeos, 1987.

5. H. Lefebvre, *La production de l'espace social*, Anthropos, París, 1974, pp. 113-5. Los subrayados son suyos.

*pacio,* tal y como lo propusiera Michel de Certeau para aludir a la renuncia a un lugar considerable como propio, o a un lugar que se ha esfumado para dar paso a la pura posibilidad de lugar, para devenir, todo él, umbral o frontera.[1] La noción de *espacio* remite a la extensión o distancia entre dos puntos, ejercicio de los lugares haciendo sociedad entre ellos, pero que no da como resultado un lugar, sino tan sólo, a lo sumo, un tránsito, una ruta. Lo que se opone al espacio es la marca social del suelo, el dispositivo que expresa la identidad del grupo, lo que una comunidad dada cree que debe defender contra las amenazas externas e internas, en otra palabras un *territorio.* Si el territorio es un *lugar ocupado,* el espacio es ante todo un *lugar practicado.* Al lugar tenido por propio por alguien suele asignársele un nombre mediante el cual un punto en un mapa recibe desde fuera el mandato de significar. El espacio, en cambio, no tiene un nombre que excluya todos los demás nombres posibles: es un texto que alguién escribe, pero que nadie podrá leer jamás, un discurso que sólo puede ser dicho y que sólo resulta audible en el momento mismo de ser emitido.

Existe una analogía entre la dicotomía *lugar/espacio* en Michel de Certeau y la propuesta por Merleau-Ponty de *espacio geométrico/espacio antropológico.*[2] Como la del *lugar,* la espacialidad geométrica es homogénea, unívoca, isótropa, clara y objetiva. El geométrico es un espacio *indiscutible.* En él una cosa *o está aquí o está allí,* en cualquier caso siempre *está en su sitio.* Como la del espacio según Certeau, la espacialidad antropológica, en cambio, es vivencial y fractal. En tanto que conforma un espacio existencial, pone de manifiesto hasta qué punto toda existencia es espacial. Ciertas morbilidades, como la esquizofrenia, la neurosis o la manía, revelan cómo esa otra espacialidad rodea y penetra constantemente las presuntas claridades del espacio geométrico –el «espacio honrado» lo llama Merleau-Ponty–, en que todos los objetos tienen la misma importancia. El es-

1. M. de Certeau, *L'invention du quotidien. I. Arts de faire,* Gallimard, París, 1992, pp. 170-191.

2. M. Merleau-Ponty, *Fenomenología de la percepción,* Península, Barcelona, 1975, pp. 258-312.

pacio antropológico es el espacio mítico, del sueño, de la infancia, de la ilusión, pero, paradójicamente, también aquello mismo que la simple percepción descubre más allá o antes de la reflexión. En él las cosas aparecen y desaparecen de pronto; uno puede estar aquí y en otro sitio. Es por él por lo que mi cuerpo, en toda su fragilidad, *existe* y puede ser conjugado. Es en él donde puede sensibilizarse lo amado, lo odiado, lo deseado, lo temido. Escenario de lo infinito y de lo concreto. En él no hay ojos, sino miradas.

De ahí se deriva el concepto –adoptado por Marc Augé de Certeau– de *no-lugar*. El no-lugar se opone a todo cuanto pudiera parecerse a un punto identificatorio, relacional e histórico: el plano; el barrio; el límite del pueblo; la plaza pública con su iglesia; el santuario o el castillo; el monumento histórico..., enclaves asociados todos a un conjunto de potencialidades, de normativas y de interdicciones sociales o políticas, que buscan en común la domesticación del espacio. Augé clasifica como no-lugares los vestíbulos de los aeropuertos, los cajeros automáticos, las habitaciones de los hoteles, las grandes superficies comerciales, los transportes públicos, pero a la lista podría añadírsele cualquier plaza o cualquier calle céntrica de cualquier gran ciudad, no menos escenarios sin memoria –o con memorias infinitas– en que proliferan «los puntos de tránsito y las ocupaciones provisionales».[1] Las calles y las plazas son o tienen marcas, pero el paseante puede disolver esas marcas para generar con sus pasos un espacio indefinido, enigmático, vaciado de significados concretos, abierto a la pura especulación. Como le ocurría a Quinn, el protagonista de «La ciudad de cristal» –uno de los relatos de *La trilogía de Nueva York*, de Paul Auster–, que amaba caminar por las calles de su ciudad convertidas para él en un «laberinto de pasos interminables», en el que podía vivir la sensación de estar perdido, de dejarse atrás a sí mismo: «reducirse a un ojo», haciendo que todos los lugares se volvieran iguales y se convirtieran en un mismo *ningún sitio*. El ningún sitio, como el no-lugar, es un punto de pasaje, un desplazamiento de líneas, alguna cosa –no importa qué– que atraviesa los lugares y justo en el momento en que los atraviesa. Por

1. M. Augé, *Los no-lugares. Espacios del anonimato*, Gedisa, Barcelona, 1993, p. 83.

definición, lo que produce son itinerarios en filigrana en todas direcciones, cuyos eventuales encuentros serían precisamente el objeto mismo de la antropología urbana. El no-lugar es el espacio del viajero diario, aquel que *dice* el espacio y, haciéndolo, produce paisajes y cartografías móviles. Ese *hablador* que hace el espacio no es otro que el transeúnte, el pasajero del metro, el manifestante, el turista, el practicante de *jogging*, el bañista en su playa, el consumidor extraviado en los grandes almaces, o –¿por qué no?– el internauta. El no-lugar es justo lo contrario de la utopía, pero no sólo porque *existe*, sino sobre todo porque no postula, antes bien niega, la posibilidad y la deseabilidad de una sociedad orgánica y tranquila.

Recapitulando algunas de las oposiciones podría sugerirse la siguiente tabla de equivalencias, todas ellas relativas y aproximadas, puesto que los conceptos alineados verticalmente no son idénticos, aunque guarden similitud entre ellos:

| | |
|---|---|
| *Modernidad* | *Tradición, rutina* |
| *Sociedad urbana* | *Sociedad comunal* |
| *Estructura estructurándose* | *Estructura estructurada* |
| *Movilidad* | *Estabilidad* |
| *Dislocado* | *Local* |
| *Anonimato* | *Identidad* |
| *Espacio* | *Territorio* |
| *Espacio público* | *Espacio de acceso restringido* |
| *Espacio de uso* | *Espacio habitado, construido o consumido* |
| *Zona de transición* | *Centro, zonas residencial y habitacional* |
| *Espacio intersticial* | *Centro/periferia* |
| *Tierra general* | *Tierra especial* |
| *Territorio circulatorio* | *Espacio residencial* |
| *Espacio/lugar practicado* | *Lugar ocupado* |
| *Territorios situacionales* | *Territorios fijos* |
| *Espacio antropológico* | *Espacio geométrico* |
| *No-lugar* | *Lugar* |

Repitámoslo: si se ha de considerar la antropología urbana como una variante de la antropología del espacio, debe recordarse que la espacialidad que atiende sólo relativamente funciona a la manera de una modelación en firme de los espacios. Más bien deberíamos decir que sus objetos son atómicos, moleculares. El asunto de estudio de la antropología urbana –*lo urbano*– tiende a comportase como una entidad resbaladiza, que nunca se deja atrapar, que se escabulle muchas veces ante nuestras propias narices. Por supuesto que siempre es posible, en la ciudad, elegir un grupo humano y contemplarlo aisladamente, pero eso sólo puede ser viable con la contrapartida de renunciar a ese espacio urbano del que era sustraído y que acaba esfumándose o apareciendo sólo «a ratos», como un trasfondo al que se puede dar un mayor o menor realce, pero que obliga a hacer como si no estuviera. Además, incluso a la hora de inscribir ese supuesto grupo en un territorio delimitado al que considerar como «el suyo», resultará enseguida obvio que tal territorio nunca será del todo suyo, sino que no tendrá más remedio que compartirlo con otros grupos, que, a su vez, llevan a cabo otras oscilaciones en su seno a la hora de habitar, trabajar o divertirse. Una antropología de comunidades urbanas sólo sería viable si se hiciera abstracción del nicho ecológico en que éstas fueran observadas, que lo ignorase, que renunciase al conocimiento de la red de interrelaciones que el grupo estudiado establecía con un medio natural todo él hecho de interacciones con otras colectividades no menos volubles y provisionales. Dicho de otro modo, el estudio de estructuras estables en las sociedades urbanizadas sólo puede llevarse a cabo descontándoles, por así decirlo, precisamente su dimensión urbana, es decir la tendencia constante que experimentan a insertarse –cabe decir incluso a desleírse– en tramas relacionales en laberinto.

Poca cosa de orgánico encontraríamos en lo urbano. El error de la Escuela de Chicago consistió en creer todavía en un modelo organicista derivado de Durkheim y de Darwin, que les impelía a ir en pos de los dispositivos de adaptación de cada presunta comunidad –supuesta como entidad congruente– a un medio ambiente crónicamente hostil cual era la ciudad. Cuando Robert Park, por ejemplo, acuñaba su idea de unas *regiones morales* o *áreas naturales* en que podía ser dividida la ciudad, lo hacía presuponiendo que éstas se correspondían con la ubicación topográfica de comunidades humanas identificadas e identificables, culturalmente determinadas, nítidamente segregables de su entorno, que se *hacían cuerpo* encerrándose o siendo encerradas en sus repectivos guetos. De ahí la ilusión, tantas veces revalidada tramposamente después, de la ciudad como un «mosaico» constituido por teselas claramente separadas unas de otras, dentro de las cuales cada comunidad podría vivir a solas consigo misma.

La antropología cultural norteamericana también intentó aplicar a contextos urbanos sus criterios de análisis, basados en la presunta existencia de comunidades dotadas de un sistema cosmovisional integrado, esto es determinadas por un único haz de pautas culturales. Pero hasta los más conspicuos representantes de la pretensión de analizar los vecindarios urbanos como si fueran ejemplos de la *little community* –por emplear el término acuñado por Robert Redfield–, descartaron la posibilidad de dar con colectividades cuajadas socioculturalmente en las metrópolis modernas. Así, Oscar Lewis reconocía que «los moradores de las ciudades no pueden ser estudiados como miembros de pequeñas comunidades. Se hacen necesarios nuevos acercamientos, nuevas técnicas, nuevas unidades de estudio, y formas nuevas...».[1] Tal crítica a los *community studies* no ha podido ser, en cualquier caso, sino la consecuencia de constatar hasta qué punto los espacios de la urbanidad lo eran de la miscelánea de lenguajes, de la comunicación polidireccional, de una trama inmensa de la que cuesta –si es que se puede– recortar instancias sociales estables y homogéneas.

Esa presunción de la ciudad como zonificada en áreas en las que vivirían acuarteladas comunidades con una identidad étnica o religiosa compartida, ha ocultado una realidad mucho más dinámica e inestable. En el caso de las denominadas «minorías étnicas» –y dejando de lado lo que esa denominación de origen tenga de eufemismo que oculta segregaciones y exclusiones que no tienen nada de «étnicas»–, esa visión que las contempla encerradas en en-

1. O. Lewis, *Antropología de la pobreza. Cinco familias*, FCE, México DF., 1961, pp. 17-18.

claves que colonizan en las grandes ciudades escamotea las negociaciones multidireccionales de los trabajadores inmigrantes, su lucha por obtener confianzas y por acumular méritos, las urdimbres interactivas en que se ven inmiscuidos y cuyas canchas e interlocutores se encuentran por fuerza más allá de los límites de su propia comunidad de origen. En cuanto a los contenidos de la identidad étnica de cada una de esas minorías, no respondían tanto a la cultura o la religión que realmente practicaban como a la que habían perdido y que conservaban sólo en términos celebrativos, por no decir puramente paródicos. Se sabe perfectamente, por lo demás, que los «barrios de inmigrantes» no son homogéneos ni social ni culturalmente, y que, más incluso que los vínculos de vecindad, el inmigrante tiende a ubicarse en tramas de apoyo mutuo que se tejen a lo largo y ancho del espacio social de la ciudad, lo que, lejos de condenarle al encierro en su gueto, le obliga a pasarse el tiempo trasladándose de un barrio a otro, de una ciudad a otra. El inmigrante en efecto es, tal y como Isaac Joseph nos ha hecho notar, un «visitador nato».[1] Los desplazamientos constantes de los protagonistas de la película de Luchino Visconti *Rocco y sus hermanos* (1963), meridionales en Milán, ejemplifican a la perfección esa naturaleza peripatética de las redes relacionales entre inmigrados a grandes ciudades.

Aceptemos, pues, que lo urbano es un medio ambiente dominado por las emergencias dramáticas, la segmentación de los papeles e identidades, las enunciaciones secretas, las astucias, las conductas sutiles, los gestos en apariencia insignificantes, los malentendidos, los sobrentendidos... Si es así, ¿cuál es la posibilidad, en tales condiciones, de desarrollar una etnografía canónica, como la practicada en contextos exóticos, o al menos respetuosa con ciertos requisitos que suelen considerarse innegociables?[2] Es obvio que cualquier estudio con pretensiones de presentarse como «de comunidad» –en

1. I. Joseph, «Du bon usage de l'école de Chicago», en J. Roman, ed., *Ville, exclusion et citoyenneté*, Seuil/Esprit, París, 1991, pp. 69-96.

2. Así por ejemplo: «El trabajo de campo, es decir la participación observante en una pequeña comunidad por un periodo largo de tiempo (entre uno y dos años), es la marca distintiva del antropólogo» (J. R. Llobera, *La identidad de la antropología*, Anagrama, Barcelona, 1999, p. 66).

cualquiera de los sentidos que las ciencias sociales han asignado al término– no podría suscitar mucho más que una antropología *en* la ciudad, pero de ningún modo una antropología propiamente *urbana*. En cambio, si lo que se primara fuera la atención por el contexto físico y medioambiental y por las determinaciones que de él parten, a lo que había que renunciar era al efecto óptico de comunidades exentas que estudiar, puesto que era entonces el supuesto grupo humano segregable el que resultaba soslayado en favor de otro objeto, el espacio público, en el que no tenía más remedio que acabar diluyéndose, justamente por la obligación que los mecanismos de urbanización imponen a los elementos sociales copresentes de mantener entre ellos relaciones complejas, ambivalentes y confusas, en que nadie recibe el privilegio de quedarse nunca completamente solo, y mucho menos de poder reducirse a no importa qué unidad. A no ser, claro está, de tanto en tanto y a título de autofraude, como cuando ciertos colectivos usan el espacio público para ponerse en escena a sí mismos en tanto que tales, no porque existan, sino precisamente para existir, es decir para intentar creer que la fantasía de poseer un sedimento identitario sólido está de algún modo bien justificada.

Resumiendo: si la antropología urbana quiere serlo de veras, debe admitir que todos sus objetos potenciales están enredados en una tupida red de fluidos que se fusionan y licúan o que se fisionan y se escinden, un espacio de las dispersiones, de las intermitencias y de los encabalgamientos entre identidades. En él, con lo que se da es con formas sociales lábiles que discurren entre espacios diferenciados y que constituyen sociedades heterogéneas, donde las discontinuidades, intervalos, cavidades e intersecciones obligan a sus miembros individuales y colectivos a pasarse el día circulando, transitando, generando lugares que siempre quedan por fundar del todo, dando saltos entre orden ritual y orden ritual, entre región moral y región moral, entre microsociedad y microsociedad. Si la antropología urbana debe consistir en una ciencia social de las movilidades es porque es en ellas, por ellas y a través de ellas como el urbanita puede entretejer sus propias personalidades, todas ellas hechas de transbordos y correspondencias, pero también de traspiés y de interferencias.

El espacio público es, pues, un territorio desterritorializado, que se pasa el tiempo reterritorializándose y volviéndose a desterritorializar, que se caracteriza por la sucesión y el amontonamiento de componentes inestables. Es en esas arenas movedizas donde se registra la concentración y el desplazamiento de las fuerzas sociales que las lógicas urbanas convocan o desencadenan, y que están crónicamente condenadas a sufrir todo tipo de composiciones y recomposiciones, a ritmo lento o en sacudidas. El espacio público es desterritorializado también porque en su seno todo lo que concurre y ocurre es heterogéneo: un espacio esponjoso en el que apenas nada merece el privilegio de *quedarse*.

## 3. LA OBSERVACIÓN FLOTANTE

Hemos visto cómo esa forma particular de sociedad que suscitan los espacios públicos –es decir, lo urbano como la manera plural de organizarse una comunidad de desconocidos– no puede ser trabajada por el etnólogo siguiendo protocolos metodológicos convencionales, basados en la permanencia prolongada en el seno de una comunidad claramente contorneable, con cuyos miembros se interactúa de forma más o menos problemática. De hecho, la posición y el ánimo de un etnógrafo que quisiera serlo de lo urbano *al pie de la letra* no serían muy distintos de los de Jeff, el personaje que interpreta James Stewart en *La ventana indiscreta*, de Alfred Hitchcock (1954). Jeff es un reportero que vive en Greenwich Village y que se está recuperando de un accidente que lo ha dejado incapacitado por un tiempo. Se entretiene enfocando con su teleobjetivo las actividades de sus vecinos, a los que ve a través de las ventanas abiertas de un patio interior. Lo que recoge su mirada son flashes de vida cotidiana, cuadros que tal vez podrían, cada uno de ellos por separado, dar pie a una magnífica narración. Así sucedería en otra película posterior de Hitchcok, *Psicosis* (1960), cuya primera secuencia consiste en desplazar la mirada de la cámara por las ventanas de un bloque de oficinas, hasta que se detiene como por azar en una de ellas, en la que penetra para encontrar el arranque de la historia posterior. En cambio Jeff, que, por su estado físico, no puede ir más allá de las superficies que se le van ofreciendo, percibe un conjunto de «recortes», por así decirlo, desconectados los unos de los otros, cuyo conjunto carece por completo de lógica: arrebatos amorosos de una pareja, actividad creativa de un compositor, cuidados de una mujer solitaria a su perrito, un matrimonio que discute... El film de Hitchcock está inspirado en una novela homónima de Cornell Woolrich, pero la historia se parece mucho a un relato de E.T.A. Hoffmann titulado «El primo de Corner Window», cuyo protagonista está también impedido y dedica todo su tiempo a mirar desde la ventana de la esquina donde vive a la muchedumbre que discurre por la calle. Cuando recibe una visita, le cuenta a su amigo que le encantaría poder enseñarles a aquellos que tienen la suerte de poder caminar los rudimentos de lo que llama «el arte de mirar», puesto que sólo estará de veras en condiciones de comprender a la multitud alguien que, como él, no pueda levantarse de una silla.[1]

Se ha escrito que Jeff es una especie de encarnación sintética del espectador de cine, e incluso, más allá, del propio habitante de las sociedades urbanas. Como en un momento dado de la película dice Thelma Ritter, la enfermera de Jeffries, «nos hemos convertido en una raza de fisgones». Por supuesto –ya se ha subrayado– la analogía entre Jeff y la tarea del naturalista de lo urbano es evidente. En cualquier caso, lo de veras terrible es que lo que Jeff –reportero, *flâneur*, espectador de cine, antropólogo– capta, paralizado, a través de su ventana no conforma ningún conjunto coherente, sino un desorden en que cada uno de los fragmentos de vida doméstica que atraen su atención no alcanza nunca a acoplarse del todo con el resto. La obsesión del *voyeur* inmóvil en que Jeff se ha convertido no es tanto la de *mirar* como la de encontrar alguna ligazón lógica entre todo lo mirado, alguna *historia*, por atroz que fuere, que le otorgara congruencia a la totalidad o a alguna de sus partes, puesto que sólo demostrar la existencia de ese hilvanamien-

1 Richard Sennet hace notar –a partir precisamente de ese cuento de Hoffman– que el *flâneur* baudelairiano debe, si es que en efecto quiere ejercer como tal, «volverse como un paralítico», mirar constantemente sin ser interpelado ni advertido por aquellos a quienes observa (*El declive del hombre público*, p. 265).

to que integrase argumentalmente los trozos de realidad le permitiría salvar la sospecha que sobre él se cierne de estar desquiciado o de ser un impotente sexual, tal y como su insatisfactoria relación con su novia, Lisa (Grace Kelly), insinúa. Algo parecido a lo que expresa el protagonista masculino de una de las películas que mejor ha plasmado últimamente la naturaleza azarosa de las relaciones urbanas, *Cosas que nunca te dije*, de Isabel Coixet (1996). Su voz en *off* dice, en la secuencia que abre el film: «Es como si alguien te regalara un rompecabezas con partes de un cuadro de Magritte, una foto de unos ponis y las cataratas del Niágara, y tuviera que tener sentido...; pero no lo tiene.»

Esa impotencia del observador de lo urbano ante su tendencia a la fragmentación no tiene por qué significar una renuncia total a las técnicas de campo canónicas en etnografía. Es verdad que se ha escrito que «frente a la dispersión de las actividades en el medio urbano, la observación participante permanente es raramente posible».[1] Pero también podrían invertirse los términos de la reflexión y desembocar en la conclusión contraria: acaso la observación participante sólo sea posible, tomada literalmente, en un contexto urbanizado. Es más, una antropología de lo urbano sólo sería posible llevando hasta sus últimas consecuencias tal modelo –observar y participar al mismo tiempo–, en la medida en que es en el espacio público donde puede verse realizado el sueño naturalista del etnógrafo. Si es cierto que el antropólogo urbano debería abandonar la ilusión de practicar un trabajo de campo «a lo Malinowski», no lo es menos que en la calle, el supermercado o en el metro, puede seguir, como en ningún otro campo observacional, la actividad social «al natural», sin interferir sobre ella.

Es más, el etnógrafo de espacios públicos participa de las dos formas más radicales de observación participante. El etnógrafo urbano es «totalmente participante» y, al tiempo, «totalmente observador». En el primero de los casos, el etnógrafo de la calle permanece oculto, se mezcla con sus objetos de conocimiento –los seres de la multitud–, los observa sin explicitarles su misión y sin pedirles

1. J. Gutwirth, «L'enquête en ethnologie urbaine», *Hérodote*, París, 9 (1er. trimestre 1978), p. 42.

permiso. Se hace pasar por «uno de ellos». Es un viandante, un curioso más, un manifestante que nadie distinguiría de los demás. Se beneficia de la protección del anonimato y juega su papel de observador de manera totalmente clandestina. Es *uno más.* Pero, a la vez que está del todo involucrado en el ambiente humano que estudia, se distancia absolutamente de él. El etnógrafo urbano adquiere –a la manera de los ángeles de *Cielo sobre Berlín,* de Wim Wenders (1987)– la cualidad de observador invisible, lo que le permite mirar e incluso anotar lo que sucede a su alrededor sin ser percibido, aproximarse a las conversaciones privadas que tienen lugar cerca de él, experimentar personalmente los avatares de la interacción, seguir los hechos sociales muchas veces «de reojo». Puede realizar literalmente el principio que debería regir toda atención antropológica, y que, titulando sendos libros suyos, Lévi-Strauss enunció como «de cerca y de lejos» y «mirada distante». Porque, al participar de un medio todo él compuesto de extraños, ser un extraño es precisamente la máxima garantía de su discreción y de su éxito.

Se han procurado algunos ensayos de esa etnografía de los espacios públicos, todavía por constituirse en un campo disciplinar autónomo, complementario –sin pretensión alguna de ser en absoluto alternativo– de los ya existentes. Estas investigaciones han tratado de aplicar al espacio público un método naturalista radical, inspirado en la etnometodología y el interaccionismo simbólico y cuyo objetivo han sido sociedades fortuitas entre desconocidos, que pueden ser viajeros de trenes de cercanías, clientes de sex-shops, alumnos de un aula de secundaria, usuarios de plazas públicas o compradores de supermercado.[1] El tipo de actitud que el etnógrafo urbano debe mantener en relación con un objeto por definición inesperado ha sido denominado por Colette Pétonnet, adoptando un concepto tomado del psicoanálisis, «observación flotante», y consiste en mantenerse vacante y disponible, sin fijar la atención en un objeto preciso sino dejándola «flotar» para que las informaciones penetren sin filtro, sin aprioris, hasta que hagan su aparición puntos de refe-

1. A título de ejemplo de este tipo de trabajos, véase el libro de Lyn H. Lofland *A World of Strangers: Orden and Action in Urban Public Space,* Basic Books, Nueva York, 1973.

rencia, convergencias, disyunciones significativas, elocuencias..., de las que el análisis antropológico pueda proceder luego a descubrir leyes subyacentes. En el ejemplo que la propia Pétonnet presenta, la observación de campo se refleja en anotaciones de hechos aislados unos de otros, que suceden a lo largo de varios días y que tienen como protagonistas a los visitantes asiduos o eventuales del cementerio parisino de Pére-Lachaise. Por brindar una muestra de cómo se concreta este método, veamos la anotación correspondiente a una de las jornadas de la observación de campo:

> 3 de marzo. – El tiempo frío y cubierto abrevia una nueva exploración en solitario. El viejo, bien cargado de ropa, está sentado en un banco en su lugar habitual. Tiene ochenta y siete años y viene haga el tiempo que haga. Incansable, cuenta el cementerio, «sus 44 hectáreas, sus doce mil árboles y sus doscientos gatos, los 25.000 compartimentos del colombario (el crematorio no se puede visitar, pero si les das una moneda a los enterradores...). Cuesta más caro hacerse enterrar al borde del paseo que detrás». Puede uno evidentemente preguntarse sobre la relación que mantiene con su propia muerte. Pero ése no es nuestro propósito. ¿Es parisino? «¡Y cómo!» Nació en la calle Clignancourt. La mujer de la capa llega de arriba. Maldice a los guardas y cuenta los rumores que circulan a propósito de los espíritus. Empieza a llover pero se sienta en el banco y ambos se quedan charlando bajo sus paraguas que se tocan.
>
> Él es el verdadero vigilante, siempre allí, sabiéndolo todo, y vigilando el lugar sagrado.[1]

Fórmulas parecidas, pero todavía más radicalizadas, han sido empleadas para describir lo que sucede en los espacios intersticiales de la ciudad, zonas-umbral marcadas por la fluidez ininterrumpida y la ambivalencia de lo que en ellas acontece. El resultado no puede dejar de ser un retrato de lo hipersegmentado, de lo fracturado, también de lo que brilla y atrae la atención ya sea del mirón

1. C. Pétonnet, «L'Observation flottante», *L'Homme*, París, XXII/4 (1982), p. 41.

desocupado, ya sea del etnógrafo trabajando en contextos urbanos. Así se describe lo que el antropólogo ve en una plaza de São Paulo:

> Una treintena de hombres de varias edades comparten el lecho improvisado en el suelo de una bomba de gasolina de luces apagadas, en una calle oscura cualquiera, próxima al centro. El hombre alimenta a su perro amarrado a un árbol en una esquina de la plaza. Dos hombres enrollados de pies a cabeza en viejas cobijas duermen y se calientan al sol del mediodía en la misma acera. Un hombre llora. Otros hablan con él. La mujer peina los cabellos del niño bajo la marquesina de un local al amanecer del día, mientras tanto otros niños duermen abrigados en cajas de cartón. Basuras y ruinas delimitan domicilios donde la intimidad de los gestos y las acciones levantan paredes más presentes, y que al ser atravesadas por la mirada del investigador, lo hacen sentirse intruso, indiscreto, y percibir la fuerza de los límites simbólicos de esos capullos en el espacio. La niña empuja a la fotógrafa-investigadora haciéndose notar, defendiendo su privacidad o tal vez ambas cosas.[1]

Debería hacerse notar cómo esa manera sistemática de observar y registrar lo urbano no tiene en realidad nada de nuevo, ni tampoco lo pretende. Sería fácil reconocer –tras la pretensión científica que ostentan– una escritura parecida a la que se ocupara, hace más de un siglo, del caos móvil, desconcertante y a la vez fascinador, en que consistía, para sus primeros cronistas, la modernidad urbana del XIX. De hecho, al trabajo de campo antropológico en nichos urbanizados se le plantea una urgencia no muy distinta de la que atribulaba a Baudelaire en la carta al editor Arsene Houssaye con que prologa su *Spleen de París*, en la que invocaba un tipo nuevo de poesía que fuera capaz de levantar testimonio de lo nuevo, de la *modernidad*, «una prosa poética musical, sin ritmo, sin

1. A. A. Arantes, «La guerra de los lugares: Fronteras simbólicas y umbrales en el espacio público», en D. Herrera, ed., *Ciudad y cultura. Memoria, identidad y comunicación*, Universidad de Antioquia, Medellín, 1998, p. 161.

rima, tan flexible y dura a la vez como para poder adaptarse a los movimientos líricos del alma, a las ondulaciones del ensueño, a los sobresaltos de la conciencia».

No hay duda de que los primeros ensayos de ese nuevo lenguaje literario, pensado desde y para lo urbano, le corresponden a esa mirada que los simbolistas del siglo XIX lanzaran sobre los procesos y formas de configuración de la vida en el espacio público, a partir de la que se elaboran tipologías y fisiologías específicamente ciudadanas, al tiempo que se describen todo tipo de peripecias que tienen lugar de manera imprevista en la calle. De esa «literatura panorámica», como la llamaba Walter Benjamin, un ejemplo podría ser el famoso cuento de Edgar Allan Poe «El hombre de la multitud», en el que el protagonista se halla contemplando lo que discurre ante sus ojos, sentado ociosamente en la terraza de un café londinense, a última hora de la tarde. El personaje describe su estado de ánimo como «el reverso exacto del *ennui;* disposición llena de apetencia, en la que se desvanecen los vapores de la visión interior y el intelecto electrizado sobrepasa su nivel cotidiano». Más adelante, describe el proceso que va siguiendo paulatinamente su mirar: «Al principio, mis observaciones tomaron un giro abstracto y general. Miraba a los viandantes en masa y pensaba en ellos desde el punto de vista de su relación colectiva. Pronto, sin embargo, pasé a los detalles, examinando con minucioso interés las innumerables variedades de figuras, vestimentas, apariencias, actitudes, rostros y expresiones». En esa muestra de protoetnografía urbana vemos cómo, a partir de una primera impresión indiferenciada, el protagonista del cuento va desmenuzando los elementos que componen la abigarrada multitud que circula, y en la que puede distinguir y describir distintos subtipos de oficinistas, carteristas, jugadores profesionales, buhoneros judíos, varias especies de dandys, mendigos... –tal y como haría un etnólogo dispuesto a defragmentar sobre el terreno una sociedad de transeúntes–, hasta dar de pronto con el perfil de un desconocido que le concita una invencible fascinación y del que intenta inútilmente desvelar el enigma que insinúa, siguiéndolo entre la muchedumbre hasta perderlo.

Ahora bien, el prototipo que mejor prefigura la mirada de un etnógrafo urbano es, sin duda, el de Constatin Guys, «el pintor de la vida moderna» al que Baudelaire consagrará un conocido texto. El Sr. G. es un observador apasionado, que experimenta inmenso placer al sumergirse «en lo ondulante, el movimiento, en lo fugitivo, en lo infinito». El Sr. G. es, de entrada, un *flâneur:* ve el mundo, está en el mundo, pero permanece «oculto al mundo»; es un «*príncipe* que goza en todas partes de su incógnito», que concibe la multitud en la que penetra «como un inmenso depósito de electricidad», o como «un espejo tan inmenso como esa multitud..., caleidoscopio dotado de conciencia, que, en cada uno de sus movimientos, representa la vida múltiple y la gracia inestable de todos los elementos de la vida. Es un *yo* insaciable del *no-yo*, que, a cada instante, lo refleja y lo expresa en imágenes más vivas que la vida misma, siempre inestable y fugitiva». Su actitud de perplejidad ante lo que ve –que debería ser la misma que invadiera a nuestro etnógrafo urbano–, se parece a la de un niño, no muy distinto de aquel que, en la película *El imperio del Sol*, de Steven Spielberg (1987), contemplaba extasiado tras los cristales del coche que lo traslada por las calles atiborradas del Shangai de 1940, la amalgama de visiones que el simple espectáculo de la vía pública le depara. El pintor de la vida moderna –nuestro etnógrafo de lo urbano– debe ser ese niño *estupefacto* que todo lo ve como novedad, que permanece en todo momento con la vista *embriagada* y que, al final del día, se inclina sobre ese papel o lienzo en que «todos los materiales de los que la memoria se ha colmado son clasificados, ordenados, armonizados y sometidos a aquella idealización forzada que es el resultado de una percepción *infantil*, es decir de una percepción aguda, ¡mágica a fuerza de ingenuidad!».[1] A la luz de ese modelo, el etnólogo de las calles, un *flâneur* al que se ha dotado de un aparato conceptual adecuado, puede no sólo reconocer, sino también analizar y comparar las profundidades sobre las que se desliza. Practica lo que Lucius Burckhardt ha llamado una *paseología,*[2] ciencia que estudia los paisajes recorridos a pie, dejándose llevar más por los sentidos que por las piernas.

1. Ch. Baudelaire, *El pintor de la vida moderna*, Colegio de Aparejadores, Murcia, 1995, pp. 81-90.
2. L. Burckhardt, *Le design au-delà du visible,* Centre Georges Pompidou, París, 1991, pp. 71-84.

La literatura nos ha provisto de otros excelentes modelos de esa misma escritura preetnográfica, adaptada a sociedades en extremo efímeras y organizadas en torno al movimiento, similar a ellas. Tómese, por citar un caso, esa extraordinaria pieza de 1917 que es *El paseo*, de Robert Walser, y se habrá dado con un auténtico manual de etnografía de los espacios públicos, mucho menos *naïf* de lo que cabría esperar de una mera obra literaria. Más radicalmente, renunciando a las servidumbres del relato, pulverizando toda expectativa de totalidad, debería contarse con el precedente de aquella literatura que se dejara inspirar por la defragmentación analítica del cubismo y por el amor de dadaístas y surrealistas por el *collage*. De ahí ese libro-calle que es *Dirección única*, de Walter Benjamin. O, más tarde, las ráfagas de percepción y de experiencia que, siguiendo el modelo de los *haïkus* budistas, le servían a Barthes para su personal ajuste de cuentas contra el lenguaje, pizcas de vida, notas de una etnografía imposible tomadas durante un viaje a Marruecos y recogidas en una obra póstuma, *Incidentes*: «El chaval de cinco años, con pantalón corto y sombrero, golpea una puerta, escupe, se toca el sexo.» Italo Calvino profetizó que toda la literatura del siglo XXI iba a reunir las mismas características que le corresponderían a esa antropología capaz de dar cuenta de lo inconstante y lo entropizado de las calles, pareciéndosele: levedad, rapidez, exactitud, visibilidad, multiplicidad, consistencia. Por detenernos en un ejemplo particular, ahí tenemos lo que William S. Burroughs llamaba, titulando un relato breve suyo, «Las técnicas literarias de Lady Sutton-Smith», sobre los consejos de una vagabunda que «ennoblecía con su ingenio» una pequeña villa marinera cerca de Tánger. La técnica literaria en cuestión consistía, entre otras cosas, en lo siguiente:

> Siéntate en cualquier rincón de un café, toma un pocillo de café, lee un periódico y *escucha*, no hables contigo mismo... (¿Cómo me veo? ¿Qué piensan ellos de mí?) Olvida tu *yo*. No hables. Escucha y atiende, mientras lees (cualquier detective privado sabe mirar y oír mientras lee ostensiblemente el *Times*)... Registra lo que oyes y lo que ves, mientras lees una frase cualquiera. Ésos son cruces, bocacalles, *puntos de intersección*. Anota esos

puntos de intersección al margen de tu periódico. Oye lo que se habla a tu alrededor, y observa lo que se desarrolla en torno. Métete en el papel de un agente secreto, a quien amenazan constantemente la muerte o las cámaras de tortura enemigas, con todos los sentidos en estado de permanente alerta, yendo a lo largo de las calles del miedo siempre oteando, olfateando y tembloroso como un *perro* bajo la más extrema de las tensiones. Éste es un placentero ejercicio literario (pequeño ejercicio), que le da al escritor lo que más necesita: acción. Atención, repetición. Ustedes comprobarán que un paseo, hacer un par de compras, un corto viaje llenarán páginas enteras, cuando hayan aprendido a observar, a escuchar y a *leer.*

No sería la literatura la única fuente de inspiración en que una etnografía de lo inconstante debería mirarse y aprender. Una etnografía urbana *naïf* se desprende también de las formas más activas y a ras de calle que adopta la profesión de periodista. No en vano Robert Ezra Park, uno de los fundadores de la Escuela de Chicago, procedía de ese oficio y enseñó a sus alumnos a concebir la sociología como una forma sofisticada y sistemática de «crónica de actualidad». Siendo lo móvil y lo momentáneo lo que pretende conocer, la labor del etnólogo urbano habrá de parecerse por fuerza a la del reportero de actualidad, siempre atento a lo inesperado, siempre, como suele decirse, *al pie de la noticia.* La manera como muchos programas de radio o de televisión –los más modestos, con frecuencia– tratan esas áreas temáticas que se dan en llamar «vida local», «sociedad» o «crónica de sucesos» son verdaderas certificaciones de la naturaleza heteróclita y cambiante de los mundos urbanos.[1] Gabriel Tarde, Erving Goffman y Henri Lefebvre advirtieron, cada cual en su momento, cómo la calle se muestra de manera idéntica a un periódico abierto, con sus correspondientes secciones habituales: política, notas de sociedad, sucesos, deportes, pasatiempos, anuncios...

1. Permítaseme remitirme, como ejemplo de ello y como homenaje, a uno de los mejores comunicadores que ha conocido la radio española, Luis Arribas Castro, que en la década de los setenta popularizó un lema: «La ciudad es un millón de cosas».

Una etnografía de lo urbano también debería tener presente ese modelo de formato que le prestan las canciones llamadas «de síntesis», piezas de entre tres a cinco minutos en que se esbozan con notable realismo determinados aspectos de la vida cotidiana en las ciudades. El universo de la música moderna, a través de todos sus géneros pero también de una espectacularidad que estimule la percepción y la inteligencia, ha demostrado una gran sensibilidad hacia los personajes y las situaciones que conocen los ambientes urbanos, al mismo tiempo que una no menos remarcable capacidad de transmitir muchas cosas en muy poco tiempo. No hay más que oír algunas canciones de Lou Reed, Bruce Springsteen, Georges Brassens, Leonard Cohen o Bob Dylan –por citar sólo los nombres de algunos clásicos– para darse cuenta de hasta qué punto puede tal presentación resumir la gama de sensaciones y sentimientos de un urbanita cualquiera. Más cerca de nosotros, lo mismo podría decirse de muchas canciones de Joan Manuel Serrat o de Pedro Guerra, por mencionar nuevamente algunos ejemplos entre tantos otros que lo merecerían. Algunas de esas piezas podrían ser consideradas ya plenamente etnográficas, como aquella «Orly» en que Jacques Brel iba describiendo los gestos de dos amantes despidiéndose en un aeropuerto, una tarde de cualquier domingo: «Estoy allí, la sigo / No intento nada por ella / A quien la muchedumbre mordisquea / Como un fruto cualquiera.»

Eso no es válido sólo para las canciones «de calidad», debidas a «poetas del rock» o a cantautores de prestigio. Los boleros, los tangos, las melodías románticas más populares, todos los géneros de música juvenil –del *ska* al *rap*– e incluso las canciones de éxito que las élites desprecian, pueden devenir, más allá de su aparente trivialidad, auténticas cápsulas de sentido, módulos mínimos de experiencia humana donde cualquiera estará siempre en condiciones de encontrar un testimonio de su propia vivencia personal, puesto que en ellas se describen los sentimientos fugaces, los personajes de *a minuto* y las situaciones transitorias pero intensísimas que conoce el practicante de la ciudad moderna. Una película de Alain Resnais, *On connait la chanson* (1997), nos muestra a los protagonistas de un melodrama convencional introduciendo melodías famosas en sus diálogos –Johnny Hallyday, Edith Piaf, Sylvie Vartan, Maurice Chevalier...–, como si todas y cada una de las situaciones en que se vieran involucrados, con sus correspondientes sentimientos y sensaciones, tuvieran también su canción correspondiente. Ese mismo recurso había sido empleado antes por el guionista Dennis Potter en una serie televisiva, de la que luego se derivaría la película *Dinero caído del cielo*, de Herbert Ross (1985). Un personaje de *La mujer de al lado*, de François Truffaut (1981), traducía ese misma impresión: «Me gusta oír la radio, porque las malas canciones dicen la verdad.»

Y lo mismo para esas estrategias de enunciación que encuentran la forma de transmitir brevemente, como *de golpe*, como suele decirse *en un santiamén*, sensaciones, pensamientos, conceptos abstractos o sentimientos al mismo tiempo complejos e instantáneos, fulgores que requieren de una extraordinaria capacidad de síntesis, pero que han de ser también lo suficientemente espectaculares y atractivos como para estimular la percepción y desencadenar la inteligencia. Se trata de formatos como el *spot* publicitario, el clip televisivo o la cuña radiofónica, capaces de comprimir lo complicado de la experiencia urbana, al mismo tiempo que respetan su brevedad. El referente sería, en el campo filosófico, el de la incisión rutilante de los aforismos. En el de la música, ¿por qué no?, la delicadeza engañosamente trivial, la falsa levedad de las *gymnopedias* de Erik Satie. En cierto modo, ese tipo de formalización ya ha sido experimentado en literatura antropológica, al menos si reconocemos como ejemplo suyo muchas de las producciones del desaparecido Alberto Cardín. Alberto Hidalgo se refería a éstas como «videoclips etnorreflexivos», suerte de simbiosis «entre el artículo periodístico, el ensayo filosófico, la crítica cultural y el documental cinematográfico», que, por encima de su apariencia zascandileante y superficial –duración ligera, ironía, ritmo frívolo–, eran capaces de desencadenar auténticos «estallidos cerebrales y pinzamientos neuronales».[1]

En resumen, una etnografía de los espacios públicos no debería desdeñar producciones culturales que han nacido con y para la vida urbana, es decir para una existencia hecha de situaciones tran-

1. A. Hidalgo, «El videoclip autorreflexivo de Alberto Cardín», *El Basilisco*, Oviedo, 12 (verano 1992), pp. 24-29.

sitorias y alteradas. La literatura, los *mass media* y la música ligera estarían llenas de buenos ejemplos de ello, básicamente porque todos estos medios *se parecen* en extremo al objeto que pretenden captar y describir. Ahora bien, a la hora de apuntar precedentes y paralelos extradisciplinares es inevitable atender al más destacable, al más radical de todos ellos, aquel en que se encontrarían más analogías entre lo registrado y la forma de registrarlo, y también aquel del que la antropología urbana más debería estar dispuesta humildemente a aprender: el cine. Es la necesidad de concebir estrategias alternativas de observación y registro aptas para atender sociedades inestables y lejos del equilibrio lo que debería invitar a la antropología urbana a pensar hasta qué punto el cine podría brindarle sugerencias valiosas, a partir de su manera de recoger y repetir –hasta cierto punto, como veremos, a prolongar, a sustituir o a restituir– la realidad.

A esta cuestión se dedicará el próximo capítulo. La vindicación del cine no incide sólo en los beneficios ya probados de usar cámaras como herramientas auxiliares en investigaciones de campo, sino en el tipo de perspectiva sobre las cosas que puede desarrollar un instrumento, al mismo tiempo de ciencia y de arte, que nació no sólo *con* la modernidad urbana, sino para reproducir sintéticamente su sensibilidad por el detalle, por lo efímero, por lo superficial y por lo sorprendente, en una palabra por lo gláuquico y las metamorfosis. El cine y lo urbano estaban hechos, al fin y al cabo, de lo mismo: una estimulación sensorial ininterrumpida, hecha de secuencias de acción, excitaciones imprevistas, impresiones inesperadas... En la calle, como en las películas, *siempre pasan cosas.*

# II. HACIA UNA ANTROPOLOGÍA FÍLMICA

> Así pues, lo que hay que hacer es la semiología del lenguaje de la acción o de la realidad a secas. Es decir, ampliar de tal forma el horizonte de la semiología y la lingüística que la cabeza se pierda sólo de pensarlo o se sonría con ironía.
>
> PIER PAOLO PASOLINI

## 1. CUERPOS EN ACCIÓN

Las posibilidades que el cinematógrafo brindaba de acceder de una nueva manera, plenamente moderna, a la vida cotidiana fue lo que tanto llegó a seducir a las vanguardias del arte y del pensamiento del primer cuarto de siglo. El cine no sólo emancipaba la mirada, le daba una movilidad y una agilidad portentosa, la liberaba de la perspectiva teatral y sus imposiciones jerarquizadoras. El cine permitía además observar todo lo desapercibido de la realidad, todo lo que, estando ahí, se le ocultaba al ojo humano. De ahí sin duda la fascinación de los surrealistas por el nuevo invento. En ese mismo contexto, Walter Benjamin, Rudolf Arnheim o Bertolt Brecht advertían cómo el cine podía abrir perspectivas nuevas a la hora de trabajar sobre lo inadvertido, procurar una presentación incomparablemente más precisa de las situaciones, virtud que venía dada por su capacidad de aislamiento de sus componentes atómicos, de incidencia sobre los matices escondidos de la acción humana ordinaria, de análisis de todo cuanto pudiera antojarse a primera vista banal, sin serlo. Walter Benjamin escribía:

> Se entiende así que aquello que habla a la cámara sea de una naturaleza distinta de lo que le habla al ojo. Distinta especialmente por el hecho de que, en lugar de un espacio elaborado por la consciencia del hombre, interviene un espacio elaborado inconscientemente. Normalmente nos damos cuenta, aunque sea

de manera aproximada, del temperamento de la gente, pero ciertamente no se sabe nada de su comportamiento en el fragmento de segundo en que apresura su paso. Podemos estar más o menos acostumbrados al gesto de coger un encendedor o una cuchara, pero no sabemos prácticamente nada de lo que efectivamente pasa entre la mano y el metal, por no hablar de la manera como esto varía según los estados de ánimo en que nos encontramos. Aquí interviene la cámara con sus medios auxiliares, con su subir y bajar, con su interrumpir y aislar, con su dilatar y condensar el proceso, con su ampliar y reducir. Sólo gracias a ella sabemos algo del inconsciente óptico.[1]

Esa misma expectación hacia las posibilidades del cine de acceder a los principios que regían el cuerpo humano en acción, es decir por las técnicas de las que los humanos se valen para relacionarse con otros seres humanos y con las cosas en unas coordenadas tempo-espaciales precisas, es la que había acompañado la aparición de la cámara cinematográfica como instrumento no ya de arte, sino de conocimiento. El cine nació para ponerse al servicio de una aproximación antropológica inédita a ciertos aspectos de la actividad física y social del ser humano, precisamente en aquellas circunstancias en las que otros métodos de registro, como la anotación escrita o la fotografía, se antojaban insuficientes o incluso contraindicados. Esa realidad humana que la palabra o la imagen fija no podían retener ni reproducir tenía que ver con el movimiento de los cuerpos humanos en el espacio y en el tiempo. Gestos, palabras y miradas irrepetibles podían ser captados, conservados y reproducidos. He ahí lo que *sólo* el cinematógrafo podía ser capaz de ver y plasmar luego, y que no eran sino lo que Gilles Deleuze llamará «bloques de movimiento-duración».

Hay que recordar que, mucho antes de las recreaciones realistas primerizas de los Edison o los Porter o de las prestidigitaciones de Georges Mélies, con las que asumió convertirse en un espectáculo basado en el relato de ficciones, el cine había dado sus pri-

1. W. Benjamin, *L'obra d'art a l'època de la seva reproductibilitat tècnica*, Edicions 62/La Caixa, Barcelona, 1983, p. 62.

meros pasos limitándose a mostrar cuerpos y acciones. El cinematógrado comenzó su andadura en 1872, con lo que entonces se llamó «fotografías secuenciales», mediante las cuales fisiólogos como E. Muybridge, Étienne Jules Marey o Félix Regnault se permitían mostrar a seres humanos caminando, corriendo, gateando, cabalgando, trepando.... Primero fueron norteamericanos o franceses, más tarde wolof, malgaches, peuls, diolas, lo que permitía una comparación de cómo las diferentes sociedades daban un uso singular al cuerpo, a la hora de hacer de él herramienta para la comunicación y la acción. Los posteriores experimentos de los hermanos Lumière actuaron en esa misma dirección, y mostraron a personas ordinarias saliendo de su trabajo en la fábrica o esperando el tren sobre el andén de una estación.

Serían dignas sucesoras de Muybridge y los Lumière todas aquellas películas que, desde entonces, han focalizado lo inestable, lo fluido, lo cambiante de la vida humana, todo lo que *no se puede parar...*, seres humanos *en movimiento*, o, mejor, los movimientos de los seres humanos. Lo que no puede ser fijado, puesto que corresponde a la dimensión más alterada de las conductas personales y colectivas. Se trataría de obras no descriptivas, sino analíticas, ajenas a la estructura tradicional del relato lineal y atentas sólo a los componentes microscópicos, instantáneas de que está hecha toda actividad social humana, sea en las ciudades o lejos de ellas. El cinematógrafo podía reflejar mejor que ningún otro instrumento –incluyendo el propio ojo– las relaciones del ser humano con el tiempo y con el espacio, los aspectos escenográficos y coreográficos de la actividad de los individuos y los grupos; podía descomponer, ralentizar, acelerar, acercar o alejar a voluntad detalles de la expresión corporal o verbal humana que, de no ser por la cámara, pasarían desapercibidos o no podrían ser descritos de manera fiable. Como escribiría mucho más tarde el etnocineasta Jean Rouch, lo que la cámara podía atrapar, «puede que sea un primer plano de una sonrisa africana, un mexicano guiñando a la cámara, el gesto de un europeo que es tan cotidiano que nadie soñaría jamás en filmarlo».[1]

1. J. Rouch, «À propos des filmes ethnographiques», *Positif*, París, 14-15 (noviembre 1955), p. 14.

El cine antropológico empezó a existir justamente para documentar esos usos del espacio que hacían personas ordinarias en condiciones igualmente ordinarias, seres humanos *al pie de la letra*, mirados y dados a mirar sembrando y recolectando los campos, acarreando agua, bailando, jugando, fabricando polainas, cuidando su cabello, construyendo casas o erigiendo postes totémicos. Cuando, a sus setenta años, Franz Boas regresó a Fort Rupert para reencontrarse con sus amigos kwakiutl y ser testimonio de su decadencia, lo que registró con su cámara no fueron sino gestos y técnicas: indígenas trabajando la madera, trenzando corteza de cedro o evocando sus juegos de niños, aspectos de la actividad consuetudinaria, tal y como se producían en las condiciones más espontáneas posibles. Pero a quienes les corresponde el mérito de haber sistematizado el uso de la cámara de cine para reflejar la vida cotidiana de los seres humanos, sin imponer situaciones ficcionales a la manera como estaba haciendo Robert Flaherty y su escuela, fue a Margared Mead y Gregory Bateson. Éstos rodaron miles de metros de película entre los habitantes de Nueva Guinea y de Bali, con el fin de estudiar comportamientos no verbales, para los que no existía ni vocabulario ni métodos conceptualizados de observación.

Aquello mismo que Marcel Mauss había llamado «las técnicas del cuerpo»,[1] actos eficaces y repetitivos al servicio de la adaptación constante a un fin físico, mecánico o químico –beber, comer, caminar, trabajar–, pero sometidos a la vida simbólica del espíritu y a los imperativos de la educación social. Fue de esa teoría inicial acerca de las tecnologías corporales de Mauss de donde surgieron las primeras reflexiones a propósito del valor del cine en la observación del ser humano, de la mano en primer lugar de André Leroi-Gourhan. A éste le fue fácil transitar de su condición inicial de prehistoriador a la de pionero del cine etnológico, precisamente a partir de su interés por las prácticas operadoras humanas y por las técnicas del gesto y la palabra, una preocupación ésta que sólo el cine le permitía parcialmente resolver: «Comer con palillos es un

1. M. Mauss, «Técnicas y movimientos corporales», en *Sociología y antropología*, Tecnos, Madrid, 1992, pp. 336-356.

hecho que asegura la confección de un mapa de distribución interesante, pero comer haciendo mover los palillos a la japonesa, a la china, a la mongola, con vulgaridad o refinamiento, son hechos restituibles sólo mediante la visión filmada».[1] En efecto, la observación cinematográfica permitía captar y comparar las secuencias y los detalles de la conducta técnica y del contínuum técnico-ritual, así como los ires y venires del cuerpo a la materia y viceversa, una auténtica *artrología* de los hechos y los gestos, cuyo asunto central era la acción humana en sus aspectos sensibles.

Este cine hecho todo él de acciones y movimientos estaba protagonizado por agentes aislados o comunidades en un medio ambiente al mismo tiempo sensible –cosas, sustancias, paisajes– y no sensible –la economía, la religión, la ideología–. Haciéndolo, reclamaban nuestra atención hacia lo que se mostraba, lo extrínseco; pero también hacia lo que no se pretende mostrar, pero está ahí; lo que no aparece subrayado, sino difuminado alrededor, lo que está fuera de los encuadres, antes o después de las escenas vistas. También lo que está en el centro mismo de lo mirado, pero que es, por definición, invisible: la lógica latente o inconsciente que organiza las operaciones focalizadas. La imagen cinematográfica permite reconstruir lo que se le oculta al ojo: una determinada tecnología material o simbólica, es decir un conglomerado de dispositivos y estilos de hacer que se despliegan en el tiempo y en el espacio, que pueden emplear herramientas, pero que indefectiblemente hacen entrar en juego el valor *cuerpo*. Esa pauta implícita *está*, reside, en los actos corporales, pero no *es* esos actos corporales.

Por tanto, no se puede decir que haya sido por azar por lo que el interaccionismo simbólico descubriera en el cine un recurso insustituible para sus estudios *micro*, ni que en tantos sentidos se inspirase para ello en los documentales de Margared Mead y Gregory Bateson. No es casual tampoco que Ray L. Birdwhistell llamara *cinésica* a la rama de la comunicación no verbal dedicada al registro y análisis de los movimientos corporales, de las actividades territorializadoras y las puestas en escena del *self*. Al servicio de la

1. A. Leroi-Gourhan, «L'expérience ethnologique», en J. Poirier, ed., *Ethnologie générale*, Gallimard, París, 1968, p. 1823.

cinésica el cinematógrafo podía certificar conductas animadas imperceptibles casi para el ojo e irreproducibles mediante la escritura o la fotografía, movimientos e incluso micromovimientos corporales, relaciones con los objetos del entorno, cadencias y ritmos, expresiones faciales, etc. El propio Birdwhistell dedicó a este asunto una película-conferencia, *A Lecture of Kinesics* (1974), en la que se muestra la importancia del movimiento de los párpados y la relación de éstos con las pupilas, la manera de cruzar las piernas, las distintas posiciones de tórax y del abdomen. Concreciones de este tipo de usos del cine para explicar los principios de la acción proxémica fueron filmes como *Microcultural Incidents in Ten Zoos*, dirigida por Jacques Van Vlack (1971), en la que se reflejaba el microuniverso de los intercambios sociales segundo a segundo, a través de las actitudes de diferentes familias que se detenían ante el espacio de los elefantes de los zoológicos de París, Roma, Hong-Kong, San Francisco, Tokio, Filadelfia, etc. Este tipo de trabajos encontrarán su continuación en las *coreometrías* de Alan Lomax, investigaciones sobre los estilos gestuales en la danza o el trabajo, que se plasman en filmaciones como *Dance and Human History* (1974).

En esa misma dirección de atender lo molecular y lo en movimiento se produjeron en la década de los cincuenta una serie de películas que no se conformaban con retratar interacciones, sino que se implicaban directamente en la interacción mostrada. Es el caso de muchos de los films del National Film Board canadiense, como los que compusieron la serie *Candid Eye* en 1958-1959, en las que se renunció a los trípodes y a los objetivos panorámicos para hacer que la cámara su sumara al ballet de la vida ordinaria de las comunidades retratadas. Estos etnocineastas se incorporaban a aquella concepción del rodaje cinematográfico como una forma de trance, debida a Jean Rouch. El *cine-trance* no aludía sólo a la figura del cineasta en acción, sino a la complicidad que se buscaba en los propios sujetos que se filmaban, ellos también, incluso en actitudes de calma, actores del éxtasis, sujetos que estaban ahí, en el espacio por definición voluble –ejemplo de *no-lugar*– en que son situados por la acción cinematográfica y donde no se puede estar más que *de paso.*

Esta línea de descripciones casi minimalistas de la realidad, en que los sujetos retratados se conducen de forma espontánea en actividades consuetudinarias, al margen de un argumento, ha tenido otras muestras. No hay más que pensar en *The Pond*, de John Marshall, una película en la que sólo unos subtítulos nos informan de los términos de una tranquila charla entre bosquimanos. Aplicadas a contextos urbanos, la preocupación de John Marshall por coleccionar diálogos e interacciones breves dieron pie a películas centradas en la vida cotidiana de los norteamericanos, como *Men Bathing*, *A Joking Relationship* o *An Argument about a Marriage*, así como a los documentales sobre actuaciones policiales en Pittsburg, rodadas en los años 1968 y 1969: *Investigation of a Hit and Run*, *Three Domestics*, *Youth and the Man of Property*. Estas películas registran largas secuencias ininterrumpidas y con sonido sincronizado, grabadas en condiciones siempre comprometidas, una forma de hacer que evoca la ya aludida simpatía de los teóricos de la Escuela de Chicago por la labor del periodista en relación con el *suceso*. Esta manera de trabajar acontecimientos imprevistos, en los que el contexto significativo es la propia situación presentada, ya estaba presente en las producciones de Marshall de temática !kung, en las que el realizador da a entender que los incidentes aislados estaban provistos de su propia estructura dramática, relativamente al margen de sus causas o consecuencias en un contexto socioestructural o cultural más amplio.

¿Qué es lo que se mostraba en todas estas películas etnográficas a las que se está aludiendo? La respuesta es: *interacciones*. Interacciones de seres humanos entre sí, con su medio ambiente social o natural, en cualquier caso siempre con la cámara. Esas interacciones no son expresiones de una sociedad: *son* una sociedad, o, si se prefiere, un entramado de sistemas sociales elementales –puesto que son los más pequeños que las ciencias sociales podrían distinguir–, pero también complejos, en tanto que las leyes a que obedecen están marcadas por una cantidad extraordinaria de instrucciones y obligan a sus protagonistas a la práctica ininterrumpida de la improvisación y la astucia. Lo que vemos haciendo sociedad entre ellos son imágenes, seres, objetos, momentos, sitios, gestos, palabras, miradas. Es a partir de eso como el cineasta trata de transmitir precisamente lo que no se puede ver, lo que se esconde en el flujo de las conductas, o, como decía Siegfried Kracauer, *lo inobservable.* Las películas preservan cosas del todo contrarias, y en cambio igualmente indispensables para el entendimiento de la vida humana, lo que está antes, entremedio y luego de las palabras: de un lado lo superficial, esto es lo que por definición le corresponde al cine como jurisdicción, que no es sino lo aparente, lo que se capta «a primera vista» o «de un vistazo»; pero también todo lo contrario, lo que sólo se puede sugerir o lo que queda por decir, los sobrentendidos, los dobles lenguajes, las insinuaciones.

Esa sensibilidad por la comunicación entre cuerpos en entornos caracterizados por la inestabilidad es lo que el cine documental sistematiza en su aplicación a las sociedades exóticas. Pero, haciéndolo, no hace sino reconocer en otros sitios lo que constituye el principio perceptivo y cognitivo que organiza en torno a sí cualquier sociedad urbana. Lo que enseña el documental del etnocineasta o del sociocineasta es lo que, ya de por sí, puede uno encontrar en cualquier film comercial de los que se proyectan en las salas de cualquier ciudad. Y lo mismo valdría incluso para series de televisión que no tienen ningún inconveniente en presentarse explícitamente como *sitcoms* o *comedias de situación*, precisamente porque no hacen sino representar cuadros de interacción humana. Una de esas series –*Sigue soñando*– muestra a un personaje que se ha pasado su infancia viendo la televisión, de manera que, como pasaba con las canciones en *On connait la chanson* o en los programas televisivos de Dennis Potter, intercala escenas tomadas de otras series televisivas o de películas en cada una de las situaciones en que se va encontrando, como si las imágenes vistas configuraran un gran depósito de referencias al que el personaje no puede dejar de remitirse. Es esa capacidad que el cine y la televisión tienen de mostrar interacciones y sólo interacciones lo que el documental etnológico y sociológico ha transformado de motivo de entretenimiento en estrategia al servicio del conocimiento de las sociedades.

Se plantea entonces cuáles son los límites que permiten delimitar un género cinematográfico al que denominar *documental etnográfico* o *sociológico.* André Leroi-Gourhan ya vino a decir que si existían películas etnográficas era «porque nosotros las proyectamos». Ha habido, en efecto, teóricos que no han dudado en sostener que el cine etnográfico no puede definirse por sus contenidos o presunciones científicas, sino por la utilización que reciba en un momento determinado. A partir de ahí, no cuesta demasiado llegar a la conclusión de que si por cine etnográfico o sociólogico tuviéramos que entender aquellas películas que pueden ser usadas para explicar la vida de una sociedad dada, nos encontraríamos con que todas las producciones cinematográficas que se exhiben en las salas comerciales, así como la totalidad de elaboraciones *amateurs* llevadas a cabo con cámaras domésticas de cine o vídeo, serían dignas de tal consideración.

Para demostrarlo, ahí están una multitud de películas que no nacieron con voluntad alguna de devenir «científicas», pero que demostraron una extraordinaria sensibilidad ante la autenticidad humana. Leroi-Gourhan se había referido a este tipo de producciones como «films sobre el entorno, producidos sin metas científicas pero con valor etnográfico». Son películas comerciales, sí, pero de ellas uno puede extraer una preciosa información acerca de cómo vive la gente en otros sitios, en otros momentos o ahora mismo, a nuestro lado. Timothy Asch hacía notar cómo *Rebelde sin causa*, de Nicholas Ray, quizás no fuera una película *etnográfica*, pero sí que era una película *antropológica*, «en tanto que podemos hacer antropología con ella»[1] ¿Qué decir entonces de *Toni*, de Jean Renoir (1934), *La terra trema*, de Luchino Visconti (1948), o *La isla desnuda*, de Kaneto Shindo (1961)? Corrientes históricas de creación cinematográfica, como el neorrealismo italiano o el *free cinema* británico recogen esa voluntad de aproximación a la realidad que hace de sus producciones en tantos sentidos films sociológicos. Paralelamente, ¿cómo clasificar documentales que pasan por «periodísticos», como los que produjera el *direct cinema?* Ahí están las películas de Richard Leacock, de Albert y David Mayles, o de D. A. Pennebaker y el grupo de *filmmakers* dependientes del productor Robert Drew: *Primary* (1960), sobre una campaña electoral de J. F. Kennedy; *Ed-*

1. T. Asch, «Del cine a la antropología», *Gazeta de Antropología*, Granada, 9 (marzo 1992), pp. 20-24.

*die* (1964), sobre el corredor de coches Eddie Sachs; *Cuba sí! Yankees no!* (1960), o *Happy Mother's Day* (1965), sobre las presiones a que son sometidos unos padres de quintillizos, o la propia *Woodstock* (1969). Y lo mismo para las películas de Frederick Wiseman, lo que él llama «ficciones reales» (como *Model*, 1980; *Near Death*, 1989; *Zoo*, 1993, etc.), que son pruebas de la capacidad del cine para hacer hablar por sí mismo a una sociedad humana.

## 2. EL CINE Y LO INVISIBLE

Todo lo dicho no puede sino a conducirnos a la convicción de que el cine no podría serle de demasiada ayuda a una antropología o una sociología que se empeñasen en trabajar con naturalezas muertas, es decir con estructuras sociales supuestamente equilibradas y duraderas, o con culturas que se presumiesen inalteradas. El cine se dirige a lo que no puede ser aprehendido más que respetando su agitación. Dado que el cine sólo tiene sentido en tanto y cuanto sus objetos no dejan bajo ningún concepto de moverse, bien podríamos afirmar que no hay más cine que el «de animación». El cine atiende, por lo demás, a lo que la escritura, predispuesta sólo a inmortalizar «lo importante», desprecia, lo que podrían antojarse las migajas de lo real: obsesiva caza de mosquitos del narrador de un mito yanomano en *Jaguar*, de Timothy Asch (1974); los chillidos del niño que una mujer sostiene en sus rodillas en *Architectes ayorou*, de Jean Rouch (1971), etc.

Esto valdría incluso para los representantes del cine etnográfico aparentemente más conspicuo, más convencido de que es posible eso que se da en llamar, tan inmodestamente, *antropología audiovisual*, cuya pretensión es hacer que el documental hable de estructuras sociales y de culturas. Ciñéndonos al caso de la Escuela de Harvard, es cierto que en su trabajo se detecta la servidumbre de sus películas con respecto de monografías escritas, y no hay más que pensar, en este sentido, en el caso de films como *The Feast*, de Timothy Asch y Napoleon Chagnon, por lo que hace al libro *Yanomano*, de Chagnon. Pero también es cierto que la escuela puso con frecuencia énfasis en lo social mínimo, como lo demostraba su preocupación por recoger lo que Asch llamaba *events*, acontecimientos: hechos en principio arbitrarios, que perdían por desgracia lo mejor de su sustancia en la manipulación en las mesas de montaje, momento en que los hechos eran sacrificados en aras de la congruencia narrativa que se les imponía. A pesar de esto último, las secuencias tomadas al azar entre los !kung o los yanomano tienen valor por sí mismas, como los mismos Asch y Chagnon intuyeron en su película *The Ax Fight*, un ensayo de análisis de un hecho casualmente captado por la cámara, una pelea con hachas, un momento singular que los comentarios, los gráficos y montajes explicativos acaban malogrando.

El error principal de la llamada antropología visual es, sin duda, el de creer y hacer creer que el cineasta puede asumir la tarea de rodar o grabar y luego reproducir *conceptos*. Así, Timothy Asch escribía que «el primer reto del programa [para estudiantes de cine etnográfico] sería tomar los conceptos intelectuales de la antropología y encontrar las formas para expresarlos en película».[1] Frente a tal pretensión, debería reconocerse que nunca podrán obtenerse imágenes en movimiento que recuerden, evoquen, representen o sustituyan categorías abstractas parecidas a las que las ciencias sociales suelen manipular en su literatura, básicamente porque lo que la cámara recoge y el proyector emite no son ni pueden ser nunca *conceptos*, sino, tal y como hemos visto, *situaciones*. Ya vimos en el capítulo anterior que cabe entender por *situaciones* aquello que los teóricos de Chicago y luego el interaccionismo simbólico definieron como los átomos básicos de la vida social. Esta noción está presente ya en la sociología de George Simmel, para quien «la sociedad no es entonces, por así decirlo, ninguna sustancia, no es nada concreto por sí, sino un *acaecer*».[2] Los letristas y los situacionistas europeos de los años cincuenta y sesenta llevaron a las últimas consecuencias las tesis basadas en el concepto de *situación*, entendiéndolo como «un microambiente transitorio y un juego de acontecimientos para un momento único de la vida de algunas perso-

1. T. Asch, «La formación de antropólogos visuales», *Fundamentos de Antropología*, Granada, 1 (1991), pp. 114-122.
2. Simmel, *El individuo y la libertad*, p. 253.

nas».[1] La idea de situación está emparentada, a su vez, con la noción de *momento* en Henri Lefebvre: instante único, pasajero, irrepetible, fugitivo, azaroso, sometido a constantes metamorfosis, intensificación o acelaramiento vital... En términos de la práctica cinematográfica, la concepción urbana de los situacionistas se podría resumir en el título de una de las películas de Guy Debord: *Sur le passage de quelques personnes à travers une assez courte unité de temps* (1959).

Este género cinematográfico puede hacerse con la vida sin abstracciones ni absolutos, con lo humano irreductible. Por ello, lo mejor del cineasta ante la realidad es lo que consigue captar como si dijéramos «sin querer», por casualidad, al vuelo. Rouch llamaba a esos agenciamientos actos «inaparentes, discretos», los que el documentalista ha recogido al margen de su programa consciente. A la compilación de ese tipo de material es a lo que Jonas Mekas se entregaba con pasión por las calles del Nueva York de los sesenta y setenta (*Diaries, Notes & Sketches*, 1964-1986; *Street Songs*, 1966-1983), captando lo furtivo, lo disperso..., «cualquier cosa», como le reprochaban sus críticos. El genial Dziga Vertov escribió sobre esta forma de dar con la realidad urbana en 1924: «Hemos abandonado el estudio para marchar hacia la vida, hacia el torbellino de los hechos visibles que se tambalean, allí donde radica el presente en su totalidad, allí donde las personas, los tranvías, las motocicletas y los trenes se encuentran y se separan, allí donde cada autobús sigue su itinerario, donde los automóviles van y vienen, ocupados en sus asuntos, allí donde las sonrisas, las lágrimas, las muertes y los imperativos no se encuentran sujetos al altavoz de un realizador.»[2]

Sin duda es Vertov y su *kino-pravda* quienes encarnan mejor la consciencia de esa posibilidad del cine de *sondear* lo real-urbano deslizándose sobre ello, captando lo que de profundo flota en su superficie, la vida de improviso. En *El hombre de la cámara* (1929) Vertov hacía que el cameraman acudiera allá donde estuviera su-

1. Constant y G. Debord, «La declaració d'Amsterdam», en L. Andreotti y X. Costa. *Teoria de la deriva i altres textos situacionistes sobre la ciutat*, MACBA, Barcelona, p. 80.

2. D. Vertov, *El cine-ojo*, Fundamentos, Barcelona, 1974, p. 150.

cediendo cualquier cosa, conjugando la agitación de las calles con la de la propia cámara –movimientos sobre movimientos–, entendiendo la ciudad como un magno sistema de correspondencias y analogías, histerizando todavía más la saturación perceptual que reina en los espacios abiertos de la ciudad, su «nerviosidad», como calificaría esa excitación crónica Georg Simmel. Finales de los años veinte y principios de los treinta es la época en que se realizan películas que recogen esa sensibilidad por lo urbano como lo *en agitación* permanente y como consistente en cadenas de acontecimientos cotidianos sin hilo argumental alguno, pero sometidos a ritmos que evocaban –incluso en los films mudos– un referente musical en la sinfonía o en la polifonía. No hay más que recordar, además de la película de Vertov, *Moscú* (Mikhail Kaufman, 1926); *Berlín: Sinfonía de una gran ciudad* (Walter Ruttman, 1926); *Rien que les heures* (Alberto Cavalcantti, 1925); *À propos de Nice* (Jean Vigo, 1930), o *Douro, faina fluvial*, de Manuel de Oliveira (1932).[1] Empleando el mismo esquema narrativo que el *Ulises* de James Joyce –el ciclo de una jornada urbana cualquiera–, todas esas películas tratan del paso del tiempo, de los ritmos de la jornada, de la sucesión de las horas, dando a intuir el cataclismo que supondría que las cadencias urbanas se detuvieran súbitamente, a la manera como sucede en *Paris qui dort*, de René Clair (1923). Esas visiones anticipan en el plano estético lo que Henri Lefebvre proponía como un *ritmoanálisis*,[2] estudio de las repeticiones y cadencias –al mismo tiempo sociales y subjetivas– que pueden observarse constituyendo la vida cotidiana en la ciudad, en las que se oponen tiempos débiles y fuertes, movimiento y devenir, y cuya imagen más exacta es la que prestan las ondas y ondulaciones que pueden observarse en la superficie del mar. Las películas de vanguardia so-

1. El mismo esquema se empleó en una película producida por Cifesa sobre Barcelona y dirigida por Antonio Román, *Barcelona, ritmo de un día* (1941), en la que destacaba –a diferencia de sus precedentes vanguardistas– un discurso manifiestamente antiurbano. Acerca de este tipo de films y, más allá, sobre la relación entre cine y ciudad en general, cf. G. Althabe y J.-L. Comolli, *Regards sur la ville*, Centre Georges Pompidou, París, 1994.

2. Cf. H. Lefebvre y C. Régulier, «Le projet rythmanalytique», *Communications*, París, 41 (1985), pp. 191-199.

bre el tiempo urbano expresaban esa sensación de recurrencia cíclica, de monotonía alienante que *desposee* los cuerpos, pero también todos aquellos sucesos imprevistos que Lefebvre llamaba el *tiempo apropiado* excepcional, aquel que implica el olvido del tiempo –«perder el tiempo de vista», diríamos–, plenitud que puede adoptar un aspecto trivial, actividad que *está* en el tiempo; *es* un tiempo, pero no lo refleja.

El cine comercial ha sabido ser sensible a esa naturaleza aleatoria y minimalista de la experiencia urbana, más incluso que un a veces pretencioso cine documental. En cierto modo porque decir *cine urbano* es un pleonasmo, puesto que no hay más cine que el urbano. Para empezar porque, en la mayoría de casos, los personajes de las películas comerciales reúnen las mismas características de *liminaridad* que la antropología simbólica ha destacado en ciertos héroes literarios.[1] Por decirlo de otra manera, los protagonistas cinematográficos son «gentes del umbral», lo que debería ser entendido –tal y como veremos– como casi sinónimo de personalidades urbanas. Más allá, toda película es un relato que habla de relaciones sociales urbanas, puesto que se basa en acciones humanas secuenciadas cuyo contexto es la propia situación que crean, sea cual sea la época o el lugar en que transcurra. El hecho de que, por poner un ejemplo, los westerns no sucedan en grandes ciudades sino en los espacios abiertos del Oeste americano durante la época de la colonización, no les resta *urbanidad.* Al contrario, pocos géneros más urbanos que el western, cuyos protagonistas viven intensamente la incertidumbre y la inestabilidad vital en un espacio por definición fronterizo. A pesar de ello, de que todas las películas desdeñan las estructuras en favor de las situaciones, los sucesos y las interacciones efímeras entre desconocidos, podríamos tipificar como *urbanas* aquellas no que suceden en la ciudad –como suele ser habitual–, sino que les conceden un papel protagonista a los encuentros en espacios públicos o semipúblicos: calles, trenes, metro, bares, aviones, fiestas...

1. Cf. R. Daly, «Liminality and Fiction in Cooper, Hawthorne, Cather, and Fitzgerald», en K. M. Ashley, ed., *Victor Turner and the Construction of Cultural Criticism,* Indiana University Press, Bloomington/Indianápolis, 1989, pp. 70-85.

Buen número de películas destinadas al gran público han brindado una visión precisa de la dimensión coreográfica de las deambulaciones urbanas. Los musicales de Hollywood parecerán triviales, pero han demostrado entender las formas de ballet que adoptan las interpelaciones a que el viandante somete cualquiera de los exteriores de la ciudad. En esas películas, en efecto, los protagonistas se ven impelidos, sin poder evitarlo, a, *de pronto*, ponerse literalmente a bailar en las calles, como si el momento dramático representado requiriera indefectiblemente de una resolución en forma de *pasos de baile*, diálogo sin palabras entre cuerpos o entre cuerpos y medio físico que lleva hasta las últimas consecuencias la capacidad de esos cuerpos no tanto de «expresar sentimientos» –como podría parecer–, sino de *decir la acción*, y hacerlo de la manera más radical que concebirse pueda, esto es *somatizándola*, gestualizándola, convirtiéndola en cuerpo. Por ejemplo: número final, hecho de *sucesos* de *La Calle 42*, de Lloyd Bacon (1931); desplazamientos de tres turistas accidentales por las calles y el metro en *Un día en Nueva York*, de Gene Kelly y Stanley Donen (1949); diálogos bailados con la calle en *Melodías de Brodway*, de Vincente Minelli (1953), o en *Cantando bajo la lluvia*, también de Kelly y Donen (1952); escenificación musicada de conflictos por el territorio en *West Side Story*, de Robert Wise y Jerome Robbins (1960); etc. Más cerca, estremecedora secuencia de Antonio Gades subiendo de madrugada por las Ramblas de Barcelona, bailando con los expositores de postales de los kioscos, en *Los Tarantos*, de Rovira Beleta (1963). Otras películas comerciales han llevado a cabo esa misma puesta en valor del espacio público como escenario y al tiempo protagonista dramático, que no es coreográfica es cierto, pero que podría serlo... Es más, *lo es*, aunque renuncie al soporte musical explícito. No serían pocas las muestras de ello. Por brindar algunas en especial geniales: persecución final por las calles en *La ciudad desnuda*, de Jules Dassin (1949); romance inopinado entre dos usuarios de los trenes de cercanías londinenses en *Breve encuentro*, de David Lean (1946); padre e hijo perdiéndose entre la multitud que sale del estadio en la última secuencia de *Ladrón de bicicletas*, de Vittorio de Sica (1948); extrañas sociedades entre taxistas y pasajeros en *Noche en la tierra*, de Jim Jarmush (1991), etc.

El cine musical urbano de 1930-1960 vio confirmadas sus intuiciones más espontáneas de la mano de Jane Jacobs, que tanto hizo por contestar los postulados anticalle que el movimiento moderno había convertido en hegemónicos en los años setenta. En *Muerte y vida de las grandes ciudades* la fluidez incesante de los espacios públicos era mostrada como una danza, un «intrincado ballet en que los bailarines solistas y los conjuntos tienen papeles específicos que se refuerzan milagrosamente entre sí y componen un todo ordenado».[1] Esta concepción del espacio urbano como escenario para una suite continuada que hace de los danzantes transeúntes y a la inversa es, de hecho, la que, desde las experimentaciones de Twyla Tharp y el grupo Grand Union en los sesenta y setenta, ha acabado imprimiendo carácter al conjunto de la danza contemporánea, que reclama la calle o sus reproducciones escénicas como el marco idóneo para desarrollar sus especulaciones formales.

También el cine comercial ha sido capaz de generar un género específico –las *road movies*– todo él consagrado a relatar peregrinaciones que son al mismo tiempo físicas y morales. *Easy Reader*, *Dos en la carretera*, *Carretera asfaltada de dos direcciones*, *Thelma y Louise*, *Corazón salvaje*, *Kalifornia*, *Abierto hasta el amanecer* o *Western* –por mencionar sólo algunos ejemplos– son films que relatan la vicisitud de personajes poseídos por una voluntad inapelable de deslizarse de un punto a otro del mapa, como si no les fuera dado quedarse en ningún sitio, como si todo el sentido de su existencia tuviera que encontrarse en el tránsito y en las relaciones inopinadas que éste va generando, nunca mejor dicho, *sobre la marcha.* Hay directores de cine que se han especializado en este tipo de películas basadas en la oscilación y el movimiento constante de sus protagonistas, como Wim Wenders o Jim Jarmush. Otros han aplicado ese mismo acento en las relaciones en ruta al nicho más restringido de la propia ciudad. *El día de la bestia*, de Álex de la Iglesia (1994), no es sino un colosal juego de la oca, en el que los personajes se ven obligados a trasladarse de un punto a otro de Madrid para resolver un enigma, un esquema no muy distinto de *À bout de soufle*, de Jean-Luc Godard (1966), por poner otro ejemplo. En otro plano,

1. Jacobs, *Muerte y vida de las grandes ciudades*, p. 446.

el de las relaciones amorosas entre dos desconocidos por las calles del casco viejo de Barcelona, ése era el planteamiento de esa rara maravilla, tan mal conocida, que es *Noche de vino tinto*, de José María Nunes (1967). Más recientemente, Nanni Moretti ha aplicado ese mismo esquema en *Caro diario* (1994), el primero de cuyos episodios se centra en los desplazamientos en vespa del protagonista por Roma y sus alrededores, culminando en el majestuoso desplazamiento –cabría decir peregrinación– al lugar en que fuera hallado el cadáver de Pasolini.

Pero sólo un efecto óptico podría hacernos creer que la lógica de la *road-movie* se corresponde en exclusiva con las percepciones de la urbanidad moderna. Bien al contrario. Dos etnocineastas discípulos de Margared Mead, Sol Worth y J. Adair, llevaron a cabo un experimento consistente en entregar cámaras de cine a un grupo de navajo para que realizaran sus propias películas, con el fin de obtener respuestas representativas de su sistema cognitivo. Del ensayo resultó la serie *Navajo Film Themselves* (1966), que incluía films como *Navajo Silversmith*, *Intrepid Shadows* o *The Shallow Well Project*. Al invitar a los indios a realizar un documental desde su propio punto de vista se consiguió una visión de las técnicas materiales o rituales en las que se concedía a los desplazamientos de los actores un protagonismo mucho mayor que el que los estudiosos les hubieran concedido si el documental hubiera sido realizado por ellos. Worth y Adair de seguro que hubieran considerado prioritario fijarse en las actividades concretas que los indios se prestaban a realizar, y no a los movimientos arriba y abajo de los sujetos. En cambio, esas películas mostraban a los personajes yendo a hacer una cosa y sólo de pasada haciéndola. Lévi-Strauss ponía a partir de ahí de manifiesto que la manera navajo de relatar mediante películas no mimaba las narraciones míticas, como hubiera cabido suponer que sucedería, sino los cantos salmodiados que se entonaban en el transcurso de los rituales, obsesivamente preocupados en describir las mil y una maneras distintas de caminar y los estados de ánimo que se asociaban a cada una de esas formas de actividad ambulatoria.[1]

1. C. Lévi-Strauss, *Mitológicas IV. El hombre desnudo*, Siglo XXI, México DF, 1991, pp. 607-608.

La escritura cree fijarse en lo esencial, pero de hecho sólo se entretiene en lo fácil, lo resumible. Es el cine el que, obsesionándose en lo molecular, accede a lo difícil humano. La escritura sólo puede describir lo descriptible. Es el cine, en cambio, quien se las tiene que ver con *lo indescriptible.* ¿Cómo transmitir, sino cinematográficamente, las miradas de emoción de los adultos kwakiult jugando como cuando eran pequeños en *The Kwakiult of British Columbia*, de Franz Boas? ¿O los susurros y los cánticos de los apaches que, cuando ya han cerrado los bares del centro de Los Ángeles, se reúnen en un cerro cercano para rememorar los viejos tiempos en la reserva, en *The Exiles*, de Ken Mackenzie (1961)? ¿O la manera tan particular como Dedeheiwä cuida sus plantaciones de mandioca y plátano en *Weeding the Garden*, de Asch y Chagnon? He ahí lo *incalculable* de la vida social. Es bien cierto que una parte de las actividades mostradas en una película podrían quedar instaladas en un código. Pero ¿cuánto habrá de escaparse por los huecos de la malla con que se intente cubrir lo real? En las imágenes de un film paradójicamente hay siempre algo opaco, algo que «no se acaba de ver claro», un secreto tras el cual se esconde el desbarajuste, lo desmesurado, lo excesivo, lo que, estando en el corazón mismo de la representación, es irrepresentable.

## 3. LA REALIDAD RESTITUIDA

Acabamos de ver cómo Asch se refería a los sucesos captados por azar por la cámara llamándoles *events.* En esa misma línea, Sol Worth afirmaba que lo que los films etnológicos muestran son esencialmente ya no ideas o conceptos, sino más bien «acontecimientos visuales», *image-events.*[1] Desde escuelas bien distintas, tanto Worth como Asch recurrían, seguramente sin ser conscientes de ello, a un concepto que estaba siendo empleando en aquel

1. S. Worth, «Hacia una semiótica del cine etnográfico», en E. Ardèvol y L. Pérez Tolón, *Imagen y cultura: Perspectivas del cine etnográfico*, Diputación Provincial de Granada, Granada, 1995, p. 204.

mismo momento en arte conceptual para designar acciones creativas que renunciaban deliberadamente a producir cualquier cosa con significado. *Event* era como George Brecht y Fluxus designaban a sus *performances*, para indicar que la acción artística no actúa, ni hace, ni produce, sino que *acontece*. El sentido de la *acción artística* o *performance* había sido entendido muy bien por Susan Sontag, que se había referido a ellas como realizaciones inspiradas en la yuxtaposición radical surrealista, que «no tienen argumento, aunque sí una acción, o, mejor aún, una serie de acciones y sucesos».[1] Sugerir que lo que lo que se muestra en ciertas películas es una serie secuenciada de *performances*, es decir de acontecimientos sin referencia paradigmática, arrancaría enseguida tales producciones del campo de lo discursivo para trasladarlo al de lo enunciativo, esto es al del conjunto de actividades y dispositivos que son capaces de darle algo así como un soplo de vida, por así decir, a un texto que en realidad no dice nada ni se puede leer.

Esto último vendría a dar la razón a las teorías que le han negado al cine un estatuto de discursividad. Fue Christian Metz quien advirtió que el cine era, ante todo, un discurso espontáneo y autorregulado, hecho todo él de símbolos, figuras y fórmulas que no constituyen una lengua, sino un lenguaje. El cine no está compuesto de signos, no está al servicio de intercomunicación alguna, ni constituye un sistema. No tiene tampoco código. Trabaja con elementos dispersos, ajenos a cualquier paradigma, moléculas que ordena de cualquier manera que se demuestre capaz de producir una cierta ilusión de continuidad. El cine admite una descripción semiológica, pero no una gramática. El sentido aparece en el cine como inmanente a la forma, puesto que *el cine no significa, tan sólo muestra.*

Pier Paolo Pasolini vendría a sostener una posición parecida, pero más rotunda aún, al reclamar para el cine el estatuto de equivalente de la acción entendida como el lenguaje primario de las presencias físicas, las cualidades lingüísticas de la vida. Si para Metz la esencia de la comunicación cinematográfica es la impre-

1. S. Sontag, *Contra la interpretación*, Seix Barral, Barcelona, 1968, p. 309.

sión de realidad, para Pasolini es la realidad *tout court.* El cine es, por ello, *translingüístico,* en el sentido de que no hace sino convertir –«deponer»– la acción humana, el primero y principal de los lenguajes, en un sistema de símbolos. A la inversa, la realidad no sería otra cosa que «cine *in natura*». Lo que sabemos del ser humano lo sabemos, escribirá Pasolini, «gracias al lenguaje de su fisonomía, de su comportamiento, de su actitud, de su ritualidad, de su técnica corporal, de su acción y, finalmente, también de su lengua escrito-hablada». Y es porque «el cine lo hacemos viviendo, o sea, existiendo prácticamente, es decir actuando» y porque «toda la vida, en el conjunto de sus acciones, es un cine natural y viviente», y porque el cine es el «equivalente de la lengua en su momento natural y biológico», por lo que un análisis de las películas debería ser comparable a un análisis de la vida en carne y hueso, una ampliación delirante del horizonte de toda semiología o de toda lingüística, tan desmesurada «que la cabeza se pierda sólo de pensarlo o se sonría con ironía».[1]

Pasolini reconoció que en esta tesis sobre el cine como lenguaje total de la acción había algo o mucho de un ultrapragmatismo irracional y hasta monstruoso. Tenía razón, por cuanto su teoría no se limitaba a suponer al cine como equivalente simbólico de la acción constitutiva de todo lo real, sino que, más allá de su totalidad, contactaría con su misterio ontológico, algo así como una memoria reproductiva y sin interpretación de la realidad: un *pragma* indiferenciado todavía, del que el cine sería la lengua escrita. Lo cierto también es que, más tarde, toda la teoría sobre el cine de Gilles Deleuze no hizo sino retomar esa intuición pasoliniana de la naturalidad de la significación del cine y de la intimidad entre éste y la vida. El cine no dice nada en particular, sino que habla sin parar de las condiciones mismas de cualquier decir. No representa, sino que *es.* No duplica la realidad, sino que la prolonga, o, mejor todavía, la restituye. «Aunque posea elementos verbales, no es ni una lengua ni un lenguaje. Es una masa plástica, una materia asignificante y asintáctica, una materia que no está formada lin-

1. P. P. Pasolini, «La lengua escrita de la acción», en P. P. Pasolini *et al., Ideología y lenguaje cinematográfico,* Alberto Corazón, Madrid, 1969, p. 22-23.

güísticamente... No es una enunciación ni un enunciado. Es un enunciable.»[1]

Fácil resulta pasar de las consideraciones sobre el cine a las que merecería cualquier modalidad de registro y tratamiento de datos en el trabajo de campo en antropología. Se descubre enseguida que, por ejemplo, es imposible entender la concepción que Rouch tiene de la cámara, como fuente de interpelaciones constantes sobre unos actores que no son indiferentes a su presencia, sin percibir el alcance de los postulados metodológicos de su maestro, Marcel Griaule, el fundador de la escuela etnográfica francesa. Frente al modelo de la observación participante propia del realismo etnográfico ingenuo de Malinowski, Griaule vino a encarnar la figura de un etnólogo que jugaba deliberadamente el papel de un intruso cuya presencia devenía un factor de dinamización de reacciones, una especie de provocador destinado a producir esas perturbaciones, aunque sean mínimas, íntimas, que sólo el cameraman o el montador de cine estarán en disposición de ver y de visibilizar.[2] Ha habido otros casos en que una teoría sobre el cine se ha podido alimentar de herramientas conceptuales procedentes de disciplinas tan poco relativas a lo moderno –al menos en apariencia– como es la prehistoria. Ahí tenemos el ejemplo de la categoría *mitograma*, desarrollada por Leroi-Gourhan en *El gesto y la palabra*, que tanto habría de servir para orientar las producciones del cine etnológico francés.

Sorprende comprobar hasta qué punto el cine y la antropología –esa disciplina tan radicalmente basada en la mirada– han compartido problemáticas basadas en los límites y servidumbres de la representación. No es casual que el cine –al hablar sobre sí mismo o sobre las implicaciones del mirar– haya provisto de obras tan capaces de hacer pensar sobre la validez de todo documento etnográfico. Pensemos en los protagonistas de películas como la ya citada *La ventana indiscreta*, de Alfred Hitchcock (1954), pero también en *Blow Up*, de Michelangelo Antonioni (1967); *Pepping*

1. G. Deleuze, *La imagen-tiempo: Estudios sobre el cine 2*, Paidós, Barcelona, 1987, p. 366

2. M. Griaule, «L'enquête orale en ethnologie», *Revue Philosophique*, París, CXLII (1952), pp. 536-553.

*Tom*, de Michael Powel (1960); *La mirada de Ulises*, de Theo Angelopoulos (1994), o *Lisboa Story*, de Wim Wenders (1995). Todos ellos son cineastas o fotógrafos, pero el tipo de ansiedad a que se ven sometidos cuando se plantean la posibilidad o/y la legitimidad de observar impunemente a los humanos podría aplicarse exactamente igual a la labor del antropólogo sobre el terreno. Esa concomitancia puede encontrar sus pruebas involuntarias. A principios de los ochenta Clifford Geertz publicaba uno de sus libros más influyentes, *El antropólogo como autor*, centrado en la relación crónicamente tensa entre el *estar aquí* y el *estar allí* del texto etnográfico. Ese planteamiento es idéntico al que, poco antes, Jacques Aumont había propuesto para el cine en general, en tanto que éste asumía la función de construir –idénticamente a como Geertz sostenía que hacía el narrador etnográfico– un espacio en el que interactuaban un *aquí*, formado por los materiales de que está hecho el film, y un *allí*, constituido por las consecuencias de la implicación del espectador en las imágenes que se le muestran.[1]

El núcleo de la cuestión reside en la posibilidad que el cine tiene de captar la dimensión intranquila de la vida social humana, y hacerlo a partir de un modelo de percepción del que tendría definitivamente la exclusiva. Es imposible entender el interaccionismo de Erving Goffman sin tener en cuenta, en primer lugar, su deuda con la cinésica de Birdwhistell, es decir con una concepción del registro y análisis de la realidad cuyo referente es la moviola, el trabajo sobre imágenes que son consideradas una por una, en fragmentos infinitamente pequeños y en una secuenciación que podía hacerse incluso reversible. Los análisis de Goffman no pueden separarse tampoco del entrenamiento que recibiera en el National Film Board canadiense, donde le vemos aparecer en 1943, justo en el momento en el que la producción de documentales de los discípulos de John Grierson está en un momento de máxima creatividad. Se ha repetido que Goffman centraba toda su interpretación de la vida cotidiana basándose en la metáfora teatral, pero en realidad era el cine lo que se constituía en su referente fundamen-

1. J. Aumont, «L'espace et la matière», en J. Aumont y J.-L. Leutrat, eds., *Théorie du film*, Albatros, París, 1980.

tal. Toda su aproximación a la interacción humana está planteada en términos de un encadenado de planos y contraplanos, de movimientos de zoom, de panorámicas, de primeros planos, de planos cortos, de picados y contrapicados.

Algo parecido podría decirse de *Naven*, la obra maestra de Gregory Bateson sobre los iatmul de Nueva Guinea. Como Margared Mead hiciera notar, toda la obra está concebida y se desarrolla a partir de un criterio de organización interna que evoca directamente el montaje cinematográfico: «*Naven* fue compuesto literalmente a partir de migajas dispersas, fragmentos de mitos y ceremonias, registrados en el momento o cuando algún informante se acordaba de mencionarlos. Algunos de los datos más importantes eran tan someros, que fácilmente se los podía haber pasado por alto.»[1] La pertinencia de esta apropiación del lenguaje cinematográfico o videográfico por los métodos de descripción y análisis en antropología ha sido explicitada por algunos autores. La etnometodología encontró en la mirada de la cámara bastante más que un mero instrumento auxiliar, y supo demostrar la eficacia de esta perspectiva fílmica para analizar maneras de caminar o microincidentes en parques públicos o plazas.[2] Cabe pensar también en el caso de Michael Lesy y sus libros sobre la vida cotidiana en ciudades norteamericanas –Black River Falls y Louisville–, en el periodo comprendido entre los años 1890 y 1930.[3] Estas obras son grandes *collages* de fotografías de archivo y notas extraídas de publicaciones locales, además de las consideraciones teóricas consecuentes. Todo ese material se organizaba siguiendo un criterio calcado de la composición musical –tonalidad, diapasón, ritmo, repetición–, pero también, y sobre todo, del montaje cinematográfico.

A lo que conduce toda esta reflexión no es, en absoluto, a un apoyo a las pretensiones institucionalizantes de un cine «científi-

1. M. Mead, *Experiencias personales y científicas de una antropóloga*, Paidós, Barcelona, 1987, p. 212.

2. Cf. A. L. Riaye y J. N. Schenkein, «Notes on the art of walking», en R. Turner, ed., *Ethnomethodology*, Penguin, Baltimore, 1974, y W. H. Whyte, *The Social Life in Small Urban Spaces*, The Convervation Foundation, Washington DC, 1980.

3. M. Lesy, *Wisconsin Death Trip*, Random House, Nueva York, 1973, y *Real Life: Louisville in the Twenties*, Pantheon, Nueva York, 1976.

co-social» que se presenta bajo el vanidoso epígrafe de «antropología visual». Es algo distinto. Se está sugiriendo la necesidad de lo que Claudine de France llama una *antropología fílmica*,[1] pero no sólo en el sentido por ella propuesto de una antropología del todo fundada en el empleo de imágenes animadas, sino orientada –incluso sin la intervención de la cámara– por el cine como forma radical de observación directa de los aspectos materiales –verbales, gestuales, sonoros y corporales– de la actividad humana, es decir de la ritualidad de que se compone la vida cotidiana de las sociedades. En otras palabras, una antropología que se dejase orientar por la manera como la cámara y el montaje pueden trabajar lo real. No una antropología que se apoyaría en la mirada cinematográfica, sino que la imitaría a la hora de percibir, registrar y organizar los materiales etnográficos. Algo que no debería ser difícil, habida cuenta de que si es bien cierto que todo cine es de por sí antropológico, puesto que toda película nos informa de una manera u otra sobre la condición humana, no lo es menos que todo antropólogo es ya de algún modo un cineasta, es decir alguien que en su mirada está reproduciendo un esquema de percepción y de conocimiento que es, de por sí, cinematográfico.[2]

En el ámbito concreto de lo urbano, es cierto que tanto la labor de la cámara como la de la mesa de montaje, como la del propio espectador ante la pantalla, replican la agitación perceptual que afecta al usuario de los espacios públicos. Pero hay una diferencia primordial que separa al viandante del cameraman, del montador o de aquel que permanece sentado en su butaca atento a *lo que está a punto de suceder* ante sus ojos. Esa diferencia es la que permite una analogía entre la actividad de estos últimos con la del etnólogo trabajando en medios urbanos, al tiempo que distingue a este último del peatón o del usuario de transportes públicos. En efecto, el hombre de la cámara, el espectador de la sala de cine

1. C. de France, *Cinéma et anthropologie*, Éd. De la Maison des Sciences de l'Homme, París, 1982.

2. Como escribría Claudine de France en su homenaje a André Leroi-Gourhan: «Todo etnógrafo que se dedica a describir las manifestaciones exteriores de la actividad humana es un cineasta en potencia» («Un promoteur du cinéma ethnologique», *Terrain*, París, 7 (octubre 1987), p. 75.

y el antropólogo urbano no ejercen ese principio de reserva que le permite al viandante discurrir sin tener que interrumpir a cada paso su itinerario cada vez que se produce una emergencia ante él o a su lado. Su ubicación con relación a las exhibiciones más radicales de lo urbano se parece a la del personaje que interpreta Joe Pesci en *El ojo público*, de Howard Franklin (1992), un fotógrafo de sucesos cuya mirada es víctima de una suerte de condena que la fuerza a quedar atrapada en las elocuencias que estallan a su paso a cada momento, por las calles, en los bares... El cineasta, el público cinematográfico y el antropólogo se distancian de esa indiferencia que reclama el peatón, y lo hacen en favor de un obsesivo *fijarse* en las cosas y los seres. Obtienen de este modo la posibilidad que la vida ordinaria le niega al público urbano de mirar directamente a los ojos de los desconocidos, de no apartar la mirada, de clavarla en los cuerpos, de escuchar conversaciones ajenas, de vulnerar el derecho de los seres urbanos a la intimidad y a la distancia. El cineasta, el espectador o el antropólogo rompen el tabú que permite convivir con extraños a base de ignorarlos. No se resignan a pasar de largo.

Volvamos a aquel modelo de etnología urbana que nos prestaban los ángeles de *Cielo sobre Berlín*, de Wenders. Lo que éstos se pasan el tiempo contemplando atentamente son microacontecimientos que tienen lugar en la sociedad urbana, dentro y fuera de las casas, por las calles, dentro de los automóviles, en los patios de los colegios, en el metro, en las bibliotecas públicas. Se sumergen en el murmullo de todos los pensamientos y de todos los sentimientos sonando al unísono. Escrutan lo que sucede en ese laberinto rítmico, lleno de nudos y enredos, que es la ciudad, y lo hacen mediante lo que se antojan *tomas* cinematográficas de pequeñas fracciones de tiempo y espacio, no muy distintas de las que componían los montajes de tema urbano de los Cavalcantti, Ruttman o Vertov, en los años veinte. De vez en cuando, los ángeles se reúnen para intercambiar sus observaciones, noticias sobre *hallazgos visuales*, hechos instantáneos que uno no sabe bien si están cargados o vacíos de sentido, pero que producen la impresión de *valer algo*. Sus «partes del día» son verdaderos informes etnográficos de lo irrepetible: «Hoy alguien caminaba por la avenida de Lilienthal, aminoró el paso y miró atrás, al vacío. En la estafeta de correos 44, alguien que quería acabar con todo puso sellos conmemorativos en sus cartas de despedida, uno diferente en cada una. En la Mariannenplatz, habló con un soldado americano en inglés por primera vez desde el colegio, ¡y con soltura! En la cárcel de Plötzensee un preso, antes de arrojarse al vacío, dijo: "Ahora." En el metro del Zoo, el conductor, en vez del nombre de la estación, gritó: "Tierra de Fuego." En Rehbergen, un anciano leía la *Odisea* a un niño que había dejado de parpardear. Un viandante cerró el paraguas y dejó que la lluvia le calara. Un colegial describía a su profesor cómo crece el helecho y el profesor se sorprendió...»

Esa *antropología fílmica*, idéntica al fin y al cabo a una antropología de las situaciones secuenciadas pero no por fuerza conexas, o, si se prefiere, *de lo urbano*, no aspiraría a brindar otra cosa que la vida tal cual, más allá o antes de los sueños imposibles de organicidad que el antropólogo o el sociólogo buscan con desesperación, incluso en los espacios públicos, allí donde deberían desistir del todo de poder hallarla. Nada que ver con la ciencia, se dirá quizás; pero tampoco, como Vertov quería, nada que ver con el arte: *otra cosa*. Tras la ilusión de lo aceptable, lo orgánico, lo normalizado, incluso más allá de la superstición de lo bello, están la acción, los momentos, los gestos, los cuerpos, las conmociones: el cine, lo urbano. Como el cineasta, ¿qué ve –que «pesca», hubiera dicho Pasolini– el etnólogo o el sociólogo sobre el terreno en cualquier sitio pero, más que en ningún otro, en la calle?: no *la sociedad*, no *la cultura*, sino un *collage* de movimientos en los que cree descubrir *algo*. Volvemos al objeto último y específico de toda antropología urbana, lo que se constela ante el ojo, pero que sólo los recursos de la cámara y del montaje pueden recoger: algo más de lo que sería dado analizar después, o quizás algo menos. Cosas *que pasan* a veces, y que no volverán a pasar nunca más.

# III. LA SOCIEDAD Y LA NADA

> –¿Cómo te llamas?
> –Mi nombre es «Nadie».
> –¿Perdón?
> –Me llamo Xebeche. «El que habla alto y no dice nada.»
> –Pero ¿no te llamabas «Nadie»?
> –Prefiero que me llamen «Nadie».
>
> En *Dead Man*, de JIM JARMUSH

## 1. EFERVESCENCIA Y NIHILIZACIÓN DEL SER SOCIAL

Parece imponerse en ciertos circuitos científico-sociales, apremiados por una necesidad de renovar su utillaje conceptual, la vindicación de precursores que enfatizaron antes que nadie las dimensiones más inestables e incongruentes de la vida colectiva. Se les reconocía así mucho más adecuados para el estudio de las sociedades urbanas, crónicamente instaladas en la intranquilidad, de lo que pudieran resultarlo los clásicos de la antropología y la sociología, que habían desarrollado pautas teóricas y metodológicas pensadas preferentemente para ser aplicadas sobre estructuras sociales cristalizadas o procesos de cambio claramente encauzados. Entre estos autores redescubiertos ocupa un papel importante la figura de Gabriel Tarde, un sociólogo francés de finales del siglo pasado que fuera elogiado por Gilles Deleuze, que lo consideraba el último heredero de la filosofía de la naturaleza de Leibniz, y por los teóricos del caos, para los que habría sabido reconocer precozmente cómo intervenía en los metabolismos sociales una extraordinaria cantidad de microfactores en constante agitación, dotada, no obstante, de secretos mecanismos de coordinación altamente eficaces.

Pero ese elogio de Tarde sólo ha parecido posible en detrimento del que fuera su gran rival en las polémicas que fundaron la sociología académica francesa a finales del siglo XIX, Émile Durkheim. Como se sabe, Durkheim y la escuela de *L'Année sociologique* concibieron la sociedad como un sistema estructurado de órganos cuyas funciones satisfacen las necesidades planteadas por la perduración de la colectividad, sistema cerrado en sí mismo, aunque interdependiente con otros, en el que todas las partes cooperan en una actividad unitaria conjunta, de acuerdo con relaciones regulares, de manera que ninguno de sus componentes puede modificarse sin modificar a las demás. Esta visión vendría a justificar un conocimiento positivo de la sociedad, capaz de diagnosticar las desviaciones y prevenir cualquier fracaso estructural que pudiera hacer peligrar un orden social concebido para permanecer inalterado e inalterable.

Varios eran los referentes que inspiraban el modelo explicativo durkheimiano. En primer lugar, Saint-Simon y su idea de que la sociedad era un *ser vivo*, dotado de un cuerpo y un alma: «La reunión de los hombres –escribía en 1809– constituye un verdadero ser, cuya existencia es más o menos vigorosa o débil, según que sus órganos desempeñen más o menos regularmente las funciones que les son confiadas.»[1] Este principio se traduce, en Durkheim, en una concepción de la sociedad como ente animado, dotado de un sustrato material cuasi anatómico, una morfología que se revela en los distintos «hechos sociales», así como de un espíritu transpersonal constituido por «formas de hacer, de pensar y de sentir» que se imponen a los individuos a través de la solidaridad o/y la coerción. Luego, el de un positivismo tranquilo, tomado de Comte, que se dejaba guiar por el modelo galileano de mundo, es decir según el referente de una física cósmica basada en majestuosos y solemnes desplazamientos dinámicos. Por decirlo en los términos del propio Durkheim: «Toda vida social está constituida por un sistema de hechos que derivan de relaciones positivas y durables establecidas entre una pluralidad de individuos.»[2] Además, el organicismo biologista de Bichat, Cuvier y, en especial, de Claude Bernard, con su distinción entre «órgano» y «función», a partir de la cual Durkheim interpretaba la sociedad como «un sistema de funciones esta-

1. H. de Saint-Simon, *La Phisiologie sociale*, Presses Univesitaires de France, París, 1965, p. 145.

2. É. Durkheim, *Les Règles de la méthode sociologique*, Alcan, París, 1950, p. 102.

bles y regulares», en el que eventualmente irrumpían factores que alteraban la armonía interfuncional y que debían ser leídos como desórdenes morfológicos que corregir o, si se prefiere, como patologías que tratar. Por último, las teorías del equilibrio de Maxwell, según las cuales el pequeño acontecimiento es insignificante a nivel global y la actividad molecular carecía de relieve ante una conciencia social concebida en términos casi divinos.

Frente al organicismo de Durkheim, Gabriel Tarde proclamó una suerte de física social de los microprocesos, según la cual al análisis de la compenetración entre elementos integrados debería sustituirle el de las colisiones, los encabalgamientos, los acoplamientos irregulares y provisionales, las perturbaciones y las interacciones entre partículas inestables. Tarde fue, ante todo, un adelantado en la concepción caótica de lo social y de la naturaleza, que opuso a la noción de *inestabilidad de lo homogéneo* de Herbert Spencer el valor de la *inestabilidad de lo heterogéneo.* Para Tarde, la sociología debía ser, ante todo, una ciencia de las erupciones, de las emanaciones desordenadas que delatan la constitución confusa de lo social, acaso emparentada con las imágenes que constantemente emplea Marx en sus textos y que remiten a abismos, terremotos, estallidos volcánicos, una extraordinaria presión atmosférica que, estando siempre ahí, no notamos y que debemos aprender a sentir. Una sociología espasmódica opuesta a la de Durkheim, sosegada –se afirma–, obsesionada con el orden y su perpetuación. Escribía Tarde: «Físicas o vitales, sean mentales o sociales, las diferencias que eclosionan en la clara superficie de las cosas no pueden proceder más que de su fondo interior y oscuro, de esos agentes invisibles e infinitesimales que se alían y luchan eternamente y cuyas manifestaciones regulares no deben hacernos creer en su identidad, de igual manera que el silbido monótono del viento en un bosque lejano no nos debe hacer creer en la semejanza de sus hojas, todas dispares, todas diversamente agitadas.»[1]

1. G. Tarde, *Études de Psychologie social*, Giard & E. Brière, París, 1898, pp. 28-29. Cf., también, I. Prigogine e I. Stengers, «Neptunianos y vulcanianos», en I. Prigogine, *¿Tan sólo una ilusión? Una exploración del caos al orden*, Tusquets, Barcelona, 1988, pp. 99-120.

La impugnación de Durkheim en favor de Tarde no ha podido llevarse a cabo, no obstante, si no es a partir de una flagrante injusticia, cual era la de expulsar del sistema explicativo de la escuela de l'*Année sociologique* toda consciencia de la base aturdida sobre la que lo social se sostenía. Es cierto que, para Durkheim, «la condición de toda objetividad es la existencia de un punto de referencia constante e idéntico», del que se eliminara «todo lo que tiene de variable».[1] También lo es que, para una sociología positiva, «la vida social es ante todo un sistema de funciones estables y regulares», lo que implica el estudio prioritario de formas sociales cristalizadas. Pero no lo es menos que Durkheim fue consciente de que la sociedad humana sólo relativamente se parecía a la organización morfológico-fisiológica de los seres estudiados por la biología, de tal manera que estaba determinada por múltiples factores de impredecibilidad y se movía las más de las veces a tientas: «La vida social es una sucesión ininterrumpida de transformaciones, paralelas a otras transformaciones en las condiciones de la existencia colectiva.» De ahí, esas «corrientes libres que perpetuamente están transformándose»,[2] fuerzas que permanecen latentes en todo momento, dispuestas para activarse en cuanto las lógicas sociales las convoquen para hacer de ellas la base energética de toda mutación. En *El suicidio*, de 1897, puede leerse:

> Hay una vida colectiva que está en libertad; toda clase de corrientes van, vienen, circulan en varias direcciones, y, precisamente porque se encuentran en un perpetuo estado de movilidad, no llevan a concretarse de forma objetiva [...] Y todos esos flujos y todos esos reflujos tienen lugar sin que los preceptos cardinales del derecho y de la moral, inmovilizados en sus formas hieráticas, sean ni siquiera modificados. Por otra parte, estos preceptos mismos no hacen más que expresar toda una vida subyacente de que forma parte; son el resultado de ella, pero no la suprimen.[3]

1. É. Durkheim, *Les Règles de la méthode sociologique*, Alcan, París, 1950, p. 133.
2. É. Durkheim, *De la division du travail social*, PUF, París, 1960, p. 44.
3. É. Durkheim, *El suicidio*, Akal, Madrid, 1982, p. 345.

Todas las censuras dirigidas contra el «neptuniano» Durkheim ignoraron el papel concedido por éste a una lectura energicista de la vitalidad social, de la que más tarde Henri Hubert y Marcel Mauss harían derivar aquel «desvarío colectivo» en el que, paradójicamente, la comunidad era capaz de exhibir sus niveles más elevados de racionalidad. Se trataba de situaciones que Durkheim describía como «compulsiones psicológicas», en las que los individuos se veían arrastrados hacia el exterior de sí mismos, convocados a confundirse en ese *ser vivo* social que, por tal mecanismo, devenía real, se encarnaba, proclamaba vehementemente su existencia. Era ése el Durkheim que vindica, frente a Comte, la atención que Saint-Simon ya había demostrado por las rupturas y las transiciones sociales. El mismo que adopta metáforas tomadas directamente de la electrónica y la termodinámica, y que hablan de «fuerzas colectivas», de «corrientes sociales», de «fuentes de calor», de «intensidades que buscan sus vías de salida y que acabarán por encontrarlas», etc.[1] En *El suicidio* Durkheim ya hablaba de «una fuerza colectiva, de una energía determinada [...] fuerzas que nos determinan desde fuera a obrar, como hacen las energías físico-químicas», y «que pueden medirse como se hace con la intensidad de las corrientes eléctricas». En *Las formas elementales de la vida religiosa* plantea la noción de *religiosidad*, siguiendo el referente de las ideas sobre la energía vigentes en aquella época, como la de algo «que no se destruye; no puede sino traspasarse de un punto a otro». Así, las «fuerzas religiosas irradian y se difunden», de igual manera que «el calor y la electricidad que un objeto cualquiera han recibido de una fuente externa son transmisibles al ambiente». Las fuerzas religiosas son, según Durkheim, «fuerzas humanas, fuerzas morales», de tal manera que toda teoría al respecto debe desvelar «cuáles son esas fuerzas, de qué están hechas y cuál es su origen».[2]

1. Jean Claude Filloux ha recopilado varios trabajos de Durkheim en que éste desarrolla sus apreciaciones acerca de la capacidad creativa del desorden social: *La Science sociale et l'action. Émile Durkheim*, PUF, París, 1987.

2. É. Durkheim, *Les formes elementals de la vida religiosa*, Edicions 62, Barcelona, 1984, p. 424.

El concepto que le serviría a Durkheim para plasmar este estado de excepcionalidad en el que una sociedad existía literalmente en tanto que *ente vivo*, pero mostrándose como *fuera de sí*, es el de *efervescencia colectiva*, ese estado en que una multitud aparecía transfigurada en ser, en las antípodas de las visiones patologizantes y criminalizadoras que por aquel entonces Gustave Le Bon o el mismo Gabriel Tarde habían lanzado sobre la conducta de las muchedumbres. Durkheim identificaba esa efervescencia con una «sed de infinito» siempre presente en toda estructuración social. Las pasiones y las sensaciones que generaban esos cuadros de exaltación psíquica colectiva, en los que los individuos aparecían reunidos y comunicándose de unos a otros los mismos sentimientos y las mismas convicciones, constitutían la oportunidad en la que las representaciones colectivas alcanzaban su máximo de intensidad. Eran, a su vez, la materia prima de la que había nacido la idea religiosa o, lo que en Durkheim era lo mismo, la génesis social de todo conocimiento.

Esa fuerza agregativa abstracta, informe, caótica, ajena a sus propios contenidos, preocupada sólo en aplicarse vivificadoramente sobre la realidad para apoderarse de ella, domina toda la primera escuela antropológica francesa. En Maurice Halbwachs se nos aparece como la *memoria colectiva*, o trambién la *sociedad silenciosa*, cuya materia prima son las vivencias o las «corrientes de experiencia». Lo que en *La división del trabajo social* Durkheim llama la «fuente de vida *sui generis*, de la que se desprende un calor que calienta o reanima los corazones, que los abre a la simpatía», se convierte en *Las formas elementales de la vida religiosa* en «movimientos exuberantes que se dejan sujetar fácilmente a unos fines demasiado definidos..., que responden simplemente a la necesidad de actuar, de moverse y de gesticular».[1] Una imagen de la que habrán de surgir desarrollos mucho más inquietantes, como los relativos a la superabundancia o exceso de energía súbitamente desencadenada de la que hablarán más adelante Georges Bataille o Roger Caillois.

Para Durkheim, esa efervescencia colectiva no tiene por qué responder a un proyecto finalista único, ni se plantea en función

1. Durkheim, *Les formes elementals...*, p. 389.

de una intencionalidad clara. Es decir, la efervescencia colectiva no se pone al servicio de una teoría de «cambio social», tal y como se ha planteado ese concepto en sociología a partir de Marx, en tanto que actividad teleológica en que una comunidad determinada rompe con la fase socioeconómica en la que se halla para pasar a otra más avanzada, en un esquema evolucionista simple. Los momentos de efervescencia pueden ser hechos informes, que se distribuyen discontinuamente a lo largo y ancho del cuerpo social y que se expresan en forma de brotes o estallidos intermitentes, crisis agudas no muy alejadas de las *erupciones* de las que hablaba Gabriel Tarde. Las fuentes de energía en que se basaban esos puntos de ebullición podían ser hechos o series de hechos indescifrables e inclasificables, fenómenos que no podían ser conceptualizados ni definidos, puesto que no correspondían ni a la normalidad ni a la anormalidad, que no implicaban la violación de regla alguna porque la propia regla social era puesta en cuestión severamente. En *El suicidio*, Durkheim tipificaba esos fenómenos dentro del capítulo de las *anomias*.

La *anomia* era, según Durkheim, la consecuencia de un desnivel entre las necesidades que experimentan los componentes sociales y la incapacidad que el sistema social podía experimentar a la hora de satisfacerlos. Esas necesidades son, en las sociedades modernas, incontenibles e ilimitadas, justo porque la organización social se muestra incapaz de alcanzar un grado de integración suficiente de sus componentes moleculares que permita ya no satisfacer dichas necesidades, sino sencillamente conocerlas. Eso se debe a que por sus mallas, excesivamente relajadas, se escapan todo tipo de iniciativas, ideas y sentimientos en cierto modo no previstos, para los que ni siquiera existen conceptos capaces de describirlos. La situación generalizada de disgregación, consecuencia del debilitamiento de las estructuras sociales tradicionales, hace que el mundo actual esté atravesado en todas direcciones por esa anomia y conozca con frecuencia expresiones de efervescencia social no finalista, basada en pasiones anárquicas e incontroladas y en ansias humanas no saciables fácilmente. La anomia, en efecto, provoca un estado de exasperación inusitado, sobreexcita fuerzas que no siempre asumen un objeto claro sobre el que aplicarse, puesto que responden a una suerte de malestar o irritabilidad indeterminados. No se trata de accesos de irracionalidad o de locura, sino de expresiones de una pura agitación que parece querer calmar un vacío, reacciones ante la desesperación por no tener nada donde fijarse y encontrar un punto de equilibrio, por no poder saciar una exigencia inespecífica. Las víctimas de la anomia no pueden calmar su inquietud, no les interesa el mundo real, pero, en cambio, pueden mostrarse inmoderamente generosos y altruistas en pos del objeto ideal al que aspiran pero que no podrán alcanzar jamás. Tampoco se trata de manifestaciones propiamente antisociales, puesto que no pretenden destruir el orden societario, ni cambiarlo. Son actuaciones *a-sociales*, en el sentido de que implican más una indiferencia que un desacato a las normas establecidas. No actúan *contra* el sistema social, sino al margen de él.

La noción de *anomia* resulta de suma importancia, por cuanto nos advierte de una intuición durkheimiana de una termodinámica social en la que se registran explosiones de una fuerza destinada a desperdiciarse, eso mismo que la física del XIX empieza a agrupar bajo el epígrafe de *entropía.* Clausius acuña ese término para representar la idea de «contenido de transformación» o «capacidad de cambio» y para referirse a la energía perdida y a la propagación irreversible del calor, energía mecánica sin rendimiento, conservada pero no invertida. Se trata de los flujos energéticos que el propio Clausius y Carnot establecen como irrecuperables, inútiles, «disipados», que responden a evoluciones espontáneas, intrínsecas e impredecibles de los sistemas vivos e introducen en ellos el vector temporal, lo que los físicos llaman una *flecha del tiempo*, un proceso incrontrolado y sólo parcialmente encauzable de atracción hacia el equilibrio, es decir hacia la muerte.

## 2. POTENCIA Y PODER

La noción durkheimiana de *efervescencia* fue recuperada más tarde por Michel Maffesoli, para el que la organización de la socialidad se conforma a la manera de red, como un conjunto inorganizado y no obstante sólido, material primero de cualquier tipo de conjunto organizado, que puede ejercerse también bajo forma de abstención, de silencio y de astucia, mediante los cuales la socialidad se opone a cualquier poder centralizado, identificado como la institucionalización de los intereses de lo económico-político. Tal energía podría ser entendida como fuerza no finalizada que se opone a cualquier forma de autoridad, que no viene «de arriba», sino que sencillamente «está ahí». Esta energía vital de la que depende el «querer vivir» de toda comunidad y que irriga el cuerpo social se concreta en encarnaciones esenciales, cuyo contenido es afectual. Es un dinamismo que transgrede y al mismo tiempo genera y alimenta todo orden social y que se constituye a la manera de un soporte lo suficientemente poderoso como para garantizar vínculos tan permanentes como inestables, constitución de un «nosotros» que es una mezcla de indiferencia y de vigor puntual. La noción se correspondería, a su vez, con la de *comunidad emocional* en Weber, que no podía tener existencia más que *en praesentia*, cuya composición era inconsistente, se inscribía localmente, no disponía de estructura organizativa estable y se desplegaba en lo cotidiano. Se la veía aparecer en todas las religiones, al lado –con frecuencia al margen– de las rigidificaciones institucionales.

El aliento primero de una sociedad no viene dado por un proyecto común, orientado hacia el futuro, sino por una pulsión que es resultado del *estar juntos*. Tampoco tiene por qué tener un fundamento moralizante. Su realización se corresponde con principios proxémicos que modelan durante un breve lapso la agitación de elementos moleculares: darse calor, gritar a coro, hablar en voz baja pero provocando un murmullo, darse codazos o empujarse, sudar juntos, rozarse, bailar un mismo ritmo, compartir una emoción... Esta energía se expresa constantemente en la creatividad de las masas. Si el poder político se ocupa de lo lejano, del proyecto, de lo perfecto, la masa se ocupa de lo cotidiano, lo estructuralmente heteróclito. Porque renuncia a tener un fin y funciona a la manera de una reunión de partículas que se agitan, la muchedumbre constituye una comunidad de seres anómicos, es decir de componentes que se mueven de espaldas a cualquier organicidad, que dan vueltas excitados intentando calmar una necesidad que no pueden saciar porque no saben a qué corresponde. Es como si la sociedad hubiera dejado de ser un ente centralizado y sus moléculas actuaran con plena libertad, abandonándose a sus impulsos. En ese sentido, la muchedumbre se halla en hueco, en un estado permanente de vacuidad. Por ello rechaza toda identidad que haga de ella una unidad cualquiera, buena o mala: proletariado, pueblo, chusma, etc. Su abigarramiento, su aspecto desordenado y estocástico es lo que más intranquilizador resulta de ella. Para evitar su sometimiento, la muchedumbre suele actuar en vaivén, moverse en una oscilación aparentemente irracional, lo que puede dar la impresión de que lo que pretende es despistar, desconcertar a quienes intenten interpretar su gestualidad a la luz de una única razón que nunca coincide con ninguna de las suyas: «A imagen y semejanza de los combatientes en el campo de batalla, sus zigzags le permiten esquivar las balas de los poderes.»[1] Maffesoli habla de *viscosidad* para referirse a esa promiscuidad en que se confunden quienes comparten de esa manera un mismo territorio, ya sea real o simbólico.

Pero es hacia atrás en la historia del pensamiento occidental donde podemos dar con la significación última de la efervescencia durkheimiana. Su esclarecimiento lo encontramos en una dicotomía que plantea Baruj Spinoza en su *Ética*, en concreto en las proposiciones XXXIV –«la potencia de Dios es su misma esencia»– y XXXV –«todo lo que concebimos que está en el poder de Dios, es necesariamente»–.[2] Se trata de la oposición entre *potentia* y *potestas*, esto es entre *potencia* y *poder*, entendido este último como poder centralizado. Este contraste merecería un notable ensayo en que Toni Negri nos recordaba cómo toda la obra spinoziana está tensada por una dinámica de transformación, una ontología constitutiva, fundamentada en la capacidad organizativa de la espontaneidad de las necesidades y de la imaginación colectiva.[3] Mediante la identificación de la potencia de Dios con la infinita necesidad interna de su esencia, la *potestas* se da como capacidad divina de

1. M. Maffesoli, *El tiempo de las tribus*, Icaria, Barcelona, 1990, p. 101.
2. B. Spinoza, *Ética*, Aguilar, Madrid, 1982, pp. 73-74.
3. T. Negri, *La anomalía salvaje. Ensayo sobre poder y potencia en B. Spinoza*, Anthropos, Barcelona, 1993.

producir las cosas, pero es la *potentia* la que representa la fuerza que las produce, de manera que la *potestas* no puede ser entendida más que como subordinada de la *potentia*, es decir de la potencia del ser. Spinoza identifica la *potentia* con la libre actividad del cuerpo social, de la *multitudo*, sociedad que constantemente reclama ver satisfecha su necesidad de expansividad, de conservación y de reproducción. La *multitudo* se identifica, a su vez, con el sujeto colectivo, cuyo dinamismo es a la vez productivo y constitutivo. Es ese dinamismo el que permite el paso del poder a la potencia y el que hace que la constitución política de la *multitudo* sea siempre, de un modo u otro, una física de oposición a todo poder centralizado. El poder del Uno es contingencia, puesto que la esencia reside en la potencia. La potencia se asimila, sin duda, con la noción del *sefirot* en la mística judía, el conjunto de las potencias o emanaciones de la divinidad en que se funda todo lo real, la dinámica de la naturaleza.

Las expresiones de esa *potentia* –que coincidirían con las *efervescencias colectivas* de Durkheim–, sin objeto concreto, desorientadas, inorgánicas, y que constituyen esa fuerza básica de la que podía resultar una articulación cualquiera, requerían para desplegarse y brindar su propio espectáculo, formas de lo que podríamos llamar *negativización*, *nihilización* o *anonadamiento*, es decir de una reducción a la nada, regreso a un vacío parecido al del *tehom*, océano primordial anterior a la creación en la mitología judía. La naturaleza hiperactiva de esa nada recuerda la idea que del vacío se hace la física cuántica, que contiene potencialmente la totalidad de las partículas posibles y que se asimila a un estado energético fundamental de valor nulo, un universo hueco que se correspondería a un estado excitado del universo, en que éste no haría otra cosa que radiar energía y curvarse. Esa *energía de punto cero* desmentiría convicciones de la física clásica como la de que no es posible extraer energía de la nada, puesto que las fluctuaciones aleatorias de la mecánica cuántica permiten extraerla de un espacio que está vacío, es decir en el que no hay nada que esté presente. A causa del principio mismo de incertidumbre, tal vacío, paradójicamente, está hirviendo de actividad. Si tuviéramos que pensarlo en términos de algún material, éste sería *viscoso*, como hemos visto que pretendía Maffesoli, curiosamente la misma imagen que utiliza Jean-Paul Sartre para hablar de la nihilización en *El ser y la nada.* O, si se prefiere, un *magma,* según Cornelius Castoriadis: «Un magma es aquello de lo que pueden extraerse (o aquello en lo que se pueden construir) organizaciones conjuntistas en número indefinido, pero que no puede ser nunca reconstituido (idealmente) por composición conjuntista (finita o infinita) de esas organizaciones.»[1] Si hubiera que imaginar esa sustancia de la negación retomando las metáforas que nos presta la física contemporánea, nuestra figura sería la del *plasma,* ese gas en el cual los electrones se han alejado de sus núcleos y que es capaz de generar una gama infinita de inestabilidades y de fluctuaciones, no siempre controlables en el laboratorio.

Estas situaciones de «puesta entre paréntesis» o «en suspenso» de lo social orgánico, auténticos estados de excepción que implican un regreso a lo social amorfo e indiferenciado –viscosidad, magma, plasma–, suponían una especie de escenificación de una sociedad devenida pura potencialidad, disponibilidad anómica a ser *cualquier cosa.* La reducción a la nada colocaba a los individuos que componían una comunidad ante la evidencia de que la distribución de roles –por inconmovible que pudiera antojarse–, las evidencias más inexpugnables, los axiomas más fundamentales podrían diluirse de pronto para dar paso a un mundo todo él hecho de incertidumbres, de inversiones, de desvanecimientos, es decir de posibilidades puras. Ante ella, la angustia, el vértigo, pero también la apertura radical, la libertad.

Émile Durkheim lo había enunciado recordando que el ser humano «desde el origen, llevaba en sí en estado virtual –aunque prestas para despertarse a la voz de las circunstancias– todas las tendencias cuya oportunidad debía aparecer a lo largo de la evolución».[2] Convicción de que cualquier institución, cualquier pensamiento, cualquier ordenamiento, cualquier plausibilidad coexiste con esa negación de sí que lo liquidaría, pero de la que en última instancia

1. C. Castoriadis, *L'institution imaginaire de la société,* Seuil, París, 1975, p. 461.

2. Durkheim, *Les formes elementals...,* p. 92.

depende para existir y que está hecha de lo que *no es*, es decir de la confusión de todas aquellas opciones posibles o imposibles, imaginables o inimaginables, aceptables pero también abominables, que *no son todavía*, que *ya no son*, que *no han sido nunca*, que *nunca serán*. Lo desechado, pero también lo todavía no pensado. Es más, también lo no ideable, lo inconcebible. Lo alternativo viable, pero también todas las figuras de monstruos, incluso de aquellos monstruos que ni siquiera pueden ser sospechados. Voces de *todo lo otro*, que suenan al mismo tiempo, en un alarido enloquecido o en un rumor constante que en sí mismo no significan nada, que *no son nada*.

Cualquier estado o cosa –es decir *todo*– exige una negación para existir. Fue Baruj Spinoza quien mejor notó cómo toda determinación implica, por fuerza, una negación. Esa intuición es deudora de todos los creacionismos teológicos o metafísicos, que también contemplan la nada como una especie de *clase nula*, opuesta pero complementaria y necesaria a la clase universal, es decir Dios, y tan omnipresente como él: un No-Ser tan absoluto como el Ser, una Nada radical e irrevocable sin la que el Todo divino no podría existir. También la filosofía griega coincidía en esa misma apreciación, no como desmentido sino como requisito del principio por ella incuestionado de la eternidad de la materia y la indispensabilidad del ser. En *El sofista* Platón establece el *no ser* relativo –lo que llama el *héteron*– como componente innegociable de todo cuanto pueda ser pensado. Toda cosa finita y delimitable requiere de una cosa complementaria que es su negación, pero que se necesita para constituir dicha cosa. Lo mismo en Aristóteles, cuando describe en el *Óganon* la naturaleza de la proposiciones apofánticas basadas en la verdad y su dependencia de una operación de negación.

Aplicando al campo de la actividad social esa misma perspectiva, a lo que llegamos es que la negación de lo social, la anomia, no está *del otro lado* de lo social, no es *lo contrario* de lo social. La sociedad exige una *no-sociedad* que no tiene nada que ver con la anti-sociedad o la contra-sociedad. La niega, pero no se opone a ella, puesto que es su fundamento mismo. El no-ser social no es lo que se opone al ser social, en términos de «sombra» o «lado oscuro». Podemos afirmar que complementa al ser social, pero lo hace aniquilándolo, borrándolo absolutamente, como el protocolo que permite cualquier generación o regeneración posterior. La negación social no produce la inversión de lo negado, sino un hueco, un vacío en ebullición. Del no-ser social se podría decir lo mismo que se ha dicho del no-ser por los grandes teóricos de la nada. No es, no puede ser, un ser, sino una acción, un proceso y un proceso que tiene en sí su propia fuente de energía. Como había dejado dicho Jean-Paul Sartre, «la nada no es, se *nihiliza*».[1] Tampoco se puede decir que esté *antes* o *después* del cosmos social creado, a la manera de un principio caótico fundador o un final catastrófico hacia el que se avanza. Esta negación que suprime y funda al mismo tiempo el ser social está *siempre* presente. Por decirlo como Sartre, «la condición necesaria para que sea posible decir *no* es que el no-ser sea una presencia perpetua, en nosotros y fuera de nosotros; es que la nada *infeste* el ser».[2] Recordándole al ser social, añadiríamos, que él, puesto que se funda en la nada, es también, en el fondo, como quería Hegel del ser a secas, «pura indeterminación y el vacío». Más cruda es la aseveración de Heidegger: «*Existir* (ex-sistir) significa: *estar sosteniéndose dentro de la nada.*»[3] Sartre lo plantea magistralmente, por mucho que piense en otra cosa en apariencia distinta del supersujeto social durkheimiano: «La nada no puede nihilizarse sino sobre fondo de ser; si puede darse una nada, ello no es ni antes ni después del ser..., sino en el seno mismo del ser, en su medio, como un gusano.» La reducción a la nada de un organismo social coincide con su exaltación, con la puesta en escena de su totalidad, a la manera como lo planteara Hegel en *Ciencia de la lógica*: «El ser puro y la pura nada son lo mismo.» Luego Heidegger: «Es preciso que la *omnitud del ente* nos sea dada para que *como tal* sucumba sencillamente a la negación, en la cual la nada misma habrá de hacerse patente.»[4] Y, más tarde,

1. J.-P. Sartre, *El ser y la nada*, Alianza/Losada, Madrid/Buenos Aires, 1984, p. 53.

2. *Ibidem*, p. 48.

3. M. Heidegger, *¿Que es la metafísica?*, Siglo Veinte, Buenos Aires, 1979, p. 48. El subrayado es suyo.

4. *Ibidem*, p. 44.

de nuevo Sartre, cuando nos hace notar cómo la *nada* designa «la totalidad del ser considerada en tanto que Verdad».[1]

Esta paradoja de una nada o vacío absoluto que *está siempre*, incluso que funda y posibilita el mundo a partir de su hiperactividad constante, aparecía resuelta en la tradición cabalística, a la que el pensamiento de Durkheim y el de sus herederos no son en absoluto ajenos. El rabinismo –inspirador en ese aspecto del principio cristiano del cosmos como creado *ex-nihilo*– entendió que resultaba preciso concebir a Dios como generador del mundo por un acto de libertad y de puro amor, y no como guerrero victorioso que, en la mayoría de mitos cosmogónicos, vencía y sometía las energías caóticas anteriores a la fundación del mundo. Las transiciones ininterrumpidas a que se abandonan las sefirot y el árbol sefirótico –tema en torno al cual gira la Cábala en su conjunto– dan por sentado que no puede existir un vacío o una discontinuidad si no es como parte misma de ese desarrollo de la potencia divina. La nada, concebida como ausencia de cosmos y como predominio de lo informe y lo no ordenado –es decir, de nuevo como un caos–, sólo puede localizarse formando parte de la propia esencia divina, existiendo en su seno desde siempre, de manera que el abismo coexiste con la plenitud de Dios. A partir del siglo XIII los cabalistas emplean con frecuencia la imagen de Dios como aquel que habita en las profundidades de la nada. Se trata de lo que el *Zóhar* identifica con la luz que rodea al *En-sof* o infinito, lo sin principio, lo no creado. Pero insistentemente se asocia con la existencia más honda de la divinidad, la profundidad radical de Dios, que se exterioriza como energía creadora en las emanaciones de las sefirot. La nada es, entonces, la raíz primera, la raíz de raíces, de la que el árbol de la creación se alimenta: la esencia misma de Dios.

## 3. LÓGICAS FRONTERIZAS

Las situaciones en las que ese vacío o nada social eran imaginados escénicamente, evocados como los lugares en que lo social

1. Sartre, *op. cit.*, p. 52.

se afirmaba y negaba radicalmente a un mismo tiempo, fueron concretadas posteriormente por la sociología y la antropología herederas de Durkheim. Éstas tuvieron que ver inicialmente con la constatación, por parte del propio Durkheim, de que las relaciones entre la morfología social y los sistemas colectivos de representación no se correspondían de manera perfecta, es decir nunca estaban ajustados del todo. Era precisamente eso lo que constituía un diferencial básico con la premisa marxista de que existía una correspondencia precisa entre superestructura e infraestructura, puesto que, para Durkheim, lo ideal siendo una cosa social, no se limita a traducir, en otro lenguaje, las formas materiales de la vida social y sus necesidades inmediatas. De la consciencia colectiva no basta decir –como habían hecho Marx y Engels– que constituye un simple epifenómeno de la morfología social, de igual forma que no podemos conformarnos con afirmar que la consciencia individual es una mera reverberación de la actividad neuronal. La síntesis de consciencias particulares tiene –nos dirá Durkheim– la virtud de generar todo un universo de sentimientos, de ideas, de imágenes, que una vez originado responde a leyes que le son propias, en las que todos esos elementos gozan de una vida propia en la que se atraen, se repelen, se fusionan, se segmentan, proliferan sin que tales combinaciones aparezcan orientadas ni exista un estado de cosas real subyacente que las necesite.

Estas dos entidades –los sistemas conceptuales y las realidades morfológico-sociales– se mostraban como dos masas amorfas, lábiles, continuas y paralelas. A esas dos masas Ferdinand de Saussure –que trasladara el sistema diádico durkheimiano a la lingüística– las denomina *reinos fluctuantes* y les asigna el nombre de *significado* y *significante*, dos estratos superpuestos, uno de aire, otro de agua. Se trata en realidad de dos sociedades, visible la una, invisible la otra, que forman sociedad entre sí, pero la comunicación entre las cuales no puede ser sino traumática, precisamente por su naturaleza radicalmente dispar e incompatible. El intercambio entre ambos mundos –el visible y el invisible; lo profano y lo sagrado– es hasta tal punto comprometido que aquellos que asumen llevar a cabo físicamente los tránsitos, los desplazamientos, la vulneración de la distancia brutal que los separa han de hacerlo atravesando o habilitando un territorio *de nada* y *de nadie* que implica la alteración absoluta de las identidades, el encuentro con una alteridad total, en una experiencia del máximo riesgo. El franqueamiento de esa frontera entre universos aparece protocolizado de distintos modos, según el momento histórico y la sociedad, pero se concreta en las técnicas rituales que la antropología religiosa designa como *sacrificio* –para aquellos casos en los que el tránsito entre mundos sea hasta tal punto violento que quien lo realice no pueda sobrevivir–, así como en todas las modalidades de *trance:* chamanismo, posesión, éxtasis místico, etc. La matriz de los trabajos antropológicos sobre las relaciones de intercambio entre lo visible y lo invisible se reconoce siempre en las teorías sobre el sacrificio y la magia de Henri Hubert y Marcel Mauss, correspondiendo sus desarrollos iniciales más importantes a Alfred Métraux y Michel Leiris por lo que hace a la posesión, y a Claude Lévi-Strauss en relación con el chamanismo.

En todos los casos se trata de generar un espacio hueco, una oquedad marcada, que implica, para quien se instala en ella, una destrucción física o moral del yo, del propio cuerpo o cuando menos de la propia identidad, puesto que la violencia del choque se asocia a una disolución de cualquier estabilidad, modalidad extrema de turbulencia provocada por el contacto entre dos masas inestables y a temperaturas radicalmente distintas. Eso que se provoca es –de nuevo– una nihilización, una reducción a esa nada en que cualquier cosa es posible, en la que del *yo* puedo decir con toda la razón, con Rimbaud, que *es otro*, donde mi cuerpo no me pertenece, donde puedo estar aquí, pero en realidad estoy lejos, en otro universo, dislocación absoluta, y, en el caso del sacrificio, zona letal de la que de ningún modo podré salir con vida. Con razón Lévi-Strauss habla del sacrificio como de la provocación de un *vacío*, trampa hueca en la que la astucia de los humanos hace caer a los dioses para que éstos la llenen con sus dones.[1] Lo mismo podría decirse de las estrategias del mago que, a través de los trances que protagoniza, no hace otra cosa que reducirse a nada, dejar de

1. C. Lévi-Strauss, *El pensament salvatge*, Edicions 62/La Caixa, Barcelona, 1985, pp. 263-264.

ser quien es para ser un *medium*, proveedor de sentidos encargado de convertir en real todo lo imaginado, salvar el tramo que constantemente se percibe entre lo pensado y lo vivido. De ahí Lévi-Strauss hace surgir lo que designa como *eficacia simbólica*, consistente en manipular esa nada activa de que se está hablando y que se concreta bajo el término *valor simbólico 0*, a partir del concepto lingüístico de *fonema 0*, fonema que no se opone a otro fonema sino a la ausencia de fonema. La labor de esa eficacia simbólica sería la de aplicar un esquema flotante capaz de organizar de forma significativa vivencias intelectualmente amorfas o afectivamente inaceptables, objetivando estados subjetivos, formulando impresiones que parecen informulables o articulando en un sistema dado experiencias inarticuladas.[1]

Lo planteado por Hubert y Mauss respecto de las relaciones *verticales* entre lo visible y lo invisible se extiende, con Arnold Van Gennep, al ámbito de las relaciones *horizontales* en el seno de lo visible, es decir en el seno de la estructura de la sociedad humana. En *Los ritos de paso*, de 1909, Van Gennep describía en términos topológicos la distribución de las funciones y los roles: una casa con distintas estancias, el tránsito entre las cuales se lleva a cabo por medio de distintas formas de umbral. A la circulación protocolizada por los corredores que separan los aposentos de esa «casa social» o a la acción de abrir puertas y traspasar umbrales Van Gennep las llama *rites de passage*, ritos de paso, procesos rituales que permiten el tránsito de un *status* social a otro. Sirven para indicar y establecer transiciones entre estados distintos, entendiendo por *estado* una ubicación más o menos estable y recurrente, culturalmente reconocida y que se produce en el seno de una determinada estructura social –en el sentido de ordenación de posiciones o *status*–, que implica institucionalización o como mínimo perduración de grupos y relaciones. El rito de paso es una práctica social de transformación o cambio que garantiza la integración de los individuos en un lugar determinado previsto para ellos. Al individuo se le asignan así lugares preestablecidos, puntos en la red so-

1. Cf. los capítulos 9 y 10 de *Antropología estructural*, Paidós, Barcelona, 1987, pp. 195-228.

cial, definiciones, identidades, límites que no es posible ni legítimo superar. El rito de paso establece el cambio de *status* legal, profesional, familiar, una modificación en la madurez personal reconocida al neófito, o a circunstancias ambientales, físicas, mentales, emocionales, etc.

En realidad, la división global del universo en dos esferas incompatibles –la de lo sagrado y lo profano– en Durkheim y Mauss, como ese otro desglose de la morfología social en compartimentos aislados unos de otros y el tránsito entre los cuales es abrupto, tal y como reconoce Van Gennep, responden a una misma lógica empeñada en crear lo discreto a partir de lo continuo, forzar discontinuidades que hagan pensable tanto la sociedad como el universo entero, a base de suponerlo constituido por módulos o ámbitos que mantienen entre sí una distancia que, por principio, debe permanecer, como ha escrito Fernando Giobellina, «inocupada e inocupante».[1] El problema básico no es, entonces, el de la existencia «llena», «saturada» u «ocupada» de las distintas regiones de la sociedad o del cosmos –sea la de los «casados» y la de los «solteros», sea la del «cielo» y la de la «tierra», tanto da–, sino cómo estos espacios conceptuales alcanzan una articulación entre sí que no se permite, bajo ningún concepto, que sea perfecta, precisamente para recordar en todo momento su naturaleza reversible, o cuando menos transitable. Lo que importa no es tanto que haya unidades separadas en la estructura de la sociedad o del universo, sino que haya separaciones, puesto que el espíritu humano sólo puede pensar el mundo y la sociedad distribuyendo cortes, segregaciones, fragmentaciones. De ello se deriva que no son instituciones, *status* sociales, mundos lo que se constata, sino la distancia que los separa y los genera.

En otras palabras, las segmentaciones que reconocemos en la organización de la realidad no son la consecuencia de unas diferencias preexistentes a ellas, sino, al contrario, su demanda básica. Es porque hay diferenciaciones por lo que podemos percibir diferencias, y no al contrario, como un falso sentido común se empeñaría

1. F. Giobellina, *Sentido y orden. Estudio de clasificaciones simbólicas*, CSIC, Madrid, 1990, p. 139.

en sostener. Es más, cuantas más fronteras, más probable será encontrar formaciones más organizadas y más especializadas, con unos dinteles más elevados de improbabilidad y de información. Los físicos se han referido a ese «mínimo barroco» –mínimos de variedad y complicación– que cualquier sistema vivo requiere para sobrevivir. De ahí que todas las prevenciones que suscita situarse en la frontera adviertan no del riesgo de que haya fronteras, sino del pavor que produce imaginar que no las hubiera. Todo lo cual se parece mucho a lo que George Simmel escribiera a propósito de las puertas y los puentes, artificios del talento humano destinados a separar lo unido, y a unir lo separado. El puente hace patente que las dos orillas de un río no estan sólo una frente a la otra, sino *separadas*, implica «la extensión de nuestra esfera de voluntad al espacio», supera la «no ligazón de las cosas, unifica la escisión del ser natural». Todavía más radicalmente, la puerta es algo que está ahí «para hacer frontera entre sí lo limitado y lo ilimitado, pero no en la muerta forma geométrica de un mero muro divisiorio, sino como la posibilidad de constante relación de intercambio».

> Porque el hombre es el ser que liga, que siempre debe separar y que sin separar no puede ligar, por esto, debemos concebir la existencia meramente indiferente de ambas orillas, ante todo espiritualmente, como una separación, para ligarlas por medio de un puente. Y del mismo modo el hombre es el ser fronterizo que no tiene ninguna frontera. El cierre de su ser-en-casa por medio de la puerta significa ciertamente que separa una parcela de la unidad ininterrumpida del ser natural. Pero así como la delimitación informe se torna en una configuración, así también la delimitabilidad encuentra su sentido y su dignidad por vez primera en aquello que la movilidad de la puerta hace perceptible: en la posibilidad de salirse a cada instante de esta delimitación hacia la libertad.[1]

Percepción espléndida de cómo lo que la sociedad y la inteligencia humanas deben ver asegurado no es tanto que existan com-

1. Simmel, «Puente y puerta», *El individuo y la libertad*, p. 34.

partimentaciones, divisiones, diferencias, sino los límites que las fundan y las hacen posibles. De ahí esa obsesión humana no por establecer puntos separados en sus planos de lo real, sino tierras de nadie, *no man's lands*, espacios indeterminados e indeterminantes, *puertas* o *puentes* cuya función primordial es la de ser franqueables y franqueados, escenarios para el conflicto, el encuentro, el intercambio, las fugas y los contrabandeos. Como si de algún modo se supiera que es en los territorios sin amo, sin marcas, *sin tierra*, donde se da la mayor intensidad de informaciones, donde se interrumpen e incluso se llegan a invertir los procesos de igualación entrópica y donde se producen lo que Rubert de Ventós llamaba «curiosos fenómenos de frontera»,[1] en los que el contacto entre sistemas era capaz de suscitar la formación de verdaderos islotes de vida y de belleza. Honoré de Balzac había dicho lo mismo de otro modo: «Sólo hay vida en los márgenes». Convicción última de que lo más intenso y más creativo de la vida social, de la vida afectiva y de la vida intelectual de los seres humanos se produce siempre en sus límites. Más radicalmente: de la vida a secas, que encuentra en los límites orgánicos de todas sus manifestaciones sus máximos niveles de complejidad. Todo lo humano y todo lo vivo encuentra en su margen el núcleo del que depende.

## 4. LOS MONSTRUOS DEL UMBRAL

Según la teoría de los ritos de paso debida a Arnold Van Gennep, los tránsitos entre apartados de la estructura social o del universo presentaban una secuencialización en tres fases claramente distinguibles: una inicial, llamada *preliminar* o *de separación*, que se correspondía con el *status* que el neófito se disponía a abandonar; una etapa intermedia, que era aquella en que se producía la metamorfosis del iniciado y que era llamada *liminal* o *de margen*, y un último movimiento en el que el pasajero se reincorporaba a su nueva ubicación en la organización social. La primera y la últi-

1. X. Rubert de Ventós, «Ontologia: frontera, perill i violència», en Col.legi de Filosofia, *Frontera i perill*, Edicions 62, Barcelona, 1987, p. 151.

ma de esas fases se corresponden con lugares estables de la estructura social, funciones reconocidas, estatuaciones homologadas culturalmente como pertinentes y más bien fijas. En cambio la fase liminal –de *limen*, umbral– implica una situación extraña, definida precisamente por la naturaleza alterada e indefinida de sus condiciones. Se trata de una concreción de lo que se ha descrito como una nihilización, un anonadamiento, una negativización de todo lo dado en el organigrama de lo social. Quien mejor ha analizado esa dimensión tan indeterminada como fundamental de las fases liminales en los ritos de paso ha sido Victor Turner, un antropólogo de la Escuela de Manchester, discípulo de Max Gluckman, que continuó la tarea de éste de integrar el conflicto en el modelo explicativo del estructural-funcionalismo británico.

En sus trabajos sobre los ndembu de la actual Zambia, Turner sostuvo que si el modelo básico de sociedad es el de una «estructura de posiciones», el periodo marginal o liminal de los pasajes se conducía a la manera de una *situación interestructural*. Una analogía adecuada para describir esa situación, en la que se reconocería el ascendente de la figura durkheimiana de la *efervescencia social*, sería la del «agua hirviendo». Durante la situación liminal «el estado del sujeto del rito –o *pasajero*– es ambiguo, puesto que se le sorprende atravesando por un espacio en el que encuentra muy pocos o ningún atributo, tanto del estado pasado como del venidero». Ya no es lo que era, pero todavía no es lo que será. Quienes están en ese umbral «no son ni una cosa, ni la otra; o tal vez son ambas al mismo tiempo; o quizás no están aquí ni allí; o incluso no están en ningún sitio –en el sentido de las topografías culturales reconocidas–, y están, en último término, entre y en mitad de todos los puntos reconocibles del espacio-tiempo de la clasificación estructural».[1] En cierto modo, la liminalidad ritual implica una especie de *anomia inducida* en los neófitos, que son colocados en una situación que podríamos denominar de *libertad provisional*, desvinculados de toda obligación social, forzados a desobedecer las normas establecidas, puesto que han sido momentáneamente desocializados. Eso mismo podría aplicarse a

1. V. Turner, *La selva de los símbolos*, Siglo XXI, Madrid, 1981, p. 108.

otras situaciones no específicamente rituales que Victor Turner distingue de las liminales designándolas como *liminoides*, a cargo de personajes moralmente ambivalentes, con un acomodo social débil o que se rebelan o cuestionan axiomas culturales básicos, a los que podemos contemplar protagonizando «actividades marginales, fragmentarias, al margen de los procesos económicos y políticos centrales».[1] En todo caso, en los seres liminales o liminoides podría reconocerse aquella desazón que caracterizaría la consciencia de la nada según Heidegger, puesto que, perdidos de vista todos los anclajes y todas las referencias, sólo les queda «el puro existir en la conmoción de ese estar suspenso en que no hay nada donde agarrarse».[2]

El ser transicional en los ritos de paso es «estructuralmente invisible». Se ve forzado a devenir un personaje no clasificado, indefinido, ambiguo. Se le asocia con frecuencia a la muerte, pero también al no-nacido aún, al parto o a la gestación. Muchas veces es un andrógino, ni hombre ni mujer. Su estado es el de la paradoja, el de alguien al que se ha alejado de los estados culturales claramente definidos. Esto es así puesto que las personas que transitan –las «gentes del umbral», como las llama Turner– eluden o se escapan del sistema de clasificación que distribuye las posiciones en el seno de la estructura social. Otra característica es que el transeúnte ritual *no tiene nada*, ni estatuto, ni propiedad, ni signos, ni rango que lo distinga de quienes comparten su situación. «En palabras del rey Lear, "es el hombre desnudo y sin acomodo".»[3] Si el tránsito ritual lo protagoniza un grupo, de él puede afirmarse que es una comunidad indiferenciada –y no una estructura jerárquicamente organizada–, definida por la igualdad, el anonimato, la ausencia de propiedad, la reducción de todos a idénticos niveles de *status*, la minimización de las distinciones de sexo, la humildad, la suspensión de derechos y obligaciones de pa-

1. V. Turner, *On the Edge of the Bush*. The University of Arizona Press, Tucson, 1985, p. 117. Sobre las situaciones y personajes liminoides, cf. también, del mismo Turner, «Liminal to Liminoid, in Play, Flow, and Ritual», en *From Ritual to Theatre*. PAJ Publications, Nueva York, 1982, pp. 20-60.

2. Heidegger, *¿Qué es la metafísica?*, p. 47.

3. V. Turner, *El proceso ritual*, Taurus, Madrid, 1988, p. 109.

rentesco, puesto que «todos somos hermanos», la sencillez, a veces la locura sagrada.

Turner explicita la naturaleza nihilizante de la fase de margen en los tránsitos rituales: «Lo liminal puede ser considerado como el No frente a todos los asertos positivos, pero también al mismo tiempo como la fuente de todos ellos, y, aún más que eso, como el reino de la posibilidad pura, de la que surge toda posible configuración, idea y relación.»[1] En otro lugar: «La situación liminal rompe la fuerza de la costumbre y abre paso a la especulación... La situación liminal es el ámbito de las hipótesis primitivas, el ámbito en que se abre la posibilidad de hacer juegos malabares con los factores de la existencia.»[2] Por último, las fases liminales y liminoides funcionan a la manera de «una especie de término medio social, o algo semejante al punto muerto en una caja de cambios, desde el que se puede marchar en diferentes direcciones y a distintas velocidades tras efectuar una serie de movimientos».[3] De hecho, bien podríamos decir, en general, que esa nihilización de lo social sirve para que una comunidad se coloque ante las conclusiones inherentes a su propia condición orgánica, como si se quisiese recordar que, en tanto que ser vivo, *es polvo y en polvo habrá de convertirse*. Los ritos de paso hacen así una pedagogía de ese principio que hace de cada ser social una tábula rasa, una pizarra en blanco, arcilla cuya forma ha de ser moldeada por la sociedad.

De hecho, del neófito o pasajero podría afirmarse que se reconoce como *nada* o como *nadie*, a la manera como decimos «no somos nadie» o «no somos nada» justamente para recordarnos nuestra finitud y nuestra extrema vulnerabilidad. Premisa fundamental para que aquel que ha sido conducido a la condición de *nada* o *nadie* pueda llegar a ser *algo* o *alguien*, no importa qué cosa, puesto que el tránsito ritual no se produce tanto entre ser una cosa y ser luego otra, sino para hacer una auténtica pedagogía de que para «ser algo o alguien» es preciso haber sido ubicado antes en una auténtica «nada social». La ritualización del cambio de *status* se pro-

1. Turner, *El proceso ritual*, p. 109.
2. Turner, *La selva de los símbolos*, p. 118.
3. Turner, *El proceso ritual*, p. 205.

duce a través de un limbo carente de *status*, en un proceso en el que los opuestos son parte integrante los unos de los otros y son mutuamente indispensables. Uno de los personajes centrales de *Dead Man*, el western de Jim Jarmush (1997), resume bien esa condición: ejemplo perfecto de liminalidad, marginado de su sociedad por ser un mestizo imposible –madre ungumpe picana, padre absoluca–, luego educado entre los blancos y, por tanto, híbrido cultural todavía menos aceptable, condenado por todo ello a vagar sin fin por territorios intermedios, el indio que acompaña a William Blake-Johnny Depp se llama *Nobody*, «Nadie». Él encarna de manera inmejorable la personalidad de aquel a quien Eugenio Trías, al principio de su *Lógica del límite*, llamara *liminateus*, ser fronterizo por excelencia, nómada por entre todas las franjas, que tiene motivos para reclamarse de ninguna parte como el requisito que le permite ser constituyente de todas.

Detengámonos en qué significa afirmar que el rito de paso es un protocolo que nihiliza o anonada al ser social, que lo reduce a 0, y que le da la razón a la percepción ordinaria de que *no somos nada*. Gustavo Bueno nos ha recordado cómo la palabra «nada» se ha empleado durante mucho tiempo para referirse a lo creado, *lo que ha nacido*, lo que ha llegado a *ser algo*, es decir las criaturas y las cosas distintas de aquel que lo es Todo, que no ha nacido, y justamente para recordarles su fragilidad y su miseria.[1] *Nada* es *res nata*, cosa nacida o, lo que es igual, *nada cosa*, de igual modo que *nadie* procede de la noción de *nati*, es decir «nacido», un valor semántico que se conserva en catalán en la imagen del *nadó*, el «recién nacido». Cada nacimiento es, en efecto, el nacimiento de una nada. Todo ello implica una explicitación cercana de cómo ese ser social 0, ese *nadie* que es el transeúnte ritual, no es en absoluto algo parecido a una antiestructura, un reverso de lo ordenado, a la manera, por ejemplo, del brujo, el genio maligno o el diablo en las tradiciones mágico-religiosas. Tampoco es lo insuficientemente estructurado o lo imperfectamente ordenado. Es lo a-estructural, lo a-ordenado, algo que no es posible definir en tér-

1. G. Bueno, «El nihilisme religiós», en A. Sánchez Pascual *et al.*, *Metamorfosi del nihilisme*, Fundació Caixa de Pensions, Barcelona, 1989, pp. 61-95.

minos estáticos, «que, al mismo tiempo, está desestructurado y pre-estructurado», según Turner.[1] Pero eso es, como tantos ritos de paso explicitan en tantas sociedades, decir lo mismo que es *lo estructurándose*, lo que se exhibe *ordenándose*, viendo la luz. No en vano todo lo dicho con respecto a la nihilización liminal podría corresponderse con la idea de *moralidad abierta*, equivalente a nivel societario de lo que Henri Bergson había llamado *élan vital*, el impulso básico del que surgen todas las formas de arte, de piedad religiosa o de creatividad.

La condición ambigua de quienes se hallan en una situación liminal, las dificultades o la imposibilidad de clasificarlos con claridad –puesto que *no son nada*, pura posibilidad, seres a medio camino entre lugares sociales–, es lo que hace que se les perciba con mucha frecuencia como fuentes de inquietud y de peligro. Mary Douglas nos ha enseñado cómo todo lo nada, mal o poco clasificado es, por definición, contaminante, de manera que existe una relación directa en todas las sociedades entre irregularidades taxonómicas y percepción social del riesgo. El transeúnte ritual es un peligro, puesto que él mismo *está en peligro*. No es casual que *trance* se emplee como sinónimo de «situación crítica», «peligro», «riesgo»..., cosa lógica dado que el pasajero ritual es alguien «entre mundos», o, cuando menos, «entre territorios». Previsible resulta entonces que se le apliquen todos aquellos mecanismos sociales que protegen a una comunidad estructurada contra la contradicción, ya que encarna a un personaje conceptual cuya característica principal es su *frontereidad*, es decir su naturaleza de lo que Alfred Schutz había llamado *ser-frontera*, un límite de carne y hueso.

El transeúnte ritual es ideal para pensar «desde dentro» el orden y el desorden sociales. Es para ello para lo que se le obliga a devenir un *monstruo*, es decir alguien o algo que *no puede ser*, y que por tanto tampoco *debe ser*. Su valor como entidad cognitiva –«buena para pensar», como hubiera dicho Lévi-Strauss– viene dada precisamente porque está al mismo tiempo *dentro* y *fuera* del sistema social. No es que *esté en la frontera*, puesto que es él mismo quien define precisamente esa frontera, quien la encarna: él *es la*

1. Turner, *La selva de los símbolos*, p. 108.

*frontera.* No es casual que las imágenes monstruosas aparezcan sistemáticamente asociadas a la liminalidad ritual, como el propio Turner ponía de manifiesto para el caso ndembu, en cuyas iniciaciones jugaban un papel muy importante las máscaras y otros objetos rituales definibles por su desmesura o por la dislocación de lo real que implicaban. «Los monstruos se manufacturan precisamente para enseñar a los neófitos a distinguir claramente entre los distintos factores de la realidad tal y como los concibe su cultura.» Refiriéndose a la «ley de la disociación» de William James, apunta Turner: «Cuando *a* y *b* van juntos como parte del mismo objeto total, sin que exista diferenciación entre ellos, la aparición de uno de ellos, *a*, en una nueva combinación, *ax*, favorece la discriminación de *a*, *b* y *x* entre sí.» Como el mismo James decía, «lo que unas veces aparece asociado con una cosa y otras con otra, tiende a aparecer disociado de ambas, y a convertirse en un objeto abstracto de contemplación para el espíritu. Podríamos llamar a esto ley de la disociación mediante variación de los concomitantes».[1] De ahí que los monstruos inciten a pensar sobre personas, relaciones o aspectos del medio ambiente social que hasta entonces habían sido simples datos objetivos o, incluso, más allá, acerca de los poderes y las leyes que rigen el universo y la sociedad. En las situaciones liminales o liminoidales, todo lo que compone la experiencia de la vida social –ideas, sentimientos, sensaciones– es disuelto y reorganizado de una forma aparentemente desquiciada, excesiva, fantástica, paródica, distorsionada..., aislando y descolocando los componentes de las estructuras sociosimbólicas hasta permitir una contemplación distanciada de su significado, de su valor y, por tanto, de la pertinencia de su mantenimiento o bien de su transformación.

Entre nosotros, ese papel de transeúntes «a tiempo completo» que hace de ellos monstruos del umbral –*monstruos* en el sentido de anomalías inclasificables, desconyuntamientos de lo considerado normal– lo desempeñan personajes que muestran hasta qué punto son intercambiables los estados de anomia y de liminalidad. Se trata de, entre otros, los inmigrantes, los adolescentes, los enamorados, los artistas y los *outsiders* en general. Todos ellos son úti-

1. Turner, *On the Edfe of the Bush*, p. 161.

les para catalizar, bajo el aspecto de su extrañamiento, la mismidad del sistema que los rechaza, y que los rechaza no porque sean intrusos en su seno, sino precisamente porque representan una exageración o una miniatura, una caricatura inquietante en cualquier caso, de un estado de cosas social. La eficacia simbólica de esas personalidades nihilizadas –es decir, a las que no se permite ser *algo en particular*– procede paradójicamente de su ubicación en los márgenes del sistema: en apariencia postergados, son esos seres anómicos los que pueden ofrecer una imagen insuperable de la integración, una visión de conjunto a la que los elementos sociales presuntamente situados del todo *dentro* jamás podrán acceder. Su tarea se parecería a la que Marcel Mauss atribuía a los feriantes, a los enterradores, a los locos o a los gitanos, cuya reputación de hacedores de magia venía dada precisamente por esa posición estructuralmente ajena y, en cambio, estructuradoramente central que ocupaban en el esquema de la comunidad. Una marginación o una rareza social que se traducía en una máxima integración simbólica, puesto que, como escribiría Lévi-Strauss al respecto, estaban en condiciones de «llevar a cabo compromisos irrealizables en el plano de la colectividad, simular transiciones imaginarias, así como personificar síntesis incompatibles»,[1] demostrando hasta qué punto las conductas «anormales» no se oponen a las «normales», sino que las complementan.

No es casual que a los inmigrantes y a los adolescentes se les aplique como denominación un participio activo o de presente, precisamente para subrayar la condena a que se les somete a permanecer constantemente en tránsito, moviéndose entre estados, sin derecho al reposo. El adolescente está *adolesciendo*, es decir creciendo, haciéndose mayor. No es nada, ni niño ni adulto. Como suele decirse, *se está haciendo* hombre o mujer. Todo lo que a él se refiere –sus obligaciones y sus privilegios– es contradictorio, lo que le convierte en reservorio poco menos que institucionalizado de todo tipo de ansiedades que le convierten en un «rebelde sin causa» forzoso. Su situación estructural es una pura esquizofrenia

1. C. Lévi-Strauss, «Introducción a la obra de Marcel Mauss», en M. Mauss, *Sociología y antropología*, Tecnos, Madrid, 1992, p. 20.

marcada por las instrucciones paradójicas, las órdenes de desobediencia y las exigencias de espontaneidad, todo lo que Gregory Bateson definió como «dobles vínculos».

En cuanto al inmigrante, no es una figura objetiva –tal y como los discursos político-mediáticos al respecto sostienen–, sino un operador cognitivo, un personaje conceptual al que se le adjudican tareas de marcaje simbólico de los límites sociales. Se le llama «inmigrante», es decir *que está inmigrando*, puesto que se le niega el derecho a haber llegado y estar plenamente entre nosotros. A él, y a sus hijos, que se verán condenados a heredar la condición peregrina de sus padres y a devenir eso que se llama «inmigrantes de segunda o tercera generación». Tampoco el enamorado está entre nosotros, sino «en la luna», absorto en su deseo de ver al ser amado, anhelante crónico de un objeto que nunca posee plenamente. El mismo sentimiento amoroso funciona como una liminalidad. Pedro Salinas lo supo expresar en uno de los poemas de *Razón de amor:* «No, nunca está el amor / Va, viene, quiere estar / donde estaba o estuvo.» Lo mismo para el artista, por definición un soñador cuya tarea es la de saltarse las normas del lenguaje, vulnerar los principios de cualquier orden, manipular los objetos, los gestos o las palabras para producir con ellos sorpresas, nuevas realidades que nos dejen estupefactos, o cuando menos cabilando sobre lo que nos han dado a ver. Y ¿qué decir del *outsider?*, extraño especializado, puede ser fracasado, poeta, forajido, policía brutal, hereje, aventurero, seductor, vagabundo... Él expresa todos los caminos por los que sólo a él le es dado transitar, no a nosotros.

La ambigüedad estructural del inmigrante, del adolescente, del enamorado, del artista o del *outsider*, su anonadamiento, resultan idóneos para resumir todo lo que la sociedad pueda percibir como ajeno, pero instalado en su propio interior. He ahí lo que les debería constituir en verdaderos modelos para la labor del antropólogo en contextos urbanos, puesto que éste ha de compartir con ellos su mismo extrañamiento con respecto de lo cotidiano, su misma ambivalencia, su misma crónica incomodidad ante situaciones que su presencia suscita y que nunca aparecen claramente definidas. El inmigrante, el adolescente, el enamorado, el artista, el *outsider* –y el etnólogo urbano a su imagen y semejanza– están *dentro*, pero algo o mucho de ellos permanece aún en ese *afuera* literal o simbólico del que proceden o al que se les remite. A todos ellos se les podría aplicar, en definitiva, lo dicho por George Simmel en su célebre «Disgresión sobre el extranjero», puesto que su naturaleza es, como la del forastero, la de lo que *estando aquí* no pertenece al *aquí*, sino a algún *allí*. Están entre nosotros físicamente, es cierto, pero en realidad se les percibe como permaneciendo de algún modo en otro sitio. O, mejor, se diría que no están de hecho en ningún lugar concreto, sino como atrapados en un puro trayecto. Son motivos de alarma, pero no menos de expectación esperanzada por la capacidad de innovación y de cuestionamiento que encarnan.

El extranjero, el *outsider*, el artista, el enamorado o el adolescente –e, imitándolos, el antropólogo de lo inestable– son lo que parecen a primera vista: marginales forzados o voluntarios. *Marginal* no quiere decir, no obstante, *al margen*, en el sentido de en un rincón o a un lado de lo social. «Margen» quiere decir aquí «umbral». El marginal se mueve entre dos luces, al alba o en el crepúsculo, anunciando una configuración futura o señalando el estallido de una estructura. Es un ser «del pasillo», de ese espacio transitivo que Goffman detectó como en especial vulnerable de cualquier institución total –cuartel, internado, prisión, hospital, manicomio, fábrica–, allí donde «ocurren las cosas», donde la hipervigilancia se debilita y se propician los desacatos y las revueltas. Samuel Fuller lo entendió bien en su *Corredor sin retorno* (1963), cuyo protagonista real es el pasillo de un hospital psiquiátrico en que transcurre la acción y donde *sucede todo*. El umbral o margen no está en una orilla de lo social, sino en el núcleo de su actividad. El marginal –léase ser liminal o liminoidal– se halla en ese centro mismo de lo social, puede vérsele con frecuencia constituyéndose en el corazón mismo de lo urbano. Ya vimos cómo Ernest Burgess hacía de personajes así los asiduos de lo que llamaba las *zonas de transición* de la ciudad, situadas precisamente como antesala de los centros metropolitanos. No es extraño, puesto que todos ellos eran los protagonistas de cualquiera de las variantes de ese *espacio transversal* al que nos referíamos en el primer capítulo, y que puede ser llamado *espacio de aparición*, *espacio-movimiento*, *no-lugar*, *espacio itinerante*, *es-*

*pacio antropológico*, *territorio circulatorio*, *tierra especial*, o acaso sencillamente –siguiendo a Kant, a Simmel y a Certeau– *espacio*. Todos esos personajes podrían antojarse, empleando un símil topográfico, periféricos, es decir *en los lados*, pero en realidad son *transversales*, en el doble sentido que tiene la calidad de *transverso* como algo *que atraviesa*, pero también como algo que *se desvía*. El *transversor* es también un *transgresor*, y al contrario. El margen es transversal. No tiene, por ello, nada de tangencial.

¿Cuál es el origen y la función de esa insistencia de nuestros sistemas de representación más eficientes en hablar de semejantes personalidades liminales, sin sitio, a las que se muestra abandonadas a su suerte en todo tipo de tierras de nadie? ¿Es que hay alguna película, alguna novela, alguna obra teatral, que no los adopte como protagonistas? La función de esa omnipresencia no podría ser otra que la de hacernos pensar cuáles son las condiciones de esa misma normalidad que ellos se empeñan en desacatar. El adolescente, el inmigrante, el enamorado, el artista y el *outsider* sólo podrían ver resuelta la paradoja lógica que implican –su monstruosidad– a la luz de una representación normativa ideal de la que, en el fondo, ellos resultarían ser los garantes últimos. Su existencia es entonces la de un error, un accidente: el de seres al mismo tiempo disminuidos y desmesurados, que no corrigen el sistema social en vigor, constituido por los autodenominados «autóctonos», «adultos» o «integrados», sino que, negándolo, les brindan la posibilidad de confirmarse.

El que los personajes liminales o liminoidales –esos entes anómicos por excelencia– estén en una situación de margen social –no *al margen*, sino *en el margen*, recuérdese– no les convierte en portadores de una impugnación general de ese orden social al que parecen darle la espalda. Más bien deberíamos decir que, al contrario, significan un reconocimiento y una exaltación del vínculo social generalizado, que ha dejado de existir en ellos para ser colocado en una situación de paréntesis provisional. Victor Turner nos advierte que es como si existiesen dos modelos distintos de interacción humana. Uno de ellos presentaría la sociedad como un orden estructurado, diferenciado, jerarquizado, estratificado, etc., es decir una sociedad entendida como organización de posiciones y *status*, institucionalización y persistencia de grupos y de relaciones entre grupos. El segundo, en cambio, aparece en el momento liminal y representa un punto neutro de lo social, sociedad entendida como comunidad esencial, como comunión, sociedad sin estructurar, recién nacida, pura y no deteriorada todavía por la acción humana o del tiempo. Se trata, en una palabra, del vínculo humano esencial y genérico, sin el que no podría existir ninguna sociedad. Una idea ésta con la que ya dábamos en Ferdinand Tönnies, cuando sugería que la sociedad podría subdividirse hasta revelar que está hecha de *nadas*, es decir de «unidades últimas, los átomos metafísicos..., algunas cosas que son nada o nadas que son algunas cosas».[1] Al primero de estos modelos Victor Turner lo llama *estructura*, mientras que el segundo es designado como *communitas*. La *communitas* no es ningún estado prístino de la sociedad al que se anhele regresar, sino una dimensión siempre presente y periódicamente activada, cuya latencia y disponibilidad el marginal recibe el encargo de evocar en todo momento a través de las aparentemente extrañas formas de sociedad que protagoniza con otros como él.

La contraposición *communitas* o liminalidad a-estructural *versus* estructura social puede ser conectada con las otras divisiones diádicas que se han aplicado a entidades estructuradas unas, *estructurándose* las otras. La oposición estructura-*communitas* en Turner se parece mucho, por ejemplo, a la que sugieren Gilles Deleuze y Félix Guattari entre *arborescencia* y *rizoma*. La primera de esas cualidades sería aplicable a realidades extensivas, divisibles, molares, susceptibles de unificarse, totalizarse y organizarse. La segunda –en una definición que remite de manera explícita a las figuras liminares– a entidades «libidinales, inconscientes, moleculares, intensivas, constituidas por partículas que al dividirse cambian de naturaleza, por distancias que al variar entran en otra multiplicidad, que no cesan de hacerse y deshacerse al comunicar, al pasar las unas a las otras dentro de un umbral, antes o después».[2] Lo ri-

1. F. Tönnies, *Comunitat i associació*, Edicions 62/La Caixa, Barcelona, 1984, p. 36.

2. G. Deleuze y F. Guattari, *Mil mesetas*, Pre-Textos, Valencia, 1982, p. 34.

zomático está conformado por partículas, que se relacionan en términos de distancia, siguiendo movimientos de aspecto caótico y cuya cantidad se mide en intensidades y en diferencias de intensidad. Suscita dominios elásticos, preorganizados, constituidos por materiales inestables y por formar, submoléculas y subátomos que discurren en flujos sometidos a movimientos impredecibles, singularidades libres dedicadas a un nomadeo constante y sin sentido, partículas sin estructurar que daban la impresión de agitarse enloquecidas.

El *outsider*, el amante, el artista, el adolescente, el extranjero, el rebelde sin causa en general –y el etnólogo de lo urbano que trata de ocupar el mirador de privilegio desde el que todos ellos contemplan lo social– son seres del rizoma, viajeros interestructurales, tipos que viven lo mejor de su tiempo en *communitas*. Son nadas caóticas e hiperactivas, entidades anómicas con dedicación plena, personajes que vagan sin descanso y desorientados entre sistemas. Aturden el orden del mundo al tiempo que lo fundan. El imaginario social dominante hace de ellos monstruos conceptuales destinados a inquietar y despertar un grado de alarma variable. Pero ese caos que encarnan no es algo que el cosmos social niegue para reafirmar su perennidad contra lo imprevisto y la incertidumbre, sino lo que proclama como aquello que, antojándose el anuncio de su inminente final, es en realidad su principal recurso vital, su requisito, su posibilidad misma. Puesta a distancia radical que la ubicación liminal implica y que recuerda lo que Sartre escribiera a propósito del anonadamiento del ser, posibilidad con que la realidad humana cuenta de anular la masa de ser que está frente a ella y que no es sino ella misma: «Un existente particular es ponerse a sí misma fuera de circuito con relación a ese existente. En tal caso, ella le escapa, está fuera de su alcance, no puede recibir su acción, se ha retirado *allende una nada*. A esta posibilidad que tiene la realidad humana de segregar una nada que la aísla, Descartes, después de los estoicos, le dio un nombre: es la *libertad*.»[1]

1. Sartre, *op. cit.*, p. 60.

## 5. EL ESPACIO PÚBLICO COMO LIMINALIDAD GENERALIZADA

Las características formales y ambientales de la fase liminal o de margen de los ritos de paso –nihilización o negativización de una estructura social cualquiera– pueden ajustarse a aspectos centrales de la vida en las sociedades urbanizadas. Como esa sensibilidad colectiva que, emparentada con la *efervescencia colectiva* durkheimniana, Maffesoli ve surgir de la agitación de las muchedumbres urbanas, y que da pie a una vivencia esencialmente estética que, a su vez, es fermento de una relación ética. Nada distingue el «agua hirviendo» de la que nos hablaba Turner para referirse a la marginalidad ritual, de la entidad que resulta de esa vida polimorfa, policelular, camaleónica, instancia sin rostro, hormigueante, monstruosa, dislocada, ámbito en el que cabe todo, hasta el infinito, que es rica en posibilidades, sin que en ella haya final, ni razón, y que periódicamente se abandona a la experiencia dionisiaca, confusional, del torbellino de los afectos y de sus múltiples expresiones. Lo mismo podría decirse de la naturaleza de la *masa* y de su precedente, la *muta* –esto es, la jauría o la manada–, que, en Elias Canetti, responde al mismo esquema de igualitarismo, indiferenciación y hervor que caracteriza a la *communitas* liminal.

> *En el interior de la masa reina la igualdad.* Se trata de una igualdad absoluta e indiscutible y jamás es puesta en duda por la masa misma. Posee una importancia tan fundamental que se podría definir el estado de la masa directamente como un estado de absoluta igualdad... Uno se convierte en masa buscando esta igualdad. Se pasa por alto todo lo que pueda alejarnos de este fin. Todas las exigencias de justicia, todas las teorías de igualdad extraen su energía, en última instancia, de esta vivencia de igualdad que cada uno conoce a su manera a partir de la masa.[1]

Pero todavía más importa subrayar cómo quienes se han aproximado al estudio de la vida urbana desde la etnografía de la comunicación, la microsociología o el interaccionismo simbólico

1. Canetti, *Masa y poder*, p. 25. El subrayado es suyo

la han descrito, sin explicitarlo, como en una permanente situación de *communitas* atenuada, todo ella hecha de *liminalidades.* Por definición la calle, la plaza, el vestíbulo de cualquier estación de tren, los bares o el autobús son espacios *de paso,* cuyos usuarios, las moléculas de la urbanidad –la sociedad urbana haciéndose y deshaciéndose constantemente–, son seres de la indefinición: ya han salido de su lugar de procedencia, pero todavía no han llegado allá adonde se dirigían; no son lo que eran, pero todavía no se han incorporado a su nuevo rol. Siempre son iniciados, neófitos, *pasajeros.* A su vez, veíamos cómo el transeúnte está siempre *ausente, en otra cosa, con la cabeza en otro sitio,* es decir, en el sentido literal de la palabra, *en trance.*[1] Por eso podíamos decir al principio que el espacio público es escenario de situaciones altamente ritualizadas pero impredecibles, *protocolos espontáneos.* Esa aparente paradoja es idéntica a la que conocen las fases liminales en los ritos de paso, en las que todo está pefectamente ordenado, pero en las que, en cualquier momento, puede pasar cualquier cosa. El transeúnte es un desplazado entre sitios que, mientras tanto, crea o se desplaza a otros mundos. Es un doble viajero, porque su tránsito en un plano lineal se acompaña de un desapego del lugar en que realmente está, en favor de otro adonde le conduce su ensoñamiento o su cavilación. No es casual que, en algunos idiomas como el catalán, *trance* –como «éxtasis»– y *tránsito* –en el sentido de «tráfico» o «movimiento»– requieran un mismo término: *trànsit.* La noción de *invisibilidad estructural* atribuida por Turner a los neófitos se parece mucho, por su parte, a la de *no-persona* propuesta por Erving Goffman para los personajes asignificativos presentes en el marco de la interacción, aquellos que es *como si no estuvieran.*

Eso es lo que hace que el usuario del espacio público o semipúblico sea básicamente eso, *transeúnte,* es decir persona que está

1. Un trabajo de etnografía urbana reciente ponía de manifiesto cómo los usuarios de trenes de cercanías se caracterizaban por estar, todos ellos, «ausentes»: hablando con el vecino, usando su teléfono móvil, escuchando música o la radio, durmiendo, leyendo, cavilando... Cf. D. Terrolle, «Entre-deux», en C. Pétonnet e Y. Delaporte, eds., *Ferveurs contemporaines. Textes d'anthropologie urbaine offerts à Jacques Gutwirth,* L'Harmattan, París, 1996, pp. 243-262.

en tránsito, en *passage.* Tránsito, transeúnte, del latín *transeo* –pasar, ir de un sitio a otro, transformarse, ir más allá de, transcurrir, recorrer rápidamente...–, cuyo participio es *transitus:* acción de pasar, de cambiar de condición. *Transitus,* como sustantivo: lugar de paso, paso. ¿O es que acaso no podría decirse de todo usuario del espacio público o semipúblico que es *un ser del umbral,* predispuesto *a lo que salga,* extranjero, adolescente, enamorado, *outsider,* alguien siempre *dispuesto a cualquier cosa,* fuente, por lo mismo, de alarma y de esperanza? Espacio público, espacio todo él hecho de tránsitos, espacio, por tanto, *de la liminalidad total, del trance permanente y generalizado.* Fue Baudelaire quien anunció que el *flâneur,* el paseante urbano a la deriva, era el más celoso guardián del umbral, de igual modo que, evocando de nuevo a Rimbaud, bien podríamos decir que en la calle no sólo *yo es otro,* sino que todo el mundo es, en efecto, *otro.* Hay que repetirlo: el espacio público –baile de máscaras, juego expandido– lo es de la *alteridad generalizada.* Richard Sennet lo expresaba inmejorablemente: «La ciudad puede ofrecer solamente las experiencias propias de la otredad.»[1] En ella, el espacio público es constantemente descubierto a punto de constituirse en territorio, pero sin que nunca acabe por reconocer límites ni marcas. Lo que autoorganiza desde la sombra los barullos de la cotidianeidad, lo que *ya estaba ahí,* en un secreto a voces.

De algún modo, la sociedad urbana –y su nicho natural, la calle y los otros espacios del anonimato– vienen a ser algo así como una traslación de lo que los matemáticos conocen como teoría de fractales, en el sentido de que, como ocurre con los objectos fractales en matemáticas, sus reglas se basan en la irregularidad y la fragmentación y son las anomalías y los contraejemplos los que, de la marginalidad en la que parecían moverse, pasan a instalarse en el núcleo mismo de la explicación. También es en las fronteras múltiples y en expansión que conforman el espacio público, de espaldas e indiferente a los presuntos centros institucionales y estructurados de la política, de la cultura o de la sociedad, donde suceden las cosas más importantes, aunque también las más impre-

1. R. Sennet, *La conciencia del ojo,* Versal, Madrid, 1991, p. 153.

vistas. Allí todo es anómalo, todo el mundo es extraño y extravagante y uno ha de elegir entre ser «normal» o como los demás.

¿Por qué no atrevernos a proclamar que decir *espacio de tránsito* o, en este contexto de la secuencialización de los ritos de pasaje, *espacio de liminalidad* o *espacio de margen* viene a ser un pleonasmo, puesto que el espacio, en cierto modo, es siempre transitivo, liminal, marginal? El espacio sólo puede ser un ámbito que no es sino un no-ser o un ser-lo-que-sea, algo incierto, indeciso, consecuencia de una nihilización o anonadamiento de lo que había sido o iba a ser un territorio o un lugar cualquiera. ¿Qué puede decirse del espacio?: del espacio no se puede decir nada. El espacio no puede ser ni dicho, ni pensado, ni imaginado, ni conocido, ya que decirlo, pensarlo, imaginarlo o conocerlo lo convertiría de inmediato en una marca o territorio, aunque sólo fuera por un instante.

El espacio se parecería a lo que la semiología llama *sentido*, el magma inorganizado y anterior cuyos elementos escogidos contraen funciones con el principio estructural de la lengua. El sentido es algo que no está conformado, sino que es simplemente susceptible de conformación, de cualquier conformación, por la lengua. De hecho, bien podríamos decir que, si es cierto que *todo tiene sentido*, el sentido no lo tiene, puesto que no significa nada en sí mismo, sino una pura posibilidad de significar. Saussure lo llama *sustancia*; Hjelmslev, *materia*. Si el signo es aquello que está en lugar de cualquier otra cosa, la sustancia o la materia es justamente esa «cualquier otra cosa». Jacques Lacan y Lévi-Strauss lo llamarán *lo real*. ¿Qué es lo Real?: «¿Lo real...? –contestará Lacan–: lo real, *ni se sabe*.» Antes, Karl Marx le había dado otro nombre a eso mismo que está siempre ahí, pero que *no es nada* antes de la relación de apropiación que los humanos establecen con ello: la *naturaleza*, «el cuerpo inorgánico del hombre».

Sentido, materia, sustancia, real, naturaleza...: espacio, que ya en Simmel es una forma sin efecto, algo que ha de llenarse o ser movido al aplicársele energías sociológicas o psicológicas. Esa misma idea de Simmel de espacio como potencialidad, como virtualidad disponible para cualquier cosa y que existe sólo cuando esa *cualquier cosa* sucede, reaparece más tarde en la espléndida noción de *espacio de aparición*, debida a Hannah Arendt. El espacio de aparición es aquel «donde yo aparezco ante otros como otros aparecen ante mí, donde los hombres no existen meramente como otras cosas vivas o inanimadas, sino que hacen su aparición de manera explícita»,[1] es decir en tanto que hombres. Es el espacio de la acción y del discurso. No su escenario, sino su resultado. Es la acción y el discurso lo que lo constituyen. No sobrevive al movimiento que le dio existencia y desaparece con la dispersión de sus protagonistas o incluso con la simple interrupción de la actividad de éstos. El espacio de aparición no siempre existe, no está ahí antes de la acción y el discurso humanos, ni nadie podría vivir en él todo el tiempo. Es ese espacio que se extiende entre las personas que viven juntas y justo para ese propósito. Vuelta en definitiva a Kant y a su concepción del espacio como la posibilidad misma de juntar o como poder universal de las conexiones.

De ahí el valor extraordinario de las intuiciones de Michel de Certeau, cuya noción de *no-lugar* tan perfectamente se adecua a todo lo dicho en relación con la liminalidad de los ritos de paso en Van Gennep y Turner, así como a esa espacialidad kantiana, vacante y disponible, junción de diferencias, que retoman Simmel y Arendt. El *no-lugar* es negación del lugar, deslocalización. No «utopía» –lugar en ningún sitio–, sino *a-lugar*. Tampoco anti-lugar, no *sitio contrario*, ni siquiera *otro sitio*, sino lugar *0*, vacío de lugar, lugar que se ha esfumado para dar paso a la pura posibilidad de lugar y que se identifica con la calle, con el espacio público, aquel territorio *todo él frontera*, cuyo protagonista es el individuo ordinario, diseminado, innumerable, lo que Certeau llama «el murmullo de la sociedad». Premisa fundamental de toda la vida urbana, que no es sino un espacio completamente disponible, parecido a aquel que centra lo mejor de la obra de De Chirico, y en que fuera posible el vaticinio de los situacionistas: *un espacio vacío crea un tiempo del todo lleno.*[2] El héroe de ese espacio-horizonte es alguien a quien justamente sólo podemos llamar precisamente eso, *alguien*; o bien *uno*, *un tipo*, *un tío* o *una tía...*, única fórmula para

1. H. Arendt, *La condición humana*, Paidós, Barcelona, 1998, pp. 220-221.

2. G. Ivain, «Formulario para un nuevo urbanismo», en *La creación abierta y sus enemigos. Textos situacionistas sobre arte y urbanismo*, La Piqueta, Madrid, 1977, p. 31.

expresar el no-nombre, un nombre en blanco, el de un ser sin atributos o, si se prefiere, con atributos cualesquiera. Ese antihéroe es «nada», personaje general, universal abstracto, un «productor desconocido, poeta de sus asuntos, inventor de senderos en las junglas de la racionalidad funcionalista», que se dedica a trazar trayectorias indeterminadas, en apariencia insensatas porque no son coherentes con el espacio construido, escrito y prefabricado por el que se desplazan. Una silueta enigmática que «no tiene dónde agarrarse», pero sí dónde esconderse, por dónde llevar a cabo sus zigzagueos, sus maniobras de despiste, todo lo cual implica saber aprovecharse del terreno y estar atento a las oportunidades con el fin de sacarles partido. Ese ser incógnito es un rey de la astucia, que se presenta donde no se le espera, un ser proteiforme que se mueve con rapidez, cambiando de ritmo o abandonándose a todo tipo de arritmias, imprevisible, que actúa a base de golpes de mano, por sorpresa. De ahí que, como ser de la frontera que es –y al igual que los protagonistas del trance o del pasaje rituales–, el transeúnte anónimo, el hombre de la calle sea, casi por definición, motivo de preocupación para los vigilantes que no pierden ni un momento de vista los corredores por los que lo social campa a sus anchas.

Las imágenes que Certeau emplea para dar cuenta de los usos prácticos –descritos como *poetizaciones*– de que es objeto el espacio urbano evocan constantemente la descripción de los momentos liminales en los ritos de paso. Michel de Certeau sugiere una analogía entre la relación que establece el peatón con el espacio que recorre y la de los cuerpos de los amantes entre sí, que cierran los ojos al abrazarse. Subraya, a partir de ahí, la paradoja última de la frontera: todo lo que está separado está unido por aquello mismo que lo separa. La junción y la disjunción son indisociables. En el abrazo amoroso, ¿cuál de los cuerpos en contacto posee el límite que los distingue? Certeau se responde: «Ni el uno ni el otro.» Es decir: nadie. La frontera, cualquier frontera, por definición no tiene propietario, puesto que es un pasaje, un vacío concebido para los encuentros, los intercambios y los contrabandeos. Toda frontera es eso: un *entre-deux*.[1]

1. Certeau, *L'invention du quotidien*, pp. 186-187.

La noción de *entre-deux* es aquí reveladora, puesto que remite a la idea de intermediación, de terciamiento, así como de intervalo o separación que unen. También a la expresión deportiva que, en francés, alude al saque entre dos del balonceso o al saque neutral en fútbol. No es por azar por lo que –conociendo o no la obra de Turner sobre los ritos de paso ndembu– Certeau habla de «seres del umbral» para referirse a los peatones que van y vienen, circulan, se desbordan o derivan en un relieve que les es impuesto, «movimientos espumosos de un mar que se insinúa entre las rocas y los dédalos de un orden establecido».[1] Imagen que trae a la memoria los «verdaderos océanos» que, bajo la en apariencia sólida superficie de la sociedad burguesa, Marx adivinaba poniéndose en movimiento «para hacer saltar en pedazos continentes enteros de duros peñascos».[2] De tal corriente regulada en principio por las cuadrículas institucionales que esa agua erosiona poco a poco y desplaza, los estadistas no conocen nada o casi nada. No se trata de un líquido que circula por los dispositivos de lo sólido, sino de «movimientos otros», que utilizan los elementos del terreno, colándose entre las mallas del sistema, desarraigándose de las comunidades fijas y los enclaves, errando en todas direcciones por un espacio que heteregoneizan. Desde esa percepción de la incompetencia de los modeladores de ciudad se ha propuesto una antropología de la movilidad y del movimiento, que «se propone analizar la continua socialización de los espacios, *interfaces* de las morfologías urbanas y sociales, describir las movilizaciones que permiten a los hombres inscribir el tiempo, la historia y la erosión en dispositivos espaciales y técnicos concebidos para la repetición».[3]

Certeau recurre a categorías como *trayectoria* o *transcurso*, para subrayar cómo el uso del espacio público por los viandantes implica la aplicación de un movimiento temporal en el espacio, es decir la unidad de una sucesión diacrónica de puntos recorridos, y no la figura que esos puntos forman sobre un lugar supuesto como sin-

1. *Ibidem*, p. 66.

2. K. Marx, «Discurso pronunciado en la fiesta de aniversario del *People's War*», en K. Marx y F. Engels, *Obras escogidas*, Akal, Madrid, 1975, vol. I, p. 369.

3. Tarrius, *Anthropologie du mouvement*, p. 13.

crónico. Una serie espacial de puntos es sustituida por una articulación temporal de lugares. Donde había un gráfico ahora hay una operación, un *pasaje*, un *tránsito*. ¿Qué es lo que tiene ese ser del *no-lugar*?: como el pasajero ritual, no posee *nada*. O mejor dicho: posee tan sólo su propio cuerpo. Como Fernando Giobellina explica en relación con los ritos de posesión, el éxtasis indica un lugar social cuyos «ocupantes no tienen otra cosa más que su cuerpo para entender el mundo y para quienes el mundo es poco más que su cuerpo».[1] ¿Qué son los viandantes sino lo que Simmel había llamado «masas corpóreas»? Escribe Certeau: «Entre las tácticas cotidianas y las estrategias, la imagen fantasma del cuerpo experto y mudo preserva la diferencia.»

Y son cuerpos amorosos, que se entrelazan formulando poesías hechas de eso, de cuerpos firmados por otros cuerpos. Esos trayectos-cuerpo, esas firmas-cuerpo escriben textos ilegibles, en el sentido de que escapan a la legibilidad. Los trazos de esas escrituras infinitas, infinitamente entrecruzadas, componen una historia múltiple, en la que no hay autores, ni espectadores, constituida de fragmentos, de trayectorias y en alteración de espacios. Son prácticas microbianas, singulares y al tiempo plurales, que pululan lejos del control panóptico, que proliferan muchas veces ilegítimamente, que escapan de toda disciplina, de toda clasificación, de toda jerarquización. Certeau alude a ello como «el habla de los pasos perdidos», o como las «enunciaciones peatonales». Caminar es hablar. Retóricas caminatorias. Los pasos de los caminantes son giros y rodeos que equivalen a piruetas o figuras de estilo. Este estilo o manera de hacer implica un uso singular de lo simbólico pero también, como elemento de un código que es, por definición, un uso social, colectivo. Para describir ese uso estilístico del espacio, Certeau toma de Rilke la imagen de los «árboles de gestos» en movimiento, que se agitan por doquier, incluso por los territorios en los que parece dominar la estabilidad más absoluta. «Sus bosques caminan por las calles. Transforman la escena, pero en cambio no pueden ser fijados por la imagen en sitio alguno.» Sin embargo,

1. F. Giobellina, «El cuerpo sagrado», *Revista Española de Investigaciones Sociológicas*, 34 (1979), p. 190.

«si hiciera falta una imagen, ésta sería la de las imágenes-tránsito, caligrafías amarillo-verde y azul metalizado, que aúllan sin gritar y rayan el subsuelo de la ciudad con bordados de letras y de cifras, gestos perfectos de violencias pintadas a pistola».[1]

*Lugar*: orden cual sea según el cual ciertos elementos son distribuidos según relaciones de coexistencia. Se excluye la posibilidad de que dos cosas estén al mismo tiempo en el mismo sitio. Es la ley del lugar propio, de *mi* sitio o *nuestro* territorio: los elementos considerados uno al lado del otro, en su sitio, indicación, estabilidad, mapas. En cambio, *espacio* designa algo muy distinto. Hay espacio cuando se toman en consideración vectores de dirección, cantidades de rapidez y la variable tiempo, exactamente igual que cuando los ritos de paso de cualquier sociedad les recuerdan a los sujetos psicofísicos que la componen la inestabilidad, el dinamismo hiperactivo, en ebullición, que la funda y la organiza: la *nadedad* que produce la puesta en escena de su *totalidad*. El espacio es un cruce de trayectos, de movilidades. Es el efecto producido por operaciones que lo orientan, lo circunstancian, lo temporalizan, lo ponen a funcionar. No hay univocidad, ni estabilidad. Es el ámbito de las operaciones-trayecto, de los desplazamientos, de los tránsitos y pasajes. Esta enunciación sin desarrollo discursivo se organiza a partir de la relación entre los lugares de que se parte o a los que se llega y el *no-lugar* que produce. Porque ¿en qué consiste, en definitiva, un *no-lugar*, sino en añadirles a los sitios, a cualquier territorio, ese factor que los disuelve, los trastoca, los subvierte: la variable *tiempo?* Un lugar no es entonces otra cosa que lo que produce en un momento dado partir de un lugar y que no es sino *una manera de pasar*.

> Caminar es carecer de lugar. Es el proceso indefinido de estar ausente y en busca de un sitio propio. De la errancia que multiplica y reúne la ciudad resulta una inmensa experiencia social de la privación de lugar –una experiencia que, es cierto, estalla en deportaciones innumerables e ínfimas (desplazamientos y caminos), compensada por los lazos que provocan las relaciones y los

1. Certeau, *L'invention du quotidien*, p. 154.

entrecruzamientos de estos éxodos, creando un tejido urbano, y emplazada bajo el signo de lo que debería ser, al fin, el lugar, pero que no es sino un nombre, la Ciudad.[1]

La puesta en paralelo entre el tipo de nihilización-anomización que representan las situaciones liminales en los ritos de paso y el que implican los empleos del espacio público en contextos urbanos encontrarían en ciertas fórmulas musicales su metáfora perfecta. Pascal Boyer ha procurado una interpretación a propósito de la figura de los *mbom-mvët* entre los fang cameruneses, bardos iniciados que cantan epopeyas acompañándose de una *mvët* o arpa-cítara tradicional.[2] El título del trabajo de Boyer es *Barricades mystérieuses*, en alusión a una enigmática pieza de igual título de François Couperin, el orden número 6, del libro II de las *Piezas para clavecín*. La lógica que anima el uso de las *mvët* consiste en emplazar al oyente a que capte la «voz» que se oculta tras las extraordinarias complicaciones polirrítmicas a que se abandona el tañedor de *mvët*, voz en la que se expresan los complejos secretos que guardan los espíritus de los muertos. Esa «melodía secreta» ha de ser captada de entre lo que puede antojarse una avalancha de notas aparentemente desordenadas, una barahúnda entre la que se insinúa la historia oculta a desentrañar. Exactamente como hacen las *Barricades mystérieuses* de Couperin, una pieza que se organiza a partir de lo que podría parecer una lluvia caótica y accidental de notas, amontonamiento de aspecto desordenado, que evoca, según los musicólogos especializados en el compositor, «una polifonía licuificada, disuelta, extendida como una especie de pasta lisa y uniforme». De la audición de esa masa informe, idéntica a la de la

1. *Ibidem*, p. 155. El autor de *Walden* y el *Ensayo sobre la desobediencia civil*, Henry David Thoreau, se anticipó un siglo a la percepción de Certeau del andar urbano como forma de desterritorialización, al notar cómo las expresiones *santering* –en inglés «pasear», «deambular», «andurrerar»– y *saunterer* –en francés «paseante»– están relacionadas etimológicamente con *sans terre*, «sin tierra» o «sin hogar» (*Caminar*, Árdora, Madrid, 1998, pp. 7-8).

2. P. Boyer, *Barricades mystérieuses et pièges à pensée*, Société d'Ethnologie, París, 1988. Los capítulos VI y VII de esta obra aparecen bajo el título «La iniciación de los poetas y arpa-citaristas», en Ll. Mallart, comp., *Ser hombre, ser alguien*, Publicacions de la Universitat Autònoma de Barcelona, Bellaterra, 1992, pp. 113-138.

música de las *mvët* fang, un esfuerzo de abstracción por parte del oyente le permite a éste captar –«detrás» o quizás «debajo»– una organización armónica en extremo simple, un movimiento tonal disimulado que, a pesar de su elementalidad y de su evanescencia –o acaso por el contraste entre éstas y la desorganización que parece dominar el conjunto de la obra–, produce un significativo efecto fascinador.

Lo que sorprende del trabajo de Boyer no es sólo su acierto en poner en paralelo un aspecto de los ritos iniciáticos fang con una pieza musical del siglo XVIII, sino cómo ambas construcciones formales pueden ser puestas en contacto con cualquiera de las propuestas que se han formulado para una etnografía de los espacios públicos. Esa idea de la «melodía oculta» que se nos sugiere en relación con ciertos procedimientos musicales exóticos o del pasado se corresponde a la perfección con un concepto coreográfico de los usos del espacio urbano, que consiste en tratar de distinguir, entre la delirante actividad de hormiguero de las calles y de las plazas, la escritura a mano microscópica, desarrollo discursivo no menos «secreto», «en murmullo», que enuncian caminando los transeúntes. Algo que ha sabido plasmar en una imagen del todo adecuada Jean Starobinski al notar, en relación con el arte moderno, la existencia de «una polifonía en la que el entrecruzamiento virtualmente infinito de los destinos, de los actos, de los pensamientos, de las reminiscencias puede reposar sobre un bajo continuo que emita las horas del día terrestre».[1] Lo urbano se parecería profundamente a eso, un *bajo continuo*, un bajo cifrado permanente sobre el que puntúan sus movimientos en filigrana los peatones, sus ballets imprevisibles y cambiantes. He ahí el objeto último de la expectación del observador etnográfico, cazador de las melodías que se insinúan entre el susurro inmenso que recorre las calles.

Se ha insinuado que las categorías teóricas y las sensibilidades observacionales debidas a Durkheim son inútiles a la hora de aplicarlas a las inestables e incongruentes sociedades urbanizadas, atravesadas por todo tipo de fluctuaciones, zarandeadas por sacudidas

1. J. Starobinski, «Les cheminées et les clochers», *Le Magazine littéraire*, 280 (1990); citado por Augé, *Los no-lugares*, p. 81.

constantes, en las que es lo inarticulado lo que parece primar. De hecho, bien al contrario, deberíamos apreciar cómo el divorcio que tan frecuentemente se ha formulado desde la antropología entre «sociedades frías» y «sociedades calientes» no se basa en el hecho de que las primeras no conozcan el calor –la agitación desordenada y aleatoria de infinidad de partículas– y sus virtudes transformadoras, sino que sencillamente han optado por no usarlo. Durkheim y sus discípulos de *L'Année Sociologique* –entre ellos Mauss y Halbwachs– compartieron con los científicos del devenir de lo vivo del momento la convicción de que los fenómenos basados en la fricción, la viscosidad, la combustión o, en general, el calentamiento estaban relacionados con la irreversibilidad, pero sólo en cuanto fenómenos secundarios o errores, es decir sin atreverse a desmentir el principio de una dinámica –la de la época– que no podía dejar de creer en la reversibilidad de los procesos naturales. En paralelo a lo que ha ocurrido en las ciencias naturales, las ciencias de la sociedad y la cultura, que nunca dejaron de ser conscientes de la presencia en su campo de estudio de todo tipo de tumultos, convulsiones y aceleramientos, han acabado por sospechar que también los sistemas sociales dependen de los envites y sacudidas que constantemente los hacen tambalear.[1]

Existe en todas las sociedades, una y otra vez renovada y recordada, esa posibilidad de puesta a cero, de reducción a la nada que abre automáticamente la viabilidad de cualquier arranque, a cualquier velocidad, en cualquier dirección.[2] Es esa fertilidad del movimiento y de la fluctuación lo que todas las sociedades –sea cual sea su grado de prosperidad o los niveles de estructuración de que se hayan dotado– cuidan de escenificar cíclicamente para no dejar

1. Acerca de la aplicación de las teorías del caos en sociología, me remito a J. P. Dupuy, *Ordres et désordres. Enquête sur un nouveau paradigme*, Seuil, París, 1982; M. Forsé, *L'Ordre improbable. Entropie et processus sociaux*, Université René Descartes, París, 1986, y R. Boudoun, *La Place du désordre. Critique des théories du changement social*, PUF, París, 1991.

2. Sobre el reconocimiento del papel de la inestabilidad en otras sociedades, cf. G. Balandier, *El desorden. La teoría del caos y las ciencias sociales*, Gedisa, Barcelona, 1990, y M. Maffesoli, *Du nomadisme. Vagabondages initiatiques*, Librairie Générale Française, París, 1997.

nunca de tener presente su disponibilidad. Se certifica así el estado óptimo de los recursos que la entropía aportaría en caso de que tal o cual comunidad los requiriera, momento en el que las periódicas exhibiciones de efervescencia podrían convertirse en combustión energética, en el impulso que animaría cualquier transformación, en cualquier sentido. Por ello, todo poder político sabe que nunca tiene garantizada su hegemonía ni su perdurabilidad, que nada está del todo seguro ni totalmente ordenado, que no hay dominio que pueda ser completo, puesto que nunca logrará expulsar de la vida social a su peor enemigo: el tiempo, esa dimensión que hace del espacio por el que transcurre una entidad incontrolable. Una de aquellas películas de vanguardia que en la década de los años veinte rindieron homenaje al azar urbano, una de las más extrañas y fascinantes de todas ellas, la ya mencionada –y tan poco conocida– *Rien que les heures*, de Alberto Cavalcantti, se cerraba con un rótulo que proclamaba algo incontestable, en 1928 y ahora: «Podrá detenerse el tiempo un instante, fijarse el espacio en un punto; pero nadie jamás podrá dominar por completo ni el tiempo ni el espacio.»

# IV. ACTUALIDAD DE LO SAGRADO

> La sabiduría clama por las calles, por las plazas alza su voz. Llama en la esquina de las calles concurridas, a la entrada de las puertas de la ciudad pronuncia sus discursos.
>
> *Proverbios*, 1: 20-21

> Y la gente se arrodilló y rezó,
> convirtiendo al neón en su dios.
> Y el letrero emitió su mensaje
> con las palabras de que estaba formado.
> Y el letrero decía: «Las palabras de los profetas están escritas en las paredes de los metros»
>
> SIMON & GARFUNKEL, «El sonido del silencio»

## 1. RELIGIONES INTERSTICIALES

El panorama de ese ámbito exento en nuestras sociedades al que damos en llamar *la religión* viene definido, hoy, por la proliferación y la creciente visibilización de corrientes minoritarias que se proclaman capaces de rescatar de un mundo dominado por el mal y la desesperación a quienes se afilian a ellas. Estas organizaciones religiosas aparecen como cuerpos extraños en sociedades que ya cuentan con tradiciones religiosas asentadas, y son percibidas por el Estado, por la prensa y por las mayorías sociales como asociaciones perversas que amenazan la salud mental y la libertad de los ciudadanos. La imaginación mediática se refiere entonces a estos movimientos como «sectas destructivas», a las que se les depara un tratamiento hostil por no decir persecutorio en muchos casos. En tanto todos estos grupos suelen desarrollar un fuerte activismo proselitista y experimentan un proceso de crecimiento y expansión, las iglesias instituidas no dudan en adoptar los aspectos más atractivos de sus discursos, así como sus estrategias de apostolado duro. En su conjunto, todas estas corrientes pueden ser contempladas compitiendo en el libre mercado de sentidos de la vida, siendo el producto con que concurren el mismo: la salvación.

Sería viable resumir las características generales de estos movimientos de renovación religiosa. Digamos que tienen consciencia de ellos mismos y de la misión terrenal que –sostienen– han de llevar a cabo por mandato divino, siendo su formación y prácticas de reclutamiento procesos conscientes y deliberados. A estas sectas se incorporan individuos que han experimentado una conversión, que puede ser súbita o paulatina, y que es vivida por los neófitos como un auténtico nuevo nacimiento. Quienes se incorporan a una de las corrientes heterodoxas o marginales en relación con las instituciones religiosas dominantes han sido considerados con méritos suficientes para ser aceptados en su seno, para luego pasar a considerarse a sí mismos participantes de una élite, un grupo privilegiado que adopta el modelo bíblico del pueblo elegido de Israel. Los miembros de estos grupos se entregan al servicio de un proyecto de futuro que consideran justo y urgente. Su integración supone un acto de aceptación, con frecuencia exclusivismo, o cuando menos renuncia a importantes parcelas de autonomía personal. Suele detectarse en los nuevos movimientos religiosos la presencia de una justificación ideológica autolegitimadora, cosa lógica pensando en que todos ellos se atribuyen una autoridad sagrada a la hora de invitar a los humanos a abandonar una forma de vida considerada impura. También es habitual encontrar mecanismos de exclusión de desviados, que son resultado de la consciencia que el grupo tiene de su tarea y de la necesidad de mantener su integridad para llevarla a término. Este factor –hay que añadir– se ve agudizado por el aislamiento, el rechazo o la hostilidad que sufren muy habitualmente este tipo de asociaciones. Cualquier amenaza desde la heterodoxia interior, la negligencia o un insuficiente compromiso pueden implicar la exclusión de algunos de sus miembros, considerados indignos. Por último, estas minorías religiosas suelen mantener una relación conflictiva con las iglesias homologadas y con los cultos hegemónicos en el contexto sociohistórico en que se mueven.

Los miembros de los nuevos movimientos religiosos se consideran reformadores de la fe y de la práctica religiosa. Estas corrientes son, en todos los casos, salvíficas, en tanto que implican fórmulas para protegerse o escapar de un mundo que se percibe como un imperio del pecado, que se debe cambiar o del que urge escapar o protegerse. De una forma u otra todas son milenaristas y escatológicas, en tanto que presumen un final más o menos inmediato de los tiempos, tal y como los desasosegantes signos del presente les anuncian. Es frecuente que renuncien a la organización eclesial y suelen descalificar todo ritualismo en favor de una fe de tipo privado y una experiencia intensa de lo inefable. Esto último no es incompatible con la comunión litúrgica con el grupo de escogidos, con la aceptación de liderazgos carismáticos o con la lealtad a las enseñanzas de un maestro fundador.

En cuanto al sentido que cabe atribuirles a estas corrientes de culto, podría ser el de garantizar un conjunto de eficacias psicológicas y sociales, la mayoría compartidas con otros activismos de libre adscripción con objetivos mundanos, políticos o civiles. Proveen de una estructura de plausibilidad, capaz de ordenar jerárquicamente los significados y ofrecer modelos cognitivos poderosos. Dotan de una comunidad de referencia, ordenada con claridad, que sirve de ámbito desde el que protegerse o purificarse de las contaminaciones procedentes de un mundo percibido como en proceso de putrefacción. Fomentan doctrinalmente la convicción de que la sociedad puede y debe ver mitigada o incluso redimida su postración actual, por medio de intervenciones que modifican la consciencia colectiva o personal, lo que justifica un permanente estado de agitación propagandística y de reclutamiento. También permiten marcos en los que instalar individuos o grupos mal o precariamente integrados, con dificultades a la hora de encontrar su lugar en la sociedad, contribuyendo así a que nadie escape de la necesidad que experimenta el orden sociopolítico actual de mantener a todos sus miembros permanentemente encuadrados y movilizados. Facilitan la articulación de identidades individuales sólidas, sustituyendo o complementando formas primarias de socialización que se han mostrado insuficientes para disminuir o aliviar los sentimientos de aislamiento y atomización. Por último, brindan un código moral claro, susceptible de orientar las conductas y de regular de manera positiva la urdimbre de las interacciones humanas.

Todas esas virtudes están directamente relacionadas con el tipo de función que hoy por hoy cumplen las afinidades voluntarias, que es básicamente la de hacer frente a las tendencias a la desestructuración que amenazan a individuos inmersos en procesos de urbanización y modernización, procesos en los que las referencias colectivas a todos los niveles –política, familia, moral, religión, etc.– aparecen desacreditadas e incapaces de otorgar significado a la experiencia crónicamente desorientada de un mundo en constante cambio. En todos los casos es fácil ver a estos movimientos constituyéndose en mecanismos de enlace o mediación entre los sujetos y una cada vez más débil e insuficiente dimensión comunitaria, de ahí que hayan sido descritos como «estructuras de mediación». El servicio que estas corrientes de adscripción voluntaria prestan se produce en un doble sentido, sólo en apariencia paradójico. Por una parte ofrecen satisfacción a esa necesidad de una pertenencia comunitaria, una hermandad capaz de hacer frente a la soledad a que tantas veces aboca la vida en contextos urbanizados. Pero al mismo tiempo estos grupos, en la medida en que en todos los casos se fundan en una intensa vivencia privada de los ideales compartidos, también están en condiciones de organizar una coherencia identitaria a nivel personal que el individuo no siempre habrá sabido encontrar en una vida ordinaria carente de proyectos fundamentales.

Esta situación es parecida a la que autores como Basil Bernstein o Mary Douglas han tipificado como de crisis o ausencia de *cuadrículas fuertes* o *códigos restringidos*, es decir de pautas poderosas y de prestigio que permitan interiorizar el esquema de papeles sociales. Estos términos se opondrían, respectivamente, a las *cuadrículas débiles* y a los *códigos elaborados*, característicos de sociedades modernizadas, en las que los individuos estarían poco menos que obligados a elegir entre una amplia oferta de opciones morales disponibles en cada momento. Se trataría, al fin, de una manifestación más de aquello que Erich Fromm había llamado «miedo a la libertad», en el sentido de que la incorporación a una asociación con una interpretación congruente y un plan de acción sobre el mundo funciona como una estrategia que evita o mantiene a raya la posibilidad de una desarticulación total de la personalidad. También nos hallaríamos ante expresiones de lo que podríamos llamar, empleando un neologismo, una *complexofobia* o síndrome de pavor a la complejidad, en favor de un afán de esa simplicidad vital que posibilitaría una realización personal inviable en una sociedad basada en la inestabilidad. De este modo, las nuevas corrientes religiosas funcionarían como reacciones ante el fracaso de los mecanismos de control mediante los que una sociedad ejerce su autoridad y exige obediencia. Esto podría plantearse, siguiendo a Robin Horton –y, con él, a Popper–, en el sentido de que la presunción de conocimiendo de «la Verdad», asociada a «la actividad misionera fanática», expresaría la nostalgia de las creencias claras, fijas y autoritariamente impuestas de la sociedad tradicional cerrada, en la que las alternativas ideológicas y conductuales serían desconocidas o inaceptables.[1] Los convencidos de cualquier certeza intentarían vencer, a través del reencuentro con un dogma cualquiera, la angustia y la inseguridad suscitadas por el pensamiento en progreso y un mundo en constante transformación.

Colocar la explicación del creciente éxito de las corrientes de innovación religiosa como uno más de los síntomas que acompañan, hoy como ayer, al proceso de modernización, precisamente como una estrategia adaptativa al servicio de comunidades e individuos con problemas de articulación social o psicológica, nos advierte de la similitud de este tipo de fenómenos de adscripción intermediadora con los que Frank M. Thrasher llamó, desde la Escuela de Chicago, *sociedades intersticiales*, concepto aplicado ante todo a las bandas juveniles que empezaban a proliferar en las grandes ciudades norteamericanas de los años veinte. La premisa teórica era que en las sociedades urbanizadas las instituciones socializadoras primarias –familia, escuela, religión, política, sistema económico– resultaban insuficientes o ineficaces para resolver las contradicciones y desorientaciones de la vida en las ciudades, pro-

1. R. Horton, «El pensamiento tradicional africano y la ciencia occidental», en M. Gluckman *et al.*, *Ciencia y brujería*, Anagrama, Barcelona, 1976, pp. 88-116.

vocando amplios espacios vacantes en los que los sujetos quedaban abandonados a la intemperie estructural, por así decirlo. Esos espacios asilvestrados eran colonizados por comunidades precarias y provisionales, cuya función era dotar a los individuos de una organización formal y un sentido moral de que las instituciones sociales tradicionales no alcanzaban a dotarles. Por mucho que se presenten con frecuencia como *alternativas* a la familia, por ejemplo, en realidad se constituyen en *sucedáneos* de ésta, en tanto que ejecutan su tarea de garantizar ese marco convivencial simple y estable en que se supone que va a poder desarrollar la propia individualidad, alcanzar eso que se da en llamar una «plena realización» personal. Por emplear la categoría que Durkheim habría aplicado, se trataría de mecanismos destinados a hacer frente a una situación de anomia que perdura y se ha generalizado. Las sociedades intersticiales cubrirían así los territorios físicos y morales que la estructura social dejaba al descubierto, restaurando fracturas, cubriendo agujeros, reparando costuras deterioradas o rotas, sirviendo de avanzadilla o de sucedáneo a dinámicas de cristalización social más complejas. Puentes sobre aguas turbulentas.

La noción de *intersticialidad* fue retomada por Eric R. Wolf para referirse a instancias informales que complementaban sistemas institucionales deficientes. Estas estructuras interpersonales suplementarias o paralelas, «grupos que se adhieren a la estructuras institucionales como los moluscos al casco de un barco herrumboso»,[1] se superponen al sistema institucional y existen en virtud suya, muchas veces con funciones análogas a las que en las sociedades tradicionales jugaban las relaciones de parentesco. No es sólo que esas estructuras sociales *de intervalo* no constituyan ninguna amenaza para el orden establecido –por mucho que su aspecto extraño pueda acarrearles mala reputación y convertirlas en diana de todo tipo de desconfianzas y ataques–, sino que constituyen la garantía del buen metabolismo del marco institucional formal en sociedades complejas. Ulf Hannerz ha hecho alusión a este tipo de neoestructuras so-

1. E. R. Wolf, «Relaciones de parentesco, de amistad y de patronazgo en las sociedades complejas», en M. Banton, comp., *Antropología social de las sociedades complejas.* Alianza, Madrid, 1990, p. 20.

ciales «como mecanismos básicamente defensivos mediante los cuales las personas tratan de parar los golpes que reciben de una disposición social que no pueden controlar».[1] Insistiendo en esa función protésica de los nuevos cultos, Georges Bataille ya había llegado a parecida conclusión en 1938, cuando, polemizando con Roger Caillois, definía una *comunidad electiva* como «un tipo de organización secundaria con caracteres constantes y a la que siempre se puede recurrir cuando la organización primaria de la sociedad no puede satisfacer ya todas las aspiraciones que surgen».[2]

Esa lectura en clave de intersticialidad da por supuesto que las nuevas organizaciones religiosas a las que se aplica no tienen como función oponerse a una cierta estructura social, sino precisamente a su ausencia o a sus déficits. No compiten con una visión del mundo hegemónica, sino con el hecho de que no exista ninguna visión del mundo capaz de ejercer su autoridad desde el prestigio. No se enfrentan a la legitimidad existente, sino a la deslegitimidad de lo dado. No se rebelan contra las instituciones que dan sentido a la sociedad, sino contra la incapacidad de la sociedad de generar instituciones capaces de otorgarles un sentido. La alternativa que enarbolan no se levanta ante una determinada definición de lo real, sino ante la indefinición que parece afectarlo crónicamente. Su enemigo a batir no son las certezas dominantes, sino el dominio absoluto de las incertidumbres. No están contra un universo simbólico articulado, sino con un mundo cuyos significados parecen haber huido en desbandada. No son *alteridades*, puesto que existen y actúan contra la alteridad generalizada que representa la experiencia de la modernidad. Es contra el avance de lo inorgánico contra lo que ofrecen resistencia, como consecuencia de una añoranza masiva de la organicidad. Las sociedades intersticiales lo son porque aparecen en las grietas, en las brechas del sistema, pero no para ensancharlas, para pasar y dejar pasar por ellas, sino para soldarlas, para taponarlas.

1. Hannerz, *Exploración de la ciudad*, p. 309.

2. Comentarios de Georges Bataille a Roger Caillois, «Cofradías, órdenes, sociedades secretas, iglesias», en D. Hollier, ed., *El Colegio de Sociología*, Taurus, Madrid, 1982, p. 179.

Por ello sorprende que se haya tipificado a las nuevas corrientes religiosas como ejemplos de *communitas*, en el sentido que Victor Turner le daba al vínculo social que se producía en condiciones de liminalidad, es decir en las secuencias de indeterminación y carencia de referentes que los iniciados viven entre la separación y la reintegración en los ritos de paso. El propio Turner daba pie a ello, proponiendo diferentes tipos actuales de adscripción voluntaria –aaronitas disidentes del mormonismo, hippies, ángeles del infierno– como ejemplos de «movimientos liminales contemporáneos».[1] Con ello, Turner se apartaba del energicismo social de Émile Durkheim y de Arnold Van Gennep, en el que inicialmente bebía su teoría sobre liminalidad y *communitas*, para identificar esta última con la *Gemeinschaft*, la comunidad homogénea y naturalizada que Tönnies oponía a la *Gessellschaft*, y que representaba las virtudes de la comunión prístina y vital fundada en el mero calor humano, la *communio totius vitae*. Retomaba con ello los ensayos ya realizados en los años cincuenta en orden a descubrir en ciertas minorías religiosas –los amish, en concreto–[2] los últimos resquicios de comunidad tradicional, la *Gemeinschaft*.

En verdad que el concepto de Tönnies de *comunidad* apenas debería tener que ver con la *communitas*, entendiendo esta última como el vínculo que se produce entre los neófitos en las situaciones de liminalidad, por mucho que Turner acabe confundiéndolas. «La comunidad –escribe Tönnies– debería ser entendida como organismo vivo y la asociación como un artefacto, un agregado mecánico [...] [Los individuos] en la comunidad permanecen unidos a despecho de todos los factores que tienden a separarlos, mientran que en la *Gesellschaft* se mantienen esencialmente separados a pesar de todos los factores que tienden a su unificación.»[3] Si la liminalidad representa un máximo de inorganicidad, la *Gemeinschaft* es precisamente lo contrario, la expresión de «vida or-

1. Turner, *El proceso ritual*, pp. 195 y ss.

2. Cf. Ch. P. Loomis y J. A. Beegle, *Rural Social Systems. A Textbook in Rural Sociology and Anthropology*, Prentice-Hall, Englewood Cliffs, 1955.

3. Tönnies, *Comunitat i associació*, p. 72.

gánica y real», que se opone a la «estructura imaginaria y mecánica» de la *Gesellschaft.* La *Gemeinschaft* denota comunidad de sentimientos, primacía de los fines expresivos sobre los instrumentales, predominio de la voluntad natural o *Wesenwille,* mientras que la *Gesellschaft* se homologa con la voluntad de elección, la *Kurwille.*

La oposición de Tönnies entre *Gemeinschaft* y *Gesellschaft* se podría identificar con otras formas de plantear el contraste entre sociedades urbanizadas y no urbanizadas, siempre a través de tipos ideales contrarios que recogen variables como la división del trabajo o la importancia del parentesco. Con anterioridad a Tönnies, encontramos esa misma polarización en Marx, en Darwin o en Henry Maine: una sociedad rural, basada en lazos familiares, derechos comunes sobre la propiedad, etc., *versus* otra centrada en el contrato y los derechos individuales. Ese mismo desglose diádico lo encontramos en Émile Durkheim, que distinguía entre sociedades basadas en la *solidaridad mecánica* y sociedades basadas en la *solidaridad orgánica.* En las cercanías de la Escuela de Chicago, Robert Redfield propondrá la oposición *sociedad folk/sociedad urbana* para constatar el mismo contraste. A su vez, todas esas dicotomías se parecen a la acuñada por Karl Popper –y aplicada por Wolf en antropología– de *sociedad cerrada,* identificada con el comunalismo, la tradición y la posición social asignada, frente a *sociedad abierta,* caracterizada por el individualismo, la posición social adquirida y, sobre todo, por la impugnabilidad de cualquier principio cosmovisional que se pretendiese inalterable. Dos películas recientes permiten ilustrar cómo se imagina esa oposición: *El show de Truman* (Peter Weir, 1998) y *Pleasantville* (Gary Ross, 1999). En ambas se representan comunidades *Gemeinschaft* –aisladas, limitadas, homogéneas, simples e integradas– que, de pronto, conocen alteraciones que traen consigo la irrupción del azar, el fracaso, el conflicto, pero también la libertad de elección y la creatividad, es decir aquel cuadro que caracterizaría a las sociedades *Gesellschaft.* Para resumir todas estas oposiciones e integrarlas con otras ya presentadas, se podría proponer el siguiente cuadro:

| | |
|---|---|
| *Liminalidad* | Status |
| Communitas | *Estructura* |
| Gesellschaft | Gemeinschaft |
| *Solidaridad orgánica* | *Solidaridad mecánica* |
| *Sociedad urbana* | *Sociedad folk* |
| *Comunidad abierta* | *Comunidad cerrada* |
| *Sociedad estructurándose* | *Sociedad estructurada* |
| *Libertad, azar, conflicto* | *Determinación* |
| *Roles adquiridos* | *Roles adscritos* |
| *Espacio* | *Territorio* |
| *No-lugar* | *Lugar* |
| *Frontera/umbral* | *Enclave* |

Frente a la tipificación del propio Victor Turner de los nuevos cultos religiosos como construcciones *en communitas*, más bien deberíamos reconocer que es contra la *communitas* generalizada que representa la experiencia de la complejidad contra lo que estos grupos se revelan, puesto que no aspiran a derrocar la estructura social existente, sino a rebatir la imposibilidad de organizar pautas capaces de dotar de seguridad, homogeneidad y equilibrio moral la existencia en las sociedades urbano-industriales. Sería, por ello, mucho más propio reconocer que los nuevos cultos se justifican como reacción de protección y defensa ante esa fuente general de peligro y contaminación que representa una sociedad que ha desertificado moralmente grandes extensiones de su territorio y que parece dominada por las inconsistencias y los tránsitos, es decir por síndromes de liminalidad-*communitas*.

Victor Turner define la oposición «estructura *versus communitas*» como idéntica a la de «estados *versus* transiciones». Por ello, esa dicotomía *communitas*/estructura es prácticamente la misma que la que le sirviera a Baudelaire para definir lo moderno como lo efímero, lo fugaz, lo contingente, «esa mitad del arte cuya otra mitad es lo eterno y lo inmutable». Reconocer esto es repetir lo que más atrás ha quedado dicho, a saber, que la experiencia del espacio público, de lo urbano como el interminable trabajo de la sociedad sobre sí misma, no es sino una expresión expandida de liminalidad o *communitas.* El propio Turner apunta que «la *communitas* surge allí donde no hay estructura social», es decir donde lo que hay es ausencia, carencia o cuando menos grave debilidad de lo orgánico social. Pero eso no se corresponde con los ejemplos que él mismo propone –aaronitas, hippies, ángeles del infierno–, que, como hemos visto, deberían pasar mucho más como estructuras intersticiales, cuya función es compensar una ausencia de estructura. Constituyen más bien todo lo contrario: movimientos antiliminales, corrientes de resistencia y rechazo a una situación inaceptada de *communitas,* o lo que es igual, de indeterminación, de libertad. En la secta –al igual que ocurre en otras sociedades-intervalo como las llamadas «tribus urbanas»– lo que se dan son formas elementales, al tiempo frágiles y acaso por ello severas, de institucionalización, de jerarquización, de segmentarización, etc., que contrarrestan o alivian situaciones de desegmentación, de desjerarquización y de desinstitucionalización. Por tanto, no es que los sectarios sean «gentes del umbral», es decir habitantes crónicos de un cuadro de liminalidad, sino que están pretendiendo ponerse a salvo de la intemperie estructural a que les somete una vida moderna, ella sí, toda hecha de umbrales.

## 2. UN ESPACIO SIN DIOS

Los procesos de secularización que han ido acompañando la incorporación de las distintas sociedades a la modernidad –estatalización, homogeneización cultural, industrialización, urbanización, etc.– consistieron, en gran medida, en el sistemático desmantelamiento de los instrumentos tradicionales de control social, en favor siempre de una vivencia interior de la trascendencia. En ese sentido, no es erróneo afirmar que secularización es subjetivización de la experiencia religiosa, como requisito insoslayable del individualismo, ese sistema jurídico-filosófico propio de las sociedades modernizadas que coloca al individuo psicofísico como fundamento y fin de todas las relaciones morales y políticas y que funda la concepción moderna de ciudadano. La religión se identifica del todo con la «experiencia del corazón», es decir sólo subsiste acuartelada en la vivencia íntima. En el plano de lo público, se entiende que es indispensable que la religión se limite a una retórica o quede restringida a un conjunto de operaciones simbólico-conmemorativas, es decir no eficaces.

Tal fenómeno se traducía en un principio según el cual «cuanto mayor era la importancia del rol de la religión en el sector público, peores eran las condiciones para que el proceso de modernización siguiera su curso».[1] A su vez, todo ello llevó pareja una destrascendentalización del tiempo y del espacio, en particular del tiempo y del espacio públicos, respecto de los cuales las viejas instituciones religiosas recibieron la casi explícita prohibición de intervenir normativizadoramente, como hasta entonces.[2] Por plantearlo como sugería Thomas Luckmann, «las instituciones sociales han "emigrado" del cosmos sagrado»,[3] en la medida en que se ha producido una distancia crítica entre la autonomía subjetiva de los individuos –objeto de una auténtica santificación– y la autonomía objetiva de las esferas sociales institucionalizadas, percibidas ahora como inhumanas, racionales, frías, etc.

No se debe confundir esa desabsolutización del tiempo y el espacio sociales –legible en términos de descristianización– con una desacralización. Lo sagrado no ha desaparecido de las realidades externas con los procesos de secularización y estamos lejos de haber visto cumplido el pronóstico weberiano sobre el desencantamiento del mundo. En efecto, bien podríamos afirmar que, una vez completado el repliegue de lo religioso explítico, el ámbito público se vio enseguida saturado por formas implícitas, no trascendentes y superficiales de sacralidad, provistas por las puestas en escena de las nuevas liturgias mundanas de la política, el deporte o el *show-bussines*, o por los reclamos de la publicidad, los *mass-media*, la moda y del consumo de masas. Más bien cabría decir que el espacio público de las sociedades urbanizadas había quedado va-

1. H. Cox, «Religión y política en Europa: Los nuevos debates sobre los dominios de lo secular/sagrado, y de lo público/secular», *Historia y fuente oral*, Barcelona, 10 (1993), p. 31.

2. Cf. J. Remy, «Villes, espaces publics et religions: récits d´espérance et pratiques quotidiennes», *Social Compass*, Lovaina, XL/1 (1998), pp. 23-42.

3. Th. Luckmann, *La religión invisible*, Sígueme, Salamanca,1973, p. 128.

cante de lo que Peter L. Berger hubiera llamado una «simbólica bóveda protectora»,[1] es decir de fuentes verdaderamente totalizadoras que legitimaran e hicieran subjetivamente significativas las prácticas sociales y las vivencias cotidianas. Los individuos debían buscar la presencia de lo trascendente fuera de un mundo fáctico en que ya nada iba a continuar siendo evidente ni dado por supuesto: debía darse con la realidad profunda de la vida en –y sólo *en*– la propia subjetividad.

Todo ese proceso pasaba por establecer que la inmanencia de Dios sólo podía ser percibida a través de la experiencia íntima, a la vez que se consideraba blasfema toda pretensión de que el mundo podía servir como soporte o medio para la expresión de lo trascendente. En ese orden de cosas cabía sostener que las políticas y las violencias modernas contra la extroversión de lo divino consistieron en actuaciones relativas al espacio, es decir iniciativas que pretendieron incidir sobre ciertos lugares, sonidos, trayectos y otros aspectos del paisaje que eran considerados víctimas de la sacrílega pretensión de que la naturaleza podía expresar la presencia de lo inefable. En eso consistieron las legislaciones anticlericales y los movimientos de destrucción iconoclasta que acompañaron las transformaciones modernizadoras. Esa lógica casi topofóbica del gran proyecto reformador en materia religiosa se empeñó en desactivar todas aquellas formalizaciones cualitativas del espacio –edificios religiosos, procesiones, cruces, sonidos de campanas, etc.– que expresaban los valores culturales que estaban organizando el mundo social. Se trataba, en cierto modo, de renunciar a las prácticas destinadas a definir significativamente el suelo, de una neutralización del espacio y del tiempo que no permitiera encontrar en ellos jerarquías, ni referentes transmundanos. Esa desterritorialización sistemática consistió, en el plano simbólico, en desalojar a Dios del tiempo y del espacio, hasta el punto de que su poder ya no sería un poder geográfico, como tampoco lo sería cronológico. Dios actúa en y sobre el espacio y el tiempo, pero *no está, no puede estar* ni en el espacio ni en el tiempo, sino sólo *den-*

1. P. L. Berger, *Para una teoría sociológica de la religión*, Kairós, Barcelona, 1981, p. 214.

*tro* de cada cual. Por principio, el espacio y el tiempo pertenecen, en el dualismo cartesiano y en la teología protestante, al campo categorial de lo exterior, asociado al cuerpo, a la materia, es decir a aquellas vías por las que lo único sobrehumano que podría manifestarse serían potencias malignas.

A partir de ese momento, el espacio público, puesto que es mundo y parafraseando a Lutero, queda bajo el dominio del Demonio, y su control, o lo que es igual, su territorialización, debe corresponder al Estado civil, la única salvaguarda que la debilidad humana encuentra frente a Satanás y frente a sus propias inclinaciones antisociales. La secularización es entonces politización del espacio, en el sentido de que las comunidades locales se ven desposeídas por la violencia de su dominio espacial, que ejercían a través de la territorialización sacramental llevada a cabo desde los lugares y las deambulaciones rituales. El paisaje pasaba ahora a quedar sometido a las lógicas de organización y fiscalización territorial ejecutadas ya no desde el poder divino, es decir desde las propias comunidades reificadas y objetivadas, sino desde el poder estatal, el Leviatán hobessiano a cuyo gobierno debía someterse un mundo destrascendentalizado.

Desde tal perspectiva, la calle, como expresión más representativa de ese nuevo espacio público que la modernidad funda, pasaba a concebirse como exponente máximo también de los peligros de la desestructuración, reverso de cualquier fuente trascendente de organización de la vida social. Todas las percepciones negativas de la calle tienen que ver con ese supuesto de malignidad que afecta a una ciudades sin Dios, escenario de todo tipo de peligros para el alma, en los que los viandantes podían ser pensados como sonámbulos sin espíritu, náufragos interiores a merced de mil peligros, todos ellos asociados precisamente a lo liminal en el campo ritual, es decir a la actividad «en hueco», a-estructurada, estocástica, que tenía lugar en su seno. La calle era, en las sociedades modernas, el teatro de los delirios de masas, de los circuitos irracionales de muchedumbres desorientadas, de la incomunicación, de la desolación moral, de la soledad...

El primer rechazo frontal a los procesos de urbanización lo encontramos en Jean-Jacques Rousseau, para quien el cosmopolitismo era un estado monstruoso, un crecimiento mórbido que imposibilitaba cualquier realización humana basada en la autenticidad. Ya en el XIX, Charles Baudelaire, como todos sus coetáneos preocupados por los efectos de la *modernidad*, reconocía sentirse asfixiado y desconcertado por las multitudes. Los pioneros de la psicología social de masas francesa de finales del siglo pasado –Le Bon, Tarde– advertían, a su vez, cómo en la ciudad se desvelaba la naturaleza histérica y criminal de las multitudes. Idénticas impresiones encontramos en la primera sociología alemana. Georg Simmel había puesto el acento en el aceleramiento o crispación perceptual consecuencia de «la violencia de la gran ciudad», que obliga a una «reserva» cuyo sentido último «no es sólo la indiferencia, sino [...] una silenciosa aversión, una extranjería y repulsión mutua, que en el mismo instante de un contacto más cercano provocado de algún modo, redundaría inmediatamente en odio y lucha».[1] Algo parecido podría decirse de Ferdinand Tönnies, cuya aludida noción de *Gemeinschaft* se inspiraba en el modelo de la estructura social transparente y significativa atribuida a las «gentes del campo», basadas en relaciones personales de intimidad y confianza, vínculos corporativos y colectivos, relaciones de intercambio, sistema divino de sanciones, etc., opuesta a la *Gesellschaft*, hecha de relaciones impersonales entre desconocidos y característica de la vida metropolitana. Al contrario de lo que supone Victor Turner, identificando la *communitas* liminal con la *Gemeinschaft*, es esta última la que se corresponde con la idea de estructura social clara, mientras que es la *Gesellschaft* la que se asimila en Tönnies a una «vida pública» altamente impredecible e inconsistente: «Allí donde la cultura urbana florezca y fructifique, aparecerá la "asociación" como órgano indispensable... En oposición a la *Gemeinschaft* (comunidad), la *Gesellschaft* (asociación) es transitoria y superficial.»[2]

Tönnies pertenece a esa misma corriente radicalmente antiurbana y nostálgica del mundo agrario que vemos recorrer el pensamiento reaccionario alemán –Riehl, Heidegger, Jünger, Adenauer–

1. G. Simmel, «Las grandes urbes y la vida del espíritu», en *El individuo y la libertad*, p. 253.
2. Tönnies, *op. cit.*, p. 35.

y que tiene en Oswald Spengler uno de sus más conspicuos representantes. En el apocalíptico *El ocaso de Occidente* podemos leer:

> El coloso pétreo de la ciudad mundial señala el término del ciclo vital de toda gran cultura. El hombre culto, cuya alma plasmó antaño el campo, cae prisionero de su propia creación, la ciudad, y se convierte entonces en su criatura, en su órgano ejecutor y, finalmente, en su víctima. Esa masa de piedra es la ciudad *absoluta.* Su imagen, tal y como se dibuja con grandiosa belleza en el mundo luminoso de los ojos humanos, contiene todo el simbolismo sublime de la muerte, de lo definitivamente «pretérito». La piedra hiperespiritualizada de los edificios góticos ha llegado a convertirse, en el curso de una historia estilística de mil años, en el material inánime de este demoníaco desierto de adoquines.[1]

En esa misma línea, las primeras ciencias sociales de la ciudad empezaron viendo en las calles el marco de una sociabilidad casi animal, una convivencia subsocial, como correspondía a una etología urbana derivada del darwinismo. Para los teóricos de la Escuela de Chicago, el orden moral de la ciudad consistía precisamente en la carencia de todo orden moral, cosa previsible en un dominio de las segmentaciones, del desorden, donde la vida interior iba a conocer dificultades inmensas para desarrollase, si es que lo conseguía. Un lugar «sin alma» –por decirlo como vimos que había hecho Louis Wirth en su célebre ensayo sobre la vida urbana–, en el que el crimen y la locura acechaban y donde cada cual apenas era algo más que su propia piel. La gran urbe era así contemplada como el espacio de la vacuidad de lo cotidiano, escenario donde sentir el desolador vacío de Dios, el abandono a la desorientación y al pecado. Documentales sociológicos como *The City,* de Ralph Steiner y Williard Van Dyke (1939), que participan de ese mismo espíritu, acabaron convirtiendo lo que se encargó como instrumento de propaganda en favor de la política urbanística del *New Deal* rooseveltiano en un auténtico alegato contra las ciudades.

1. O. Spengler, *El ocaso de Occidente,* Revista de Occidente, Madrid, 1966, vol. II, pp. 122-123.

Heredero de este tipo de percepciones, C. Wright Mills, uno de los sociólogos que más habría de influir en la contracultura norteamericana de los años sesenta, denunciaba en 1959 cómo «vivimos en áreas metropolitanas que no son comunidades en un sentido real de la palabra, sino más bien monstruosidades sin plan en las que nosotros [...] desarrollamos, en nuestra defensa, un estilo hastiado».[1] Sin apartarnos de esta misma tradición, ya vimos más atrás cómo, para Erving Goffman y la escuela interaccionista, la vida pública era el escenario de relaciones de poder fundadas en la inautenticidad y el simulacro, jurisdicción absoluta de la mentira. A partir del siglo pasado, el espacio público se percibe cada vez más como el territorio de las indeterminaciones morales, en el que nadie puede aspirar a realizar su propia autenticidad y los demás constituyen un peligro, y donde sólo en la esfera privada podía aspirarse a una vivencia de la propia verdad natural: «Una multitud de desconocidos que pasean por las calles, que conversan, que hacen sus compras, que van o vienen del trabajo, aparece unida en la telaraña de la rutina; esta vida en común es inferior a la vida real que acontece dentro de cada una de las personas que componen la muchedumbre. Tal oposición delata esa enfermedad del alma que es el aburrimiento...: ahí fuera no hay nada que sea digno de mí.»[2] Esa misma denuncia de la «deshumanización» de nuestras ciudades, sazonada con una exaltación de unas estetizadas culturas exóticas concebidas como reservorio de «autenticidad» y de «incontaminación», continuó presidiendo la contracultura norteamericana de los sesenta, sobre todo por medio del movimiento hippy, y ha encontrado su continuación en el ecologismo superficial, en los movimientos neorrurales o en la moda *new age*, para acabar trivializándose definitivamente en el consumo de masas de productos «étnico-ecológicos» o en el éxito de las afectadas películas de Ron Fricke, como *Koyaaniqatsi* (1983) o *Baraka* (1992).

Ese rechazo del espacio público y el consiguiente repliegue hacia lo privado y lo íntimo estuvieron en la base misma de la con-

1. C. Wright Mills, «La gran ciudad: Los trastornos privados y los problemas públicos», en *Poder, política, pueblo*, FCE, México DF., 1964, p. 313.

2. R. Sennet, *La conciencia del ojo*, p. 152.

cepción ortogonal de las ciudades modernas norteamericanas, esquemas abstractos e hiperracionalistas, un concepto que interpretó el espacio a construir como un desierto, en tanto que la ciudad que se construye en América *es*, ciertamente, un páramo sin confines ni marcas, un ámbito de la agresividad o, como mucho, de la más atroz de las indiferencias hacia la suerte ajena.[1] El crecimiento de las ciudades norteamericanas siguió el mismo criterio que orientara a lo largo del siglo XIX la expansión hacia el Oeste, que consistió no tanto en colonizar la diferencia, en someter lo que les era ajeno –en este caso, los indios–, sino sencillamente en suprimirlo, derogar su existencia. Sorprende ver cómo la perspicacia descriptiva que Richard F. Burton tan bien supo aplicar a los paisajes culturales del África negra o del Oriente Próximo, encontró su expresión también en su itinerario a través de las praderas y hasta Utah, el país mormón, cuya capital ya se le antojó paradigma de lo que serían las urbes modernas en Estados Unidos y luego en todo Occidente. Refiriéndose a Salt Lake City, escribía el capitán Burton a principios de la década de 1860:

> El plano de la ciudad santa es el mismo que el de todas las ciudades del nuevo mundo, desde Washington hasta la futura metrópoli del continente australiano, un conjunto de calles anchas y alineadas, de pasajes, sendas y bulevares cortados en ángulos rectos. Vense aquí en toda su amplitud los beneficios e inconvenientes del sistema rectangular; yo, por mi parte creo que éste es perfectamente adaptable al nuevo mundo, así como el viejo estilo es obligatorio en Europa, bien que París parece convertirse al nuevo desde hace algunos años.[2]

Nótese aquí cómo toda la colonización del Far West se llevó a cabo bajo la forma de una colosal *communitas* en marcha, y así lo constatan descripciones para las que la expansión hacia el Oeste fue una...

1. Cf. R. Sennet, «Las ciudades norteamericanas: planta ortogonal y ética protestante», *Revista Internacional de Ciencias Sociales*, 12 (septiembre 1990), pp. 281-299.
2. R. F. Burton, *Viaje a la ciudad de lo santos*, Laertes, Barcelona, 1986, p. 34.

> ... verdadera épica lograda a través de integraciones y desintegraciones humanas, sociales y económicas, rápidas, contradictorias y sucesivas, pero siempre realizadas en proceso ascendente y con un material humano que tenía del conquistador el empuje, del aventurero su falta de escrúpulos, del pionero la confianza en sus propias fuerzas y del misionero su *pathos* religioso... Una masa humana fresca, capital naciente y agresivo, iniciativa incansable y arremetedora, carencia de formas y estructuras sociales previas y completa descentralización política señalaron ese instante de expansión de fuerzas creativas de donde ha manado por una centuria el mito de la *unlimited América.*[1]

De hecho, el puritano norteamericano se sintió impulsado a la búsqueda de tierras vírgenes, espacios inocentes a los que acudir «huyendo de todo», es decir como forma radical de negación de la complejidad y como requisito para obtener un mayor autodominio.[2] Es en esos espacios de colonización que, como veremos enseguida, se desarrolla el germen de una forma de misionerismo adaptada a las características atomizadas y dispersas de las sociedades de frontera, cuyos exponentes han sido popularizados por las películas del Oeste en la figura del predicador a caballo que se desplaza de pueblo en pueblo o de campamento en campamento, o los festivales religiosos en carpas itinerantes que siguen el modelo de los circos y cuyo ambiente vemos reproducido en la película de Richard Brooks *El fuego y la palabra* (1960) o la novela *La Biblia de neón*, de John Kennedy Toole, versionada en el cine de la mano de Terence David, en 1995.

En esa misma dirección, la concepción moderna de calle, tal y como se implanta en Estados Unidos, persigue idéntico fin, que no es otro que ese mismo de evitar, soslayar y, si es posible, abolir

1. A. Mendoza, *Fuentes del pensamiento de los Estados Unidos*, El Colegio de México, México DF., 1950, p. 155.

2. Siguiendo aquella lógica que, contemporizada, venía a encarnar Harrison Ford como protagonista de la película *La costa de los mosquitos*, de Peter Weir (1986): un ciudadano medio americano que, hastiado de un mundo que «no funciona», escapa con toda su familia a una isla tropical con el fin de empezar allí una nueva vida.

en el plano de lo sensible –que no de lo real– la existencia de complejidades, de plurales mundos y, en especial, de desigualdades y asimetrías socioeconómicas, y hacerlo a través de una monotonización del espacio público. Éste pasaba a constituirse en un universo en el que las gentes basan su relación en la indiferencia, la reserva y el alejamiento mutuo, una neutralidad que no es sino la consecuencia de la premisa protestante ya enunciada de que «ahí fuera» –es decir más allá de la intimidad personal, de la privacidad hogareña o del refugio comunal–, no puede haber nada realmente interesante ni de importancia. Toda vida debe ser la crónica de una defensa o/y huida de un mundo por definición peligroso y contaminante, en una pugna constante de los vivos por liberarse de las penas diarias y en una lucha desesperada –y condenada de antemano al fracaso– por conseguir un autocontrol absoluto. En todos esos frentes, el único instrumento que le es concedido al nuevo ciudadano moderno es el sentimiento religioso, que puede producir la sensación de que es posible negar la realidad externa, disiparla, hacer como si no estuviese ahí. Es preciso reconocer hasta qué punto es deudor de la cosmovisión protestante todo lenguaje que describa el espacio urbano como alienante, impersonal, excluyente, frío, inhumano, etc.[1]

1. Un trabajo reciente de dos jóvenes antropólogos urbanos catalanes ha analizado el proceso de difusión geográfica de las congregaciones pentecostales en Barcelona, abundando en esa conceptualización de la difusión sectaria en términos de evangelización-civilización de territorios ignotos y fronterizos, habitados por infieles sin Dios. Las lógicas expansivas protestantes se revelan como impredecibles y sometidas a una combinatoria de interconexiones casi arbitrarias y cambios aleatorios en extremo, como corresponde al propio contexto socioespacial metropolitano. El resultado es «un movimiento de base policentrada que al expandirse confiere a su cartografía un carácter abigarrado y caótico de implantación y difusión». Ello lleva a los autores del trabajo a describir las dinámicas expansivas de los cultos pentecostales de ahora y aquí como la labor de «colonos-misioneros», predicadores que trabajan la palabra y que difunden su verdad por polinización. Cf. D. Iglesias, «El asentamiento protestante en Barcelona», y J. A. Sánchez de Juan, «Les estratègies de localització de les esglésies evangèliques. L'exemple de les Assamblees de Germans a Barcelona», en H. Capel, ed., *Habitatge, especialització i conflicte a la societat catalana*, Ajuntament de Tàrrega, Tàrrega, 1996, pp. 109-128. Sobre el pentecostalismo en general, me remito al estudio de M. Cantón Delgado, *Bautizados en fuego*, Plumsock Mesoamerican Studies, South Woodstock, 1998.

Resumamos recordando que fue Max Weber quien notó por primera vez cómo la mentalidad calvinista acababa propiciando una insatisfacción crónica cuyo escenario era la vida ordinaria moderna, lo que hacía de la calle un lugar infernal, en las antípodas de los beneficios interiores de la gracia, y en el que cada individuo debía luchar por mantener su propia integridad. El hombre moderno era así condenado a experimentar una situación constante de malestar interno, entendido casi como una cualidad inseparable y consustancial de la experiencia de la vida ordinaria. El espacio público dejó de ser un lugar plagado de certezas y de signos que irradiaban valores y principios comunitarios, hipostatados en divinos, para devenir, de pronto, una tierra vacía de Dios, una esfera de inseguridades que eran tanto más temibles cuanto se suponía que era en ellas donde se reflejaban las posibilidades de salvación o condenación personales, y en la que era imposible mostrarse tal y como se es en realidad. La afirmación del propio yo sólo podía hacerse por la vía de la negación y la inhibición del mundo, de tal forma que la redención y la vida eterna dependían de la capacidad humana en abominar de toda «idolatría a la criatura», es decir, en negar lo inmediato, lo sensible, lo concreto, en favor de un futuro mejor en otra dimensión a la que sólo los elegidos podrían acceder.

Un apunte de relieve con respecto de la manera como los propios saberes que han asumido el conocimiento de lo humano son deudores y dependen de este mismo estado de ánimo. Las ciencias sociales han quedado marcadas por idéntica añoranza de una supuesta comunidad homogénea y coherente, incompatible con sociedades calientes, entrópicas y complejas. La ilusión por dar en algún sitio o en alguna época con «sociedades simples» ha presidido gran parte de la pesquisa de la antropología tradicional, empeñada en encontrar comunidades integradas, contorneables en tanto que objeto de conocimiento, a lo que no es ajeno el que la disciplina surgiera con vocación de constituirse, por decirlo como proponía Edward B. Tylor –padre de la antropología, cuya obra es una derivación del humanitarismo cuáquero en que se formó– en el último renglón de *Cultura primitiva*, como «una ciencia de los reformadores». La propia definición canónica de *community*, empleada tanto en antropología como en sociología, ya se concibe siguiendo el modelo de la congregación humana unida por lazos basados en el calor y la autenticidad: una agrupación de individuos, de efectivos reducidos, distinguibles, territorializados, cuyos miembros comparten rasgos, valores e intereses específicos, con una organización singular y funcionalmente autosuficiente, y que aparecen dotados de un cierto sentido de la identidad. Ésa es la idea de *sociedad folk*, de *comunidad* o de *sociedad cerrada*, etc., pero también es el principio en torno al cual se instalan todos los llamados «trabajos de comunidad» registrados en etnografía, para los que en antropología el paradigma siempre será el trabajo de Malinowski entre los trobriandeses, y en los que el investigador supone que el grupo humano a estudiar puede ser abarcado en sus creencias, conductas e instituciones, a las que se atribuye un alto grado de integración lógica y funcional.

La orientación de los teóricos de Chicago, en busca de asentamientos congruentes de inmigrantes en forma de guetos, es la consecuencia de una preocupación por la redención filantrópica de un ambiente social que era percibido en términos de vicio, alcoholismo, desestructuración familiar, delincuencia, desorientación moral, etc., y es obvio que a ello no fue ajeno el que la mayoría de fundadores de la corriente –Thomas, Burgess, Faris– fueran hijos de pastores, y hubieran sido educados en el tono fuertemente antiurbano de todas las corrientes del protestantismo norteamericano. Aplicado este principio a la práctica de lo que pasa por ser una antropología urbana, cabría preguntarse si la insistencia en trabajar con presuntas comunidades exentas, formadas por inmigrantes, minorías religiosas, «tribus urbanas», grupos marginales, etc., responde a una romántica búsqueda de lo extraño y lo exótico en contextos ciudadanos, o más bien a la ansiedad –nostalgia de lo jamás vivido– que el antropólogo experimenta por encontrar, sea como sea, una comunidad homogénea, estable, localizada, dotada de instituciones claras y de una cosmovisión reconocible, que se adapte, aunque sea como realidad residual en un mundo desestructurado, a los requisitos canónicos del trabajo de campo en comunidades pequeñas.

Al igual que sucede con esos «progresistas» que añoran el calor de las relaciones humanas que se dan –dicen– en el pequeño pueblo o en el barrio tradicional, o con los proyectistas urbanos que defienden las virtudes del vecindario y la vida local, poco se imaginan nuestros practicantes de los *community studies* hasta qué punto están comprometiéndose con un concepto saturado de connotaciones religiosas afines al utopismo puritano y a su persecución en pos del mito del Nuevo Israel: espíritu de comunidad, democracia local, cohesión grupal, protección ante la complejidad y los fundamentos instintivos del hombre... No se olvide que fueron esos valores de extracción calvinista, que Rousseau trasladó a la filosofía política y que se creían realizados en parte en la sociedad rural norteamericana, los que Thomas Jefferson y otros padres de la patria habían convertido en referente político fundamental en la fundación moral de los Estados Unidos.

## 3. MODERNIZACIÓN Y SANTIDAD DE LOS CORAZONES

Cabría preguntarse si los nuevos cultos e incluso un buen número de adscripciones militantes laicas actuales no son sino prolongaciones, con toques más o menos exóticos y sincréticos, de ese mismo principio de autocontrol y de ascetismo intramundano que se acaba de describir, que atienden a idéntica demanda de autorregulación basada en la contracción a la experiencia íntima y en la negación de lo sensible. Plantear los nuevos cultos religiosos como variantes actualizadas, renovadas por la vía de la síntesis o de la exotización, de la lógica del mundo propia del ascetismo puritano, demanda evocar el tipo de religiosidad que encontró en Estados Unidos no tanto su cuna como su lugar de máximo apogeo y desarrollo. Varios son los ingredientes que confluyeron a la hora de crear formas prácticas y organizativas de religiosidad específicamente adaptadas a las necesidades del proceso de modernización en aquella nación, todos asociados a lo que Ernest Troeltsch había llamado los «hijastros del protestantismo», es decir las tendencias sectantes del anabaptismo, las variantes más heterodoxas del anglicanismo y del luteranismo y un calvinismo radicalizado pietísticamente.

El primero y básico de esos ingredientes de base es sin duda el de calvinismo presbiteriano, sobre todo por lo que hace a su antisacramentalismo radical y a la premisa fundamental de que el ser humano debe ser considerado en la soledad y la libertad de su alma, desnudo de la protección de los ritos y asumiendo el requerimiento de estructurar desde sí mismo la propia vida moral. Desde las revoluciones puritanas, la religión pasaba a identificarse con la ética personal en un doble sentido: como una moralidad práctica y normativa, desde la que se regula el comportamiento del individuo respecto del grupo y las instituciones sociales, y como una ética de la intimidad en la relación con lo trascendente. Al lado de estos elementos asociados al individuo, el puritanismo incorporaba una importante dimensión colectiva. Si bien la raíz de la religión se hundía en la soledad del alma, el sentido profético de todo cristianismo requería que la acción trascendiera lo individual y apuntara al orden histórico para cumplir sus postulados éticos mediante una «comunidad de los justos». Esa comunidad santa, la *holy community*, debía combatir el mal social, imponer una moralidad en las relaciones humanas y condenar a los recalcitrantes al ostracismo y el rechazo. A partir de tal doctrina se desprende un valor ético-social básico, cual es el de la distribución de los individuos sociales en dos categorías incompatibles –los elegidos y los réprobos–, basadas no tanto en las conductas objetivables sino en un fundamento absoluto, irracional e incomunicable, en la medida en que tenía su origen en una experiencia mística personal.

Esto último está asociado a otro componente fundamental en la sentimentalidad religiosa actual y sus consecuencias organizativas, y que es la ya aludida fuerte tendencia sectante del anabaptismo, de la que resultarían bautistas, mennonitas, cuáqueros, etc. De hecho, el contraste canónico entre iglesia y secta que establecen Weber y Troeltsch parte de esa noción de *secta* como comunidad que –a diferencia de la iglesia– ya no engloba a justos e injustos, sino sólo a los primeros. La secta es entonces una congregación a la que sólo pueden pertenecer personas realmente creyentes y regeneradas. A la comunidad de santos –en el sentido etimológico de *separados*– que es la secta sólo pueden integrarse quienes han sido llamados personalmente por Dios, de lo que se derivan todo tipo de escrúpulos a la hora de comunicarse con el mundo de los no elegidos, todo él constituido por quienes no han recibido el soplo interior del Espíritu y han sido por tanto condenados.

A su vez la expansión del denominacionismo moderno está directamente relacionada con la consideración de la frontera como territorio de misión. Esto requiere considerar las condiciones básicas de existencia de las tendencias puritanas que protagonizaron la evangelización de los territorios vírgenes destinados a la colonización capitalista, en especial el papel fundamental jugado en ello por las tendencias conocidas como *conversionistas*, cuyo presupuesto es –según la tipología de Bryan Wilson– el de que «lo que necesitan los hombres es una experiencia del corazón, y sólo cuando hayan tenido una tal experiencia de salvación puede la sociedad esperar una mejoría».[1] Las denominaciones conversionistas no fueron sino una radicalización del pietismo luterano centroeuropeo, centrado en la proclamación del principio de la *sola fide* como vehículo de salvación, en detrimento del dogma predestinacionista de los reformados. Del pietismo, el conversionismo hereda el sentimiento sustancial de Dios, la búsqueda de una auténtica penetración de lo divino, la emocionalidad del acto de recibir la «gracia inmerecida del Espíritu», el rapto indescriptible ante la *certituto salutis*, la sustitución del tono circunspecto del calvinismo por una alegría surgida de la confianza y la certeza, etc.

No obstante, el conversionismo hacía compatible el ultraindividualismo pietista con una religiosidad por fuerza coral, que se traducía en un activismo de masas en todas sus variantes. Como Weber recordaba, la mística protestante no era incompatible con un fuerte sentido realista y racionalista, precisamente por el rechazo de las doctrinas dialécticas que implicaba. Este sentimentalismo religioso, dependiente de una exaltación de las posibilidades místicas del *self*, del yo-mismo, era extraño al calvinismo, pero no a la vocación misionera de los movimientos conversionistas, asociada a su vez a cierta tradición del catolicismo medieval. La lógica sectaria implicaba, en efecto, un ascetismo que ya había encontrado su precedente en el monaquismo, sólo que ahora esa negación del mundo no se traducía en un enclaustramiento, sino en todo lo contrario: un

1. B. Wilson, *Sociología de las sectas religiosas*, Guadarrama, Madrid, 1979, p. 38.

vaciarse en la actividad secular y diaria, un estar *contra* pero *en* la sociedad y sus instituciones. No se pierda de vista que la versión romana de la *devotio moderna* se concretó, a partir del siglo XVI, en la asunción por parte de las órdenes religiosas de tareas de recristianización de las ciudades. Fueron los jesuitas quienes hicieron suya la divisa *in actione contemplativus*, principio que concebía que todo lugar de acción debía ser, al mismo tiempo, lugar de contemplación.

Otro presupuesto doctrinal conversionista fue el de que no todo lo revelable por Dios había sido ya revelado –es decir que Dios *no lo había dicho todo de golpe*–, y existía una perdurabilidad de la Palabra divina que trascendía el texto bíblico para actuar por medio de la fuerza del Espíritu, una fuerza que se desparramaba en la vida cotidiana de quien fuera capaz de recibirla. Max Weber lo había visto con claridad: «[El ascetismo cristiano] cerrando tras de sí la puerta del monasterio, se lanza a la plaza pública y emprende la tarea de impregnar metódicamente de ascetismo esa misma vida *cotidiana*, transformándola en una vida racional *en* este mundo, pero *ni de este* mundo *ni para este* mundo».[1]

Acaso el más destacado teórico contemporáneo del conversionismo fue William James, que, por cierto, estaba convencido de la «admirable congruencia de la teología protestante con la estructura de la mente». James, que tan vinculado estuvo a la *mind-cure*, el precedente inicial de la actual cienciología, ya describió la conversión como un proceso de unificación u homogeneización de personalidades que viven con angustia la experiencia de la fragmentación: «Convertirse, regenerarse, recibir gracia, experimentar la religión, adquirir una seguridad, son todas ellas frases que denotan el proceso, súbito o gradual, por el cual un yo dividido hasta aquel momento, conscientemente equivocado, inferior o infeliz, se convierte en unificado y conscientemente feliz, superior y justo, como consecuencia de mantenerse firme en realidades religiosas.»[2] James, desde postulados ya cercanos a las ciencias humanas, describe

1. M. Weber, *L'ètica protestant i l'esperit del capitalisme*, Edicions 62/La Caixa, Barcelona, 1984, p. 218. Los subrayados son suyos.

2. W. James, *Les varietats de l'experiència religiosa*, Edicions 62/La Caixa, Barcelona, 1985, p. 157.

la conversión en términos de *feed-back* positivo cuando, haciendo propia la metáfora de los equilibrios mecánicos, la define como choque emocional que expresa cambios orgánicos que, después de hundir toda la estructura, encuentran un nuevo punto –ahora por fin permanente– de equilibrio y estabilidad. El resultado de la conversión, según James, sería la obtención de lo contrario al estado de ambigüedad: el «estado de certidumbre», pérdida de toda preocupación, bienestar, paz, armonía, ganas de vivir, a pesar de que las condiciones externas se mantengan igual. El mismo principio lo encontramos en otro gran filósofo, emparentado directamente con el pragmatismo de James: George Santayana, que, en sus obras de pensamiento, pero también en su novela *El último puritano*, plantea su noción de «autotrascendencia» como el resultado de la tragedia de un espíritu que no se contenta con comprender, que pretende ordenar el mundo a partir de una elección moral que no se deriva de la razón sino de una «fe animal» y cuyo «impulso auténtico es trascender a la agitación».[1] Es decir, exactamente el reverso de lo que hemos visto que significaría, siguiendo a Van Gennep y Turner, un *estado liminal* definido precisamente por la incertidumbre estructural de quienes lo atraviesan.

El conversionismo es un fenómeno no exclusivo pero sí asociable en especial al amplio movimiento de revitalización religiosa que conoció Norteamérica en la década de 1720, como respuesta a lo vivido por muchos como un proceso –tan parecido al que hoy suele considerarse erróneamente inédito– de descristianización y laicización. Se trata de lo que se dio en llamar *Great Awakening*, el Gran Despertar, un magno estado de ánimo colectivo que percibió la súbita y casi violenta conversión interior como la única forma de superar el vacío espiritual que la expansión colonial estaba produciendo entre sus socialmente atomizados y moralmente desarticulados protagonistas. Los pioneros en este movimiento fueron algunos sectores presbiterianos, quienes proclamaron que era esa profunda transformación personal, basada en un reencuentro con el evangelismo más puro, lo que per-

1. G. Santayana, *La idea de Cristo en los Evangelios*, Sudamericana, Buenos Aires, 1966, p. 263.

mitiría organizar una conducta en la que la moral, la justicia, el amor al prójimo tuviesen prioridad sobre cualquier otra tendencia humana. Hay que apuntar, sin embargo, que estas corrientes no eran propiamente calvinistas, sino más bien antipredestinacionistas, en la medida en que le otorgaban una importancia fundamental a la participación humana en la redención del pecado. Ello sin menoscabo de conservar del calvinismo una conciencia estricta de la moralidad y un poderosísimo espíritu misionero, que no perdía de vista el papel del ministerio de la palabra de Dios. Es decir, el convencimiento de que el verbo divino es, en primera instancia, la palabra hablada y oída de la predicación cristiana, premisa que guió desde el siglo XVI la actividad de los predicadores reformistas y el estilo vehemente que emplearon en sus sermones. También hay que destacar su condición apocalíptica y milenarista –derivada a su vez del anabaptismo–, que institucionalizó la expectativa del fin de los tiempos y de la implantación inminente en la tierra del Reino de Dios.

Es en este contexto del apostolado de frontera en lo que enseguida serán los Estados Unidos donde irrumpe con fuerza la escisión de la iglesia anglicana de John Wesley, que, en 1738, había inspirado en Inglaterra una corriente ecuménica e interconfesional, el metodismo, muy influenciada por el pietismo de los hermanos moravos. El metodismo se basaba en el libre arbitrio y promulgaba un ultraindividualismo religioso, según el cual la gracia se obtenía por medio de una intensificación de la experiencia religiosa, llevando hasta sus últimas consecuencias el principio protestante de la salvación mediante la fe y la adquisición de una santidad personal a través de episodios de vivencia inmediata y rotunda del favor de Dios. Se trata de la llamada *segunda bendición*, distinta de la conversión, complemento y resultado de ésta, que es experimentada como la instantánea santidad del corazón. Por su insistencia en la predicación, el metodismo se comportó a la manera de un verdadero pietismo de masas.

A lo largo de todo el siglo XIX se produce la gran predicación metodista, en especial en el transcurso de la expansión hacia el Oeste, reuniendo gentes en movimiento, desplazados, caravanas itinerantes, poblados o campamentos provisionales y localidades débilmente estructuradas. Esas congregaciones efímeras se producían con mucha frecuencia bajo la forma de festivales religiosos, donde no eran extrañas crisis extáticas individuales o colectivas en las que los asistentes podían entrar en trance, sufrir crisis catalépticas o espasmos, ponerse a bailar frenéticamente o a aullar, etc. Esta labor misionera la llevaban a cabo predicadores aislados, al margen de toda iglesia o nominalmente vinculados al congregacionismo, al baptismo o al presbiterianismo, a pesar incluso del predestinacionismo de estos últimos. Los ámbitos predilectos para llevar a cabo la difusión de la palabra de Dios fueron siempre los caminos, los lugares de paso, los espacios de frontera, lo que era congruente con el modelo que el conversionismo adoptaba del episodio de la iluminación de San Pablo, tal y como aparece en Hechos de los Apóstoles, 9, 3, no en vano protagonizado por un personaje *en tránsito, de paso* –«yendo de camino, cuando estaba cerca de Damasco, de repente lo rodeó una luz venida del cielo»–, a quien le sobreviene la transformación mística en el momento en que se encuentra en un espacio intersticial entre dos puntos del mapa.

Los metodistas supieron crear una síntesis magistral entre el puritanismo de los calvinistas, una especie de sentimentalismo universal de base quietista y un racionalismo pragmatista extremo, inspirado en el pelagianismo, que sostenía que el ser humano podía conseguir la salvación por sus propios medios y que el éxito personal en cualquier campo –los negocios, por ejemplo– era señal inequívoca de haberla alcanzado. El metodismo –entendido mucho más como un estilo altamente emocionalista de predicación y de reunión religiosa que como un culto organizado– no tardó en revelarse como la forma de religiosidad que mejor se adaptaba a las condiciones de inestabilidad y de incertidumbre vital que caracterizaría a las situaciones de *no man's land,* o tierra de nadie, idónea para servir de soporte moral, de esperanza y de justificación última para una multitud dispersa y desorientada como la que protagonizó los grandes éxodos colectivos que colonizaron los territorios occidentales de Estados Unidos. Entre las corrientes metodistas destacó enseguida el Ejército de Salvación, fundado por William Booth, que hizo de las exhibiciones públicas uno de sus elementos fundamentales y cuya labor significó el desplazamiento que llevaría la predicación conversionista de la dispersa e inarticulada sociedad de la expansión hacia el Oeste a los barrios obreros y marginales de las grandes urbes norteamericanas.

El tipo de apostolado metodista «de frontera» demostraría enseguida su eficacia entre las grandes masas que, desde todos los países del mundo, se desplazaron a Estados Unidos a partir de la segunda mitad del siglo XIX, para constituirse en el peonaje del macroproceso de industrialización y urbanización que habría de conocer aquel país. Las grandes ciudades se convirtieron con ello en los nuevos territorios de desestructuración y anomia sociales, en cuyo marco empezaron a proliferar esas derivaciones del metodismo que fueron, primero, los milleritas y los campbelitas o discípulos y, poco después, las misiones o asambleas de Dios, a veces ecuménicas o aconfesionales, a veces cuajando en denominaciones como las que aparecen a partir de 1880: National Holiness Movement, Pentecostal Church of the Nazaren, Metropolitan Church Association, Pillar of Fire Church, etc. La popularidad del nuevo movimiento –el pentecostalismo– la propiciaron los rumores acerca de actuaciones sobrenaturales que indicaban una presencia literal del Espíritu Santo: curaciones milagrosas, don de lenguas o *glosolalia*, «experiencias de gloria», etc. Destacaba entre sus rasgos el protagonismo de las mujeres en el culto y en las tareas misioneras, muchas veces en lugares de jerarquía, demostrando la idoneidad de este tipo de movimientos para promocionar sectores sociales hasta entonces postrados. El pentecostalismo se popularizó rápidamente entre los inmigrantes, los blancos pobres y los negros. Se calcula, por ejemplo, que el 70 % de la población hispana de Nueva York es pentecostalista, y un porcentaje parecido podría ser aplicable a la comunidad italoamericana. También se extendió en Europa, donde se popularizaría entre los antillanos o los indios occidentales inmigrados a Gran Bretaña o entre las comunidades gitanas de numerosos países, como Francia o España, pero también entre amplios sectores de las clases medias urbanas. Desde 1966 el pentecostalismo es un movimiento aceptado por la Iglesia católica bajo el nombre de Renovación Carismática, cuyos seguidores se reúnen en lugares profanos –oficinas, locales comerciales, domicilios particulares–, que quedan sacralizados no por una consagración ritual objetiva, a la manera de los templos del culto convencional, sino por la presencia misma del grupo, él mismo fuente subjetiva de sacramentalización topológica.

Las experiencias extáticas que tenían lugar tanto individual como colectivamente en los *shows* pentescotales testificaban ya no la recepción de la gracia sino la presencia literal del Espíritu Santo. Esta radicalización del conversionismo resultaba de su propia condición inerrantista –creencia en la literalidad de las Escrituras–, según la cual las manifestaciones carismáticas son expresiones de los dones conferidos a los creyentes por el Espíritu Santo, tal y como son descritos por San Pablo en la primera carta a los Corintios, que todavía estaban actuando hoy. A su vez, las manifestaciones de posesión, por su identificación con la «postrera lluvia» de la que habla el Libro de Joel y el de Santiago como el signo que preludia la venida de Cristo, entroncaban el pentescostalismo con el clima milenarista que había impuesto en Estados Unidos la publicación de los *Fondamentals* desde 1910, a cargo de los sectores más ultraconservadores de las iglesias bautistas, episcopalianas y presbiterianas.

Señálese que –siempre desde las premisas conversionistas– esas expresiones de la presencia santificadora del Espíritu pueden darse en privado, pero están esencialmente destinadas por Dios a su vivencia en comunidad, es decir han de ser preferentemente públicas, puesto que sus virtudes son estructurantes y alimentan la articulación social. Eso explica también la mínima preocupación del pentecostalismo por la teología, en la medida en que se trata básicamente de un culto de ejercicios de piedad comunitaria basados en la emoción, en la que los asistentes se abandonan a expresiones de afirmación de sí mismos, fórmula que resume a la perfección la cualidad de los nuevos cultos de hacer compatible el sentimiento de comunidad con la exaltación individualista. Los grupos pentecostales se han mostrado más receptivos que el catolicismo, que las iglesias protestantes más estandarizadas o que las ideologías laicas más o menos transformadoras a las demandas del individualismo de masas hegemónico o en vías de serlo. Estas demandas quedan cubiertas por una oferta de renovación personal por parte de cultos de contenidos fuertemente emocionales, en el marco de congregaciones en las que se prodiga una atención personalizada a los fieles, donde no se escatima el recurso a ritmos y melodías populares y en las que las jerarquías han sido en gran medida disueltas en expresiones extáticas, consistentes en glosolalia, «quebrantamiento en manos del Espíritu» o «instantánea santidad de los corazones», con mensajes extremadamente sencillos y el inconmovible referente escriturista.

¿Qué es lo que se ofrece a quienes se convierten al pentecostalismo? La respuesta a esta cuestión es: *a)* el conocimiento de la palabra de Dios para obtener la salvación; *b)* la recepción de dones divinos mediante el Espíritu Santo, dones que podían ser capacidades adivinatorias, clarividencia, facultades curativas, capacidad de hacer milagros, glosolalia o don de lenguas, etc.; *c)* la provisión de una explicación totalizadora del mundo y del lugar de cada cual en él, y *d)* la obtención de un papel social nítido dentro del grupo, de modo que todos los fieles pueden desarrollar potencialmente cualquier función, al ser inexistente la jerarquía. Esto último es importante puesto que implica que los lugares rectores –ancianos, pastores, etc.– pueden ser accesibles para cualquier persona que, al margen de su preparación, pueda hacer verosímil su condición de receptor del Espíritu. Otra de las claves del éxito del pentecostalismo se halla en sus especiales características congregacionales: grupos numéricamente pequeños, fuertemente solidarios y muy participativos, que son muchas veces garantía de asistencia mutua en el plano social, económico, psicológico, etc., y en los que se encuentran razones trascendentes para abandonar prácticas a las que responsabiliza de la desestructuración social, como el desorden familiar, la delincuencia, el alcoholismo, la drogadicción, las lealtades al viejo clientelismo, la violencia, etc. En otro plano –y eso explicaría el éxito pentecostal entre las clases medias asentadas–, la transfiguración personal que propicia la conversión radical se ha demostrado eficaz para dotar de valor trascendente vidas ordenadas, pero experimentadas como sin sentido.[1]

1. «Los confusos, ricos y blancos hijos de la clase media, grupo tan desarraigado y desposeído como el que más, [que] buscaban afanosos algo nuevo que les sirviese para definir sus vidas.» R. Greenfield, *El supermercado espiritual*, Anagrama, Barcelona, 1979, p. 21.

También son una fuente infalible de explicación causal. La violencia, la desestructuración son atribuidas a los muchos pecados cometidos y a largas tradiciones de idolatría y paganismo católico. La pobreza o el fracaso social son por tanto, a partir de esa lectura, la consecuencia de no haber sabido o querido escuchar la voz de Dios. En cuanto a la sociedad, está afectada por un caos demoníaco, como se corresponde con la premisa protestante de la generalización y la universalización de la culpa. Los males sociales, por su parte, sólo quedarán resueltos por una revolución que no es social, ni política, puesto que no tiene lugar en el mundo, sino en el corazón de los hombres. Pero, sobre todo, el gran prodigio de la conversión se habrá de producir en el campo de la distribución de posiciones en el seno de la estructura social: de pronto, los pobres, los náufragos de los procesos de modernización, las comunidades más desestructuradas, los peor asentados en el sistema social, se convierten en centro del mundo. Los desposeídos son poseídos y los marginados se revelan como los escogidos por Dios.

En resumen, las sectas protestantes de nuevo cuño irrumpieron y continúan activas en los procesos de modernización en la medida en que son capaces de proveer de un nuevo lenguaje con el que dar cuenta de la pobreza, la desorganización social, la desintegración cultural, la disolución de los viejos vínculos comunitarios, propiciando nuevos sentidos y nuevos vínculos ideológicos y emocionales, nuevas fuentes de energía para la construcción identitaria tanto personal como colectiva. Las sectas neoprotestantes han avanzado por su flexibilidad, su atomización, su versatilidad adaptativa a esquemas sociales, estructuras locales, tradiciones históricas e idiosincracias culturales muy heterogéneas. Es más, bien podríamos decir que creencias y corrientes religiosas que podrían parecer internacionales e internacionalizantes representan fórmulas de movilización muy diferentes entre sí y con resultados sociales y políticos sin apenas conexión. Ora pueden conformarse como instrumentos de legitimación de la expansión capitalista o de regímenes políticos despóticos, ora como herramientas al servicio del establecimiento de clases medias, ora para como argumento para la resignación y el conformismo de los pobres, ora para la estructuración de una conciencia emancipadora y de resistencia para grupos oprimidos.

El proceso que se acaba de describir ha sido determinante a la hora de definir los estilos formales e ideológicos de todas las variantes del sentimiento religioso actual, incluyendo las religiones institucionales como el catolicismo o las denominaciones protestantes estabilizadas, que están experimentando un proceso creciente de carismatización, siguiendo el modelo pentecostal. Pero debe subrayarse también que los cultos sectarios más recientes no han hecho sino añadir elementos de todo tipo a ese esquema que repite el sectarismo protestante norteamericano emanado de la revolución conversionista. A ese sustrato se le han sumado distintos ingredientes, dando lugar a una heterogeneidad crecientemente enmarañada, que ha incorporado componentes exóticos y hasta extrarreligiosos y que ha puesto el acento en un aspecto u otro de la fórmula básica. Así, algunos grupos han enfatizado la relación entre salvación y éxito personal, a la manera de los manipulacionismos de Ciencia Cristiana, Dianética o Amway. El salvacionismo milenarista de testigos de Jehová y cristadelfianos y el revelacionismo mormón han derivado en creencias adventistas en ovnis, en las que el rescate sobrenatural ha sido sustituido por la abducción extraterrestre. Algunas tendencias aparecen como herencias protestantizadas de la contracultura de los sesenta, con su mezcla de orientalismo y uso seudochamánico de sustancias alucinógenas o narcóticas, o que reclaman aspectos de la herencia hippy, como la libertad sexual, a la manera de los Niños de Dios o la Familia del Amor.

Merecen una atención especial todos los sincretismos de base védica que se originan ya a finales del siglo XIX, con la presencia de Vivekananda y la Orden y Misión Ramakrishna y, en menor grado, la más secretista Orden de la Estrella de Oriente de Krishnamurti. De ahí se deriva una larga retahíla de denominaciones y cultos de *look* orientalizante, algunas de vocación psicoterapéutica, como Meditación Trascendental o Sri Aurobindo –este último como resultado de incorporaciones del evolucionismo místico cristiano a lo Theilard de Chardin–, o adoptando el modelo oriental de la vida monacal y del misionerismo, como sería el caso de Ananda Marga, Bhagwan Rajneesh, Misión de la Luz Divina de Maharaj Ji o Hare Krisna. También cabe mencionar cultos nominalmente fieles al cristianismo, pero que han asumido paradigmas de convivencia carismática en torno a un líder místico tomadas de la figura de los gurús o los *darsham* orientales, como Vida Universal o la Asociación para la Unificación del Cristianismo Mundial –los seguidores de Moon–, este último explicitando su adscripción a un pentecostalismo orientalizado.

Pero todas estas corrientes, repitámoslo, no serían sino actualizaciones exotizantes, puestas al día, eclécticas, de esa misma mecánica de rechazo del mundo, de esa misma voluntad desesperada de expiación y salvación, de idéntico autorrepliegue en la vivencia privada de la fe y de acuartelamiento en comunidades muy pequeñas, en que se ha revelado posible aquella sociedad esencial y justa donde las personas pueden realizar una autenticidad que es, al mismo tiempo, natural y espiritual. Esta pequeña comunidad sectaria es la que Victor Turner identificaba con la *communitas* liminal, pero que no era sino, como hemos visto, la unidad social preurbana que las ciencias sociales han venido a denominar *Gemeinschaft* o «comunidad», solidaridad mecánica o sociedad folk. Su misión: realizar la tarea moral y psicológica que la familia nuclear cerrada –el «hogar», concebido a la manera de nido– había recibido el encargo civilizatorio de llevar a cabo, que fue la de constituirse en refugio en el que los seres humanos pudieran vivir su verdad, al margen o mejor dicho *contra* una vida pública pensada como artificial, inhumana, desalmada, desestructurada y pecaminosa. En efecto, es la familia la que se conforma como la última expresión de la *Gemeinschaft*, la «verdadera comunidad», escenario de la autenticidad humana, que –al menos en teoría– se opone, mucho más que complementa, a la esfera pública. Respecto a esa labor la unidad doméstica moderna ha fracasado, lo que justificará la aparición de cultos que no sólo brindan un lugar de reunión dominical para comunidades física o moralmente desarticuladas, sino la propia viabilidad de una colectividad basada en la verdad y la franqueza. Ese ámbito de protección hace lo que la familia debería haber hecho pero no ha sido capaz de hacer, es decir, dotar a los individuos de un referente ético y normativo sólido: una estructura capaz de dotar de significado y valor la experiencia del mundo.

De todos los grupos que han ampliado el repertorio de modelos de culto y creencia que se han ido sobreponiendo al sustrato del conversionismo protestante, algunos continúan reconociendo el espacio sin territorio –la calle, como otrora el Oeste americano, como hoy las sociedades en proceso de incorporación al capitalismo– como tierra de misión. Saben que –literalmente casi– predican en el desierto, pero eso no les desalienta a la hora de buscar conversiones entre un público de transeúntes, es decir, de seres a los que hemos tipificado como formando parte de esa *communitas* generalizada que son los umbrales urbanos en general –la calle, los vestíbulos, el metro–. Si las diferentes corrientes pentecostalistas han conseguido extenderse mediante un apostolado boca a boca, en que los vínculos familiares, étnicos y vecinales de los convertidos juegan el papel fundamental, otros cultos han perseverado en la consideración de las calles y plazas como territorios que evangelizar, continentes vírgenes cuyos habitantes, emparentados con los salvajes sin Dios de antaño, esperan la revelación que les otorgue la luz y el sentido, en este caso una fórmula para orientarse en el laberinto de la modernidad. Con ello no se dejaba de expresar el propio inerrantismo de estos movimientos, que no hacían sino aplicar al pie de la letra un principio contenido en Proverbios 1, 20-21: «La sabiduría clama por las calles, por las plazas alza su voz. Llama en la esquina de las calles concurridas, a la entrada de las puertas de la ciudad pronuncia sus discursos.» Alberto Cardín reflejaba esa arreciante omnipresencia de los nuevos cultos como destellos de verdad que buscan atraer a los anónimos usuarios de la vía pública.

> Los habitantes de las grandes ciudades europeas han acabado aceptando como un hecho corriente, a lo largo de los últimos diez años, algo que hasta entonces era poco habitual para ellos: verse abordados en plena calle por propagandistas religiosos que intentan, mediante interpelación insistente, con folletos e incluso con vistosos *shows* callejeros, atraer su atención hacia formas de religiosidad ajenas a su idea tradicional de lo religioso. Estos con-

tactos personales y la profusión de carteles que, desde las vallas o las paredes del metro, convocan al viandante a reuniones de nombres estrambóticos, donde se prometen no menos estrambóticas enseñanzas, han acabado por familiarizar al ciudadano medio europeo con una serie de corrientes y grupos religiosos hasta hace poco para él desconocidos.[1]

En las ciudades europeas resultan parte del paisaje urbano las parejas de jóvenes postulantes de la Iglesia de Jesucristo de los Santos de los Últimos Días, los mormones, una secta sincrética adventista-conversionista, cuyo uniforme –camisa blanca y corbata, pelo muy corto, mochila a la espalda– los hace fácilmente reconocibles. Asumen la tarea misionera en espacios públicos como un servicio obligatorio a costa de sus familias, que deben cumplir si quieren ser aceptados en la comunidad de los salvados. Los testigos de Jehová –una denominación milenarista con típicos rasgos conversionistas–, a la hora de ejercer lo que ellos llaman «el ministerio de campo», alternan el puerta a puerta con la postulación en espacios dinámicos e inestables, en una tarea que no busca tanto conversiones –saben que los llamados a salvarse cada vez son menos y más inencontrables– como el testimonio de su sola presencia, lo que ellos llaman «predicación indirecta» y que se lleva a cabo por medio de la simple presencia física.[2] Otras muchas sectas practican el proselitismo o la mendicidad como estrategias de visibilización en la calle: Moon, Niños de Dios, Cienciología-Dianética, Hermanitas del Cordero, La Comunidad, Hare Krisna, etc., pero también lo han usado iglesias protestantes «respetables», es decir no forzosamente marginales o estigmatizadas. A mediados de los años setenta, una denominada Cruzada Internacional por Cristo –un movimiento ecuménico conformado preferentemente por evangélicos y bautistas– se hizo presente en las calles de ciudades de países de mayoría católica, como España. En todos los casos

1. A. Cardín, *Contra el catolicismo*, Muchnik, Barcelona, 1997, p. 172.
2. Cf. J. M. García Jorba, «Testimonis de Jehovà», *Arxiu d'Etnografia de Catalunya*, Tarragona, 8 (1990-91), pp. 49-73; Q. J. Munters, «Reclutement et candidats en puissance», *Social Compass*, Lovaina, XXIV/1 (1977), pp. 59-69.

parece que la autoafirmación pública mediante el callejeo tenga más importancia que los escasos –por no decir nulos– logros obtenidos por la tarea evangelizadora en sí.

La premisa práctica en todos los casos era que ese sujeto desconocido al que se interpelaba podía hallarse en una situación de intersticialidad no sólo circunstancial, como le corresponde en tanto que *transeúnte*, sino crónica. Podría ser que el «tipo» al que se abordara hubiera quedado atrapado, como flotando en ese *no-lugar* o *entre-deux* al que se ha ido aludiendo para describir los ámbitos de la modernidad urbana, vacío no sólo espacial sino también existencial, decepcionado, sediento de absoluto, insatisfecho que «ya lo ha probado todo», desocializado al que ofrecer los productos que el vendedor de salvación le presenta: resocialización, estructuración identitaria, trascendencia, una remitologización que rescate la vida cotidiana de la insignificancia, una «vuelta a casa» en forma de una comunidad apoyada en vínculos elementales y en un proyecto de redención compartido por quienes en ella se integran, un nuevo pueblo elegido al que incorporarse. La función final: rescatar transeúntes, salvar el alma de esos nuevos «pieles rojas», nuevos salvajes que viven la renovada primitividad urbanícola a la que Oswald Spengler aludiera en *El ocaso de Occidente.*

Las prácticas de proselitismo en espacios públicos han sido denunciadas como perversas por los teóricos que se ocupan de las «sectas destructivas», siempre para abundar en la extrema peligrosidad que los medios de comunicación y las mayorías religiosas les atribuyen. Una de las representantes de las nuevas formas de heresiología, Pilar Salarrullana, ha insistido en este tipo de apreciaciones: «Ya he dicho que explotan la soledad de las personas; por eso son buenos los lugares de captación de aquellos donde la soledad es más patente: estaciones de trenes, de autobuses, aeropuertos, parques...»[1] En esa misma dirección, Alain Woodrow escribe:

> Lo cierto es que los *teams* de jóvenes misioneros moonistas llevan a cabo su trabajo de reclutamiento en las ciudad, en los *campus*, a la salida de los templos, según una técnica probada, y

1. P. Salarrullana, *Las sectas*, Temas de Hoy, Madrid, 1990, p. 65.

eficaz. En la primera fase de «contacto», según el *Manual de reclutamiento* de la AUCM, hay que saber elegir el blanco: «Es preciso ser psicólogo, aprender a leer en el rostro.» Después, cuando se entable la conversación, «tenemos que impresionar al interlocutor con nuestra serenidad, nuestra seguridad, nuestra concentración». Se hace necesaria la autosugestión: «Para conmover a los demás, debemos conmovernos nosotros mismos. Debemos tener una confianza absoluta en lo que decimos: hablar con sentimientos muy intensos.»[1]

El ejemplo de los hare-krisna es acaso el más revelador de la vigencia y la capacidad de renovación de la concepción revelacionista del espacio público como territorio de misión. Los krisna exotizan el principio protestante de negación de lo concreto y de lo extrínseco, que es *maya*, es decir ilusión, *karmi* o consciencia falsa, espectro que se opone a la consciencia de Krisna. La división entre el mundo material y el mundo espiritual en el sistema hare-krisna es idéntica a la división entre los conceptos de interior-sagrado *versus* exterior-profano que establece la cosmovisión calvinista y que justifica la negación de la heterogeneización y la complejidad de lo mundano en favor de un repliegue hacia la vivencia íntima de la fe, malignización final de un espacio en el que no es posible reconocer lo inefable. El mundo material, la ilusión o *maya*, se asocia a la temporalidad, al cuerpo, a lo sucio, a la irresponsabilidad, a la promiscuidad, a la ausencia de autocontrol, a la alienación. La civilización materialista es autogratificación egoísta, ausencia de metas y modelos, inseguridad, indeterminación... Frente a lo que se percibe como un dominio de la inestabilidad y la incertidumbre, la consciencia de Krisna es verdadera realidad, eternidad, conocimiento, pureza, disciplina, autodominio, referentes morales claros, seguridad, compromiso vital, espiritualidad... Todo ello posible sólo en tanto en cuanto los devotos de Krisna puedan refugiarse en su vida conventual, ya sea en locales urbanos debidamente protegidos del ambiente que les rodea, o en granjas en que se realiza la utopía del regreso a la organicidad de

1. A. Woodrow, *Las nuevas sectas*, FCE, México DF., 1979, p. 105.

las sociedades campesinas tradicionales que se habían supuesto simples y descomplejizadas.[1]

La lógica de rechazo del mundo moderno que representan los hare-krisna no dejaba de ser una modalidad exotizada de una vieja tradición norteamericana de utopismo ruralizante. Las congregaciones de *look* hindo-budista contaban con fuentes nativas de comunidad religiosa cerrada, organizada a la manera de la «institución total» de la que Goffman nos ha hablado. Este modelo había sido adoptado por la tendencia sectante del protestantismo radical que echa raíces en Norteamérica, procedente de Europa, desde la fundación en 1694 de una primera colonia de pietistas alemanes en Filadelfia. Es el caso de los hermanos moravos, que fundaron colonias de santos en Pennsylvania y Carolina del Norte entre 1740 y 1750, seguidos luego por los mennonitas amish de origen suizo que se instalaron –y todavía siguen– en Lancaster County, también en Pennsylvania. O los cuáqueros shakers ingleses que desde 1776 ensayan en varios puntos de Norteamérica comunidades destinadas a realizar la *holy life*. O los pietistas de origen alemán seguidores de George Rapp, que se instalaron desde 1804 en Pennsylvania e Indiana. Otros ejemplos se extenderían a lo largo del XIX: los perfeccionistas de Oneida (Nueva York, 1848-1880); los inspiracionistas amanitas originarios de Alemania (Iowa, 1842-1932); los hutteritas, anabaptistas que se instalan en varios puntos de Canadá y los Estados Unidos desde 1874, procedentes de Centroeuropa y de los que todavía sobreviven algunas comunidades. Todas esas formas de negación anacronista del mundo moderno y de proclamación de una comunidad sagrada de inmigrantes perpetuos venían a mimar el modelo de pueblo elegido de Dios encarnado en las Escrituras por los judíos, que podían presentar su propia versión del introversionismo a través de las comunidades *haddish* presentes en varias ciudades norteamericanas.

El proyecto de *holy community* puritana –que habría tenido su versión católica en las reducciones jesuitas– también produjo una síntesis del nativismo norteamericano –regreso a la pureza de los

1. Cf. J. Vallverdú, «La comunitat rural Hare-Krisna: estil de vida i pràctica religiosa», *Quaderns de l'ICA*, Barcelona, en prensa.

orígenes fundadores de los Estados Unidos– con el socialismo utópico europeo, que veía el continente americano como material y moralmente incorrupto, escenario ideal para la constitución de comunidades formadas por hombres verdaderamente morales. Sería el caso de la New Harmony de Robert Owen, fundada en Indiana, en 1820, en lo que había sido una colonia rappita. O de los cuarenta falansterios inspirados en la obra de Charles Fourier que se fundan entre 1842 y 1858 en el Este de Estados Unidos. O, por último, de los icarianos del propio Cabet, unos centenares de exiliados franceses que, en 1848, creyeron reconocer en unos acres de tierra comprados en Texas el lugar ideal para construir una Icaria que no había sido posible en el viejo continente. En esa misma línea cabe mencionar los experimentos patrocinados por los trascendentalistas –una tendencia progresista de la Iglesia Unitaria–, como la granja Brook, fundada en 1841 por George Ripley. Entre 1880 y 1926 se extienden por todo Estados Unidos fundaciones llamadas *holiness bodies*, impulsadas por la Social Gospel, un amplio movimiento ecuménico que releía la doctrina del pecado original en clave de «redención social» y que tuvo en el Christian Commonwealth, organizado en 1896 en Georgia, su logro más destacado.

Pero eso no es todo. El eclecticismo religioso que no ha hecho sino intensificarse y universalizarse en las últimas décadas aparecía prefigurándose en la filosofía de uno de los autores que más determinaría el devenir del pensamiento y la literatura norteamericanos del siglo XIX, Ralph Waldo Emerson, el principal exponente de la ya mencionada escuela trascendentalista norteamericana. Es él quien procura una miscelánea en la que la base puritana –Emerson es miembro de la *Divinity School*– se ve enriquecida por los mismos ingredientes que conformarán después lo que, en el último tercio de nuestro siglo, se presentará como «nuevos movimientos religiosos»: neoplatonismo, misticismo teosófico, cientificismo racionalista, romanticismo, hindo-budismo y, muy especialmente, una voluntad explícita por recuperar la épica de los primeros cristianos que llegaron a Nueva Inglaterra. Su constante evocación de la *Church Discipline* de Thomas Hooker, escrita en 1648 como cimiento de lo que hubiera querido ser una Nueva Jerusalén en América, y su compromiso con proyectos puritano-comunistas coetáneos como la granja Brook o Fruitlands, son pruebas de la deuda con el protestantismo radical del en tantos sentidos anticipador pensamiento de Emerson.

Todos estos datos históricos son importantes, por cuanto nos advierten de cómo la contracultura norteamericana de los años sesenta –de la que Hare Krisna es un producto, no se olvide– se inspiró en todos esos referentes para generar el movimiento hippy y, en general, el intento por hacer de la vida en comunas casi autárquicas no tanto –como veíamos– un recambio para la familia nuclear cerrada como un sucedáneo suyo. Todos los proyectos comunalistas de la contracultura beberán de esa fuente milenarista, utópica y puritana, muchas veces a partir del modelo literario prestado por *Walden dos*, la célebre novela de B. F. Skinner, escrita en 1945: la Granja de Stephen Gaskin, en Tennessee; la urbana One World Family, en San Francisco; Drop-City, en Colorado; Twin Oaks, en Virginia; etc., en una tradición con expresiones tardías como El Patriarca o el neorruralismo ecologista actual, pasando por todas las comunas hippies e neoizquierdistas que proliferaron en Occidente en los años sesenta y principios de los setenta. El festival de Woodstock, en 1969, estuvo orientado por ese mismo espíritu utópico-puritano. Un resultado de ese cruce entre comunismo utopista, orientalismo e introversionismo protestante fue el movimiento Hare Krisna, pero también lo fueron corrientes pentecostales como Jesus People, los «locos de Jesús». Los Jesus Freaks se mostraron igualmente preocupados por combinar la vida contemplativa con un fuerte activismo en espacios públicos, como lo demuestran las imágenes que solían deparar rezando cogidos de la mano en la calle o las pintadas con que llenaban las paredes proclamando *Jesus Loves you* o *Jesus Saves*.

Es decir, a la raíz utópica nativista –regreso a una comunidad entusiasta, cerrada y autosuficiente de elegidos–, la contracultura norteamericana de los años sesenta sumó otro factor fundamental del sustrato religioso local como era el conversionismo puritano, es decir la presunción de que era precisa una modificación profunda de la interioridad personal como premisa de cualquier cambio civilizatorio. Eso no fue exclusivo del movimiento hippy, una emulsión a base de comunitarismo nativista americano, hindobudismo adaptado a Occidente y neofranciscanismo. La Nueva Izquierda americana –de la que los revoltosos europeos del Mayo del 68 no serían sino una reverberación y cuyo precedente habrían sido las formas de iluminismo izquierdista anteriores– había formulado una renuncia en toda regla del pensamiento dialéctico para practicar un lenguaje con constantes apelaciones a la «coherencia», el «compromiso» y la «integridad personales», la «construcción de un mundo nuevo», la «redención» de la sociedad de la alienación y el consumismo, la «toma de conciencia» como una revelación psicológica del sí-mismo, la adscripción militante a un movimiento radical minoritario de salvados-salvadores..., entre otros signos que delatarían una fuerte influencia de postulados revolucionaristas y milenaristas típicamente puritanos. Mary Douglas estuvo entre quienes llamaron la atención acerca de ese ascendente religioso en grupos como la emblemática Students for a Democratic Society norteamericana, que «no están dispuestos a imaginarse a sí mismos siguiendo las huellas de Wycliffe y de los reformadores protestantes».[1] De cualquier modo, el referente podía ser explícito, como lo demuestra que uno de los grupos pro hippies más activos a finales de los sesenta en Estados Unidos, los *diggers*, adoptara el nombre de una de las corrientes milenaristas puritanas de la Inglaterra revolucionaria del siglo XVII.[2]

Tanto el hippismo como la Nueva Izquierda colocaron en primer término la singularidad de la experiencia de cada individuo y la urgencia de promover un cambio en las consciencias individuales, puesto que la liberación debía ser tanto psíquica como social. Ese introversionismo de neta base puritana –compatible precisamente por ello con un colectivismo utópico antiurbano– se tradujo en un frente común en que coincidían la sociología de Wright Mills, el neomarxismo de Marcuse, el misticismo milenarista de

1. M. Douglas, *Símbolos naturales*, Alianza, Madrid, 1988, p. 39.

2. Este factor introversionista, como diferenciador del izquierdismo contracultural norteamericano respecto del marxismo ortodoxo, aparece muy bien descrito en el capítulo «Una invasión de centauros», del ya clásico libro de Theodore Roszak *El nacimiento de una contracultura*, Kairós, Barcelona, 1973, pp. 57-98.

Norman Brown, la psicoterapia zen de Alan Wats, la psicología gestáltico-anarquista de Paul Goodman o la psicodelia de Timothy Leary. Es en ese marco donde hace su aparición la nueva oleada de orientalismo americanizado –«cocacolizado», escribirá Alain Finkielkraut– y, en particular, la Asociación Internacional para la Conciencia de Krisna, que capta enseguida a exponentes de la nueva cultura tan representativos como Allen Ginsberg, el anfitrión personal de Swami Bhaktivedamta en su primera visita a los Estados Unidos. Todos ellos se presentaron como beneficiarios de lo que la contracultura norteamericana llamó *awareness* –consciencia, lucidez, clarividencia–, forma contemporánea de la vieja *gracia* cristiana y prueba de su naturaleza conversionista renovada. Su función fue la de mostrarse como alternativos a un sistema del que, en el fondo, constituían la apoteosis. En su lucha por la salvación personal y la redención de la humanidad, coincidieron en una cosa: como sus precursores nativistas y puritanos –pero también como sus descendientes ecologistas, *new age* o neorrurales–, interpretaron el conjunto del espacio público en términos de absoluta morbilidad.

¿Qué sentido tiene esa obsesión por visibilizarse, por hacerse presentes en un mundo que en teoría se aborrece, que caracterizó el contraculturalismo norteamericano, tanto laico como religioso? Centrándonos de nuevo en el caso de los hare-krisna, ¿qué proclama el *harinama* o predicación pública en las calles, actuación itinerante basada en la entonación de mantras y la distribución de publicaciones y dulces a los transeúntes? La imagen del *harinama* es ya indisociable del universo representacional de la ciudad moderna, hasta tal punto forma parte fugaz pero persistente de su paisaje visual y sonoro. Pocos elementos más identificadores de la estética urbana que ese telón de fondo espectacular que prestan los devotos de Krisna agitándose por las calles al ritmo de una melodía popularizada por Georges Harrison, reuniendo en torno a ellos a peatones ociosos. En *Blade Runner*, la emblemática película de Ridley Scott (1982) sobre la ciudad del futuro, los monjes adoradores de Shiva son parte de ese universo cerrado, claustrofóbico, de una metrópoli ya completamente heterogeneizada y caótica. Allí donde haya una ciudad, allí es seguro que encontraremos a los mendicantes de túnicas de color azafrán, entonando sus salmodias, danzando, llamando la atención de los viandantes, haciendo visible su existencia de comunidad diferenciada, separada, por causa de su santidad.

Sociedad religiosa fundamentada en el exilio, puesto que la conforman individuos que han decidido convertirse en inmigrantes voluntarios procedentes de otro universo cultural, ¿a qué remite la imagen de la prédica hare krisna por las calles? Lo que estos desertores del espacio público hacen es volver a él para brindar el espectáculo de sí mismos y de su redención. Está claro que sus posibilidades de convertir a los peatones con quienes se cruzan es remota –y lo mismo para los demás postulantes públicos de otros cultos–, como han demostrado historias de vida de los propios devotos hare krisna, que en ningún caso habían recibido la revelación como consecuencia del encuentro casual con un *harinama.*[1] En realidad el fin que buscan no es el de convertir a nadie, sino el de recordarse a sí mismos quiénes son y quiénes fueron. Todo lo que ellos exaltan con sus cánticos, sus danzas, su presencia, funciona como un reverso de aquella realidad a la que van a enfrentarse –liminalidad generalizada, intersticialidad, la calle como *communitas*, no-lugares–: plenitud espiritual, dicha de una vida imposible fuera de la comunidad cerrada y esclarecida a la que regresarán luego.

Los devotos de Krisna representan la duración, lo eterno, lo profundo; la calle, en cambio, es lo efímero, lo contingente, lo embrutecedor de la vida moderna. Son –o quieren parecer– una estructura social perfecta, armónica, impecable, que se exhibe arrogante, que se pavonea casi, entre el tumulto. Su música sagrada se abre paso entre el ruido del tráfico y el murmullo de la multitud; sus coreografías se oponen simbólicamente a los movimientos brownianos e impredecibles de los transeúntes. Han escapado del umbral. Se han liberado de la libertad. Muestran la disciplina, la homogeneidad que no alcanzarán nunca las gentes de la calle, los viandantes anónimos, sin espíritu, indisciplinados, vacíos, de-

1. Cf. J. Prat, *El estigma del extraño. Un ensayo antropológico sobre sectas religiosas*, Ariel, Barcelona, 1997, pp. 127-178.

sorientados... Los danzantes en honor de Krisna constituyen un proyecto, lo otro es una deriva, un *ni se sabe.* Frente al desasosiego que produce la urdimbre inextricable en que consiste la vida moderna, ellos representan algo auténtico, verdadero, puesto que la verdad no es lo opuesto a la mentira, sino lo que simplifica las cosas y alivia la zozobra que suscita lo complejo. A salvo por fin de la anomia y de la alienación, han realizado la utopía, han conseguido levantarse sobre el caos que les asfixiaba y confundía hasta que recibieron el don divino de la luz. En ese espacio público en que sólo se puede estar o ciego o alucinado, ellos proclaman –como tantos otros místicos y militantes– haber recibido una iluminación que les permite ver en la oscuridad, orientarse entre el desorden. Han expulsado toda paradoja de sus vidas. Nostalgia de lo cristalino y de lo cristalizado. Sueño realizado de ser, por fin, *una sola cosa.*

# V. UNA NIEBLA OSCURA, A RAS DE SUELO

> Muy por encima de los últimos pisos, arriba, está la luz del día, junto con gaviotas y pedazos de cielo. Nosotros avanzábamos en la luz de abajo, enferma como la de la selva y tan gris, que la calle estaba llena de ella, como un gran amasijo de algodón sucio.
>
> *Viaje al fin de la noche*, LOUIS-FERDINAND CÉLINE

## 1. LA SOCIEDAD INTERMINABLE

Toda sociedad lo es de lugares, es decir de puntos o niveles en el seno de una cierta estructura espacial. De igual modo, y por lo mismo, todo espacio estructurado es un espacio social, puesto que es la sociedad la que permite la conversión de un espacio no definido, no marcado, no pensable –inconcebible en definitiva antes de su organización– en un territorio. Esta asociación entre sitios de una morfología socioespacial hecha de ubicaciones organizadas es posible porque existe una red de circuitos o corredores que permite que sus elementos se comuniquen entre sí, transfiriendo informaciones de un lado a otro, acordando intercambios de los que habrán de depender todo tipo de pactos e interdependencias. Obedeciendo una premisa análoga, a Arnold Van Gennep le pareció pertinente describir la estructura social como una suerte de mansión dividida en compartimentos, separados y unidos a la vez por puertas y pasillos.[1] Ya hemos visto cómo, para Van Gennep, los ritos de paso serían precisamente protocolizaciones del tránsito entre apartados de la estructura social, mediante las que un individuo o un grupo experimentaría una modificación en su *status* o, lo que es igual, un cambio en el lugar que había ocupado hasta entonces en el conjunto del sistema social. En antropología del ritual a los neófitos o iniciados que traspasan esas puertas o se desplazan por esos

1. A. Van Gennep, *Los ritos de paso*, Taurus, Madrid, 1984, p. 14.

pasillos entre dependencias, es decir a quienes son instalados durante un lapso en esa zona de nadie que es el umbral o *limen* de los ritos de paso, se les llama *pasajeros*, puesto que están *de paso*, o bien como *transeúntes*, en el sentido de que protagonizan un traslado entre estados-estancia. Esos ámbitos intermedios son fronteras, oberturas o puentes cuya función es, como se ha dicho, mantener a un tiempo juntos y segregados dominios estructurados, pero que en sí mismos aparecen como escasamente organizados, con unos niveles de institucionalización débiles o inexistentes. Esos espacios-puente vienen definidos por la intranquilidad que en ellos domina y por registrar frecuentes perturbaciones, de manera que lo que ocurra en ellos está sometido a un altísimo nivel de impredecibilidad. Porque son zonas de difícil o imposible vigilancia, devienen con frecuencia escenario de todo tipo de deserciones, desobediencias, desviaciones o insurrecciones, bien masivas, bien moleculares.

En el caso de las sociedades urbanas hemos visto cómo esos ámbitos liminales, intersticios inestables que se abren entre instituciones y territorios estructurados, pueden identificarse con la calle y con los espacios públicos. Es por éstos –a los que hemos identificado, siguiendo distintos modelos teóricos, como *espacios itinerantes*, *espacios-movimiento*, *tierras generales* o *territorios circulatorios*– por donde pueden verse circular todo tipo de sustancias que han devenido flujos: vehículos, personas, energías, recursos, servicios, información..., es decir todo lo que constituye la dimensión más líquida e inestable de la ciudad, aquella que justificaría algo así como una hidrostática urbana, análisis mecánico de todo lo que se mueve y eventualmente se estanca en el seno de la morfología ciudadana.

En condiciones normales, la trama viaria asume el tráfico de tales facetas inconstantes de la urdimbre urbana, aquellas de las que en última instancia dependen las sociabilidades específicamente urbanas. Por ello, todo sistema-ciudad pone el máximo cuidado en mantener en buenas condiciones de equilibrio, de presión y de densidad su red de conducciones, evitando las zonas yermas, pero también asegurando un permanente drenaje que evite los espacios pantanosos. El correcto funcionamiento de este dispositivo circulatorio –que la analogía organicista asimila al sistema sanguíneo– refuerza la impresión de una equivalencia entre la *polis* y la *urbs*, es decir entre el orden político, encargado de la administración centralizada de la ciudad, y lo urbano propiamente dicho, que sería más bien el proceso que la sociedad urbana lleva a cabo, incansable, esculpiéndose a sí misma, sin que, como vimos más atrás, tal labor vea nunca alcanzado su objetivo, puesto que la urbana es, casi por definición, una sociedad inconclusa, interminada e interminable. Por plantearlo como ha propuesto Isaac Joseph: «La urbanidad designa más el trabajo de la sociedad urbana sobre sí misma que el resultado de una legislación o de una administración, como si la irrupción de lo urbano... estuviera marcada por una resistencia a lo político... La ciudad es anterior a lo político, ya está dada.»[1]

La *polis* actual resultaría de ese momento, a finales del siglo XVIII, en que la ciudad empieza a ser concebida como lugar de organización, regulación, control y codificación de la madeja inextricable de prácticas sociales que se producen en su seno, a la vez que de racionalización de sus espacios al servicio de un proyecto de ciudad, como señalaba Caro Baroja, «aséptica, sin misterios ni recovecos, sin matices individuales, igual a sí misma en todas partes..., fiel reflejo del poder político».[2] El *topos* urbano queda en manos de todo tipo de ingenieros, diseñadores, arquitectos e higienistas, que aplican sus esquemas sobre una realidad no obstante empeñada en dar la espalda a los planes políticos de vida colectiva ideal y transparente. Aplicada a la red viaria –calles, plazas, avenidas, bulevares, paseos–, la preocupación ilustrada por una homogeneización racional de la ciudad se plantea en clave de búsqueda de la «buena fluctuación». Es el modelo arterial lo que lleva a los ingenieros urbanos del siglo XVIII a definir la convivencia feliz en las ciudades en términos de movimiento fluido, sano, aireado, libre, etc. Con el fin de diluir los esquemas paradójicos, aleatorios y en filigrana de la vida social en las ciudades se procura, a partir de ese momento, una división clara entre público y privado, la diso-

1. I. Joseph, *El transeúnte y el espacio urbano*, Gedisa, Barcelona, 1984, p. 28.
2. J. Caro Baroja, *Paisajes y ciudades*, Taurus, Madrid, 1984, p. 206.

lución de núcleos considerados insanos o peligrosos, iluminación, apertura de grandes ejes viarios, escrutamiento de lo que compone la población urbana, censos... Programas de toma o requisamiento de la ciudad, que no hacían sino trasladar a la generalidad del espacio urbano los principios de reticularización y panoptización que se habían concebido antes para instituciones cerradas como los presidios, los internados, los manicomios, los cuarteles, los hospitales y las fábricas. Objetivo: deshacer las confusiones, exorcizar los desórdenes, realizar el sueño imposible de una gobernabilidad total sobre lo urbano.

Este proceso ha sido descrito por Michel Foucault como el de la instauración en la ciudad del *estado de peste*, siguiendo el modelo de las normativas que, siempre en las postrimerías del XVIII, se promulgan para colocar el espacio ciudadano bajo un estado de excepción que permita localizar y combatir los «focos de la enfermedad», «un espacio cerrado, recortado, vigilado en cada uno de sus puntos, en el que los individuos están insertos en un lugar fijo, en el que los menores movimientos se hallan controlados, en el que todos los acontecimientos están registrados, en el que un trabajo ininterrumpido de escritura une el centro y la periferia, en el que cada individuo está en todo momento localizado, examinado y distribuido entre los vivos, los enfermos y los muertos».[1] Todo ello para instaurar una sociedad perfecta que en realidad no es una ciudad sino una *contra-ciudad*. Alain Finkielkraut nos recordó cómo ese mismo principio de desactivación de lo urbano por el urbanismo no ha hecho con el tiempo sino intensificar su labor: «La dinámica actual de urbanización no es la de la extensión de las ciudades, es la de su extinción lenta e implacable... La política urbana ha nacido y se ha desarrollado para poner fin a la ciudad.»[2] Lo que resulta del urbanismo es una ciudad no muy distinta de la que describiera Georges Rodenbach en *Brujas, la muerta*, cuyo protagonista, Hugues, la percibe como una entidad autoritaria y omnipresente que busca hacerse obedecer: «La ciudad... volvió a

1. M. Foucault, *Vigilar y castigar*, Siglo XXI, Madrid, 1990, p. 201.
2. A. Finkielkraut, «Le devoir de transparence», *Les Temps Modernes*, París, XXXIII (1978), pp. 994-995.

ser un personaje, el principal interlocutor de su vida, un ser que influye, disuade, ordena, por el que uno de orienta y del cual se obtienen todas las razones para actuar.»

Como consecuencia de esa labor de politización –entendida como voluntad de esclarecimiento de los enmarañamientos urbanos–, y en condiciones de aparente normalidad, los discursos urbanísticos, propios de la acción administrativa, y los *urbanos*, derivados de la labor a lo Sísifo de la sociedad civil sobre sí misma, pueden ofrecer la falsa imagen de ser una misma cosa. Pero la ciudad no es tan sólo la consecuencia de un proyectamiento que le es impuesto a una población indiferente, que se amolda pasiva a las directrices de los administradores y de los planificadores a su servicio. Más allá de los planos y las maquetas, la urbanidad es, sobre todo, la sociedad que los ciudadanos producen y las maneras como la forma urbana es *gastada*, por así decirlo, por sus usuarios. Son éstos quienes, en un determinado momento, pueden desentenderse –y de hecho se desentienden con cierta asiduidad– de las directrices urbanísticas oficiales y constelar sus propias formas de territorialización, modalidades siempre efímeras y transversales de pensar y utilizar los engranajes que hacen posible la ciudad. Ese trabajo nunca concluido de la sociedad sobre sí es lo que produce un constante embrollamiento de la vida metropolitana, un estado de ebullición permanente que se despliega hostil o indiferente a los discursos y maniobras político-urbanísticos. La calle, el bulevar, la avenida, la plaza, la red viaria en general, se convierten en mucho más que un instrumento al servicio de las funciones comunicacionales de la ciudad, un vehículo para el intercambio circulatorio entre sitios. Son, ante todo, el marco en que un universo polimórfico e innumerable desarrolla sus propias teatralidades, su desbarajuste, el escenario irisado en que una sociedad *incalculable* despliega una expresividad muchas veces espasmódica. Se proclama que existe una *forma urbana*, resultado del planeamiento políticamente determinado, pero en realidad se sospecha que lo urbano, en sí, *no tiene forma*.

Dicho de otro modo: el espacio viario, como el conjunto de los otros sistemas urbanos, resulta inteligible a partir del momento en que es codificado, es decir en tanto en cuanto es sometido a un orden de signos. En ese sentido, es objeto de un doble discurso. De un lado, es el producto de un diseño urbanístico y arquitectónico políticamente determinado, cuya voluntad es orientar la percepción, ofrecer sentidos prácticos, distribuir valores simbólicos e influenciar sobre las estructuras relacionales de los usuarios. Del otro, en cambio, es el discurso deliberadamente incoherente y contradictorio de la sociedad misma, que es siempre quien tiene la última palabra acerca de cómo y en qué sentido moverse físicamente en la trama propuesta por los diseñadores. Es el peatón ordinario quien reinventa los espacios planeados, los somete a sus ardides, los emplea a su antojo, imponiéndole sus recorridos a cualquier modelamiento previo políticamente determinado. En una palabra, a la ciudad *planificada* se le opone –mediante la indiferencia o/y la hostilidad– una ciudad *practicada*. Según esa forma *otra* de entender la trama ciudadana, la práctica social sería la que, como fuerza conformante que es, acabaría impregnando los espacios por los que transcurre con sus propias cualidades y atributos. A destacar que esa codificación alternativa que el usuario hace de la calle no genera algo parecido a un continente homogéneo y ordenado, sino un archipiélago de microestructuras fugaces y cambiantes, discontinuidades mal articuladas, inciertas, hechas un lío, dubitativas, imposibles de someter.

El modelo de la ciudad politizada es el de una ciudad prístina y esplendorosa, ciudad soñada, ciudad utópica, comprensible, tranquila, lisa, ordenada, vigilada noche y día para evitar cualquier eventualidad que alterara su quietud perfecta. En cambio, la ciudad plenamenta urbanizada –no en el sentido de plenamente sumisa al urbanismo, sino en el de abandonada del todo a los movimientos en que consiste lo urbano– evocaría lo que Michel Foucault llama, nada más empezar *Las palabras y las cosas*, una *heterotopía*, es decir una comunidad humana embrollada, en la que se han generalizado las hibridaciones y en la que la incongruencia deviene el combustible de una vitalidad sin límites. Ésa sería al menos la convicción a la que podría llegarse observando sencillamente la actividad cotidiana de cualquier calle, de cualquier ciudad, a cualquier hora, en la que se constataría que el espacio público urbano –espacio de las intermediaciones, de las casualidades, de los tránsitos, en el doble sentido de los trances y las transferencias– es el espacio de la volubilidad de las experiencias, de los malentendidos, de las indiferencias, de los secretos y las confidencias, de los dobles lenguajes...

«Lo más profundo es la piel», escribió Paul Valéry un día. «Todo sucede en la superficie, allí se anudan los eventos de la vida y los pensamientos de los individuos.»[1] La calle, ese ámbito en que cabe ver cumplida la naturaleza gláuquica de lo urbano, hecha de brillos, de puntos de focalización efímera, todo aquello de lo que se pueda luego hacer el relato en términos de *«¡en esto...!»*. Al resplandor acude el hombre sin apenas indicios, el desconocido, la gran esperanza de la ciudad, el último reducto de toda resistencia: el paseante, el merodeador, el peatón desocupado. Es a ese personaje a quien vemos surgir, como una fantasmagoría, de entre la masa ululante en la que había ido a buscar refugio, como a través de un velo.

## 2. LA CIUDAD ILEGIBLE

Cabe preguntarse si no se habrá dado demasiado deprisa la razón a Erving Goffman en lo que fue su recuperación de la vieja metáfora teatral, según la cual el espacio público es un espacio dramatúrgico, un escenario sobre el que los sujetos desarrollan roles predeterminados. ¿Se debería estar tan seguro de ello? ¿Realmente es una pieza dramática lo que los transeúntes protagonizan? Si fuera así, ¿qué guión se estaría representando? ¿No sería cosa de reconocer que no existe argumento, ni guión, sino más bien un sinsentido, una gesticulación que no dice en realidad nada en concreto? O acaso sí, pero siendo lo que se representa algo demasiado vulnerable a los accidentes y los imprevistos como para que fuera posible reconocer algo parecido a la distribución clara de lugares dramáticos. Los límites de la metáfora teatral del interaccionismo simbólico ya habían sido percibidos por

1. J. G. Moreno, «Nietzsche y Deleuze: encuentros», en J. Montoya, ed., *Nietzsche, 150 años*, Universidad del Valle, Cali, 1995, p. 307.

Richard Sennet: «Goffman no muestra ningún interés hacia las fuerzas del desorden, separación y cambio que podrían intervenir en estos arreglos. He ahí una estampa de la sociedad en la cual hay escenas, pero no hay argumento.»[1] El actor de la vida pública percibe y participa de series discontinuas de acontecimientos, secuencias informativas inconexas, materiales que no pueden ser encadenados para hacer de ellos un relato consistente, sino, a lo sumo, *sketches* o viñetas aisladas dotadas de cierta congruencia interna.

Nada que ver entre la espontaneidad del transeúnte y la impostación teatral. El merodeador, el paseante o el hombre-tráfico nunca declaman, ni actúan, ni simulan nada..., sencillamente *hacen.* Los aspavientos de cualquier muchedumbre urbana conforman un jeroglífico, pero su caligrafía no puede ser desentrañada. No por arcánica, sino, sencillamente, porque *no significa nada.* Como en el arte de la *performance*, donde los ejecutantes nunca son «actores», sino *actuantes.* Lo que sucede en la calle puede asociarse asimismo a esas modalidades de creación consistentes en desplazarse deslizándose por un escenario dispuesto para ello: el *music-hall*, o los films musicales americanos. La calle es un ballet permanentemente activado que haría de toda antropología urbana una *coreología.* Otro parentesco podría establecerse también con el circo, arte-espectáculo de las contorsiones, los equilibrios inverosímiles, los absurdos cómicos, las piruetas... Acaso sólo cabría aceptar una analogía entre el teatro y las maniobras del transeúnte en su espacio natural: la que implicaría la dramaturgia de Bertolt Brecht, en concreto lo que llamaba *teatro dramático*, que debía consistir en una *sismología* o producción de shocks basados en el extrañamiento violento ante aquello que antes se había presumido cotidiano.

Cabría preguntarse hasta qué punto toda antropología urbana no sería sino una variante de la teoría de las catástrofes, en tanto que sus objetos siempre son terremotos, deslizamientos, hundimientos, incendios, erupciones volcánicas, corrimientos de tierras, inundaciones, derrumbamientos, desbordamientos, avalanchas, ca-

1. Sennet, *El declive del hombre público*, p. 50.

taclismos a veces tan infinitesimales que apenas una única sensibilidad llega a percibirlos en el transcurso de un brevísimo lapso.

Lo urbano se pasa el tiempo autoorganizándose lejos de cualquier polo unificado, recurriendo a un diletantismo absoluto hecho de todo tipo de ocasiones, experiencias y situaciones y cuyo resultado son reagrupamientos de afinidad muchas veces instantáneos. Nociones dadaístas y surrealistas como *amor loco* o *azar objetivo* se basaban en idéntica obsesión por localizar los momentos privilegiados que permitían dialogar con los mundos escondidos, ausentes en apariencia pero intuidos, paralelos al nuestro, que se pasaban el día haciéndonos señas entre lo ordinario. Se trataba de aquellos momentos en los que se hacía verdad la convicción surrealista de que el examen de lo arbitrario tendía a negar violentamente su arbitrariedad, exposiciones al mundo exterior en las que la sensación podría extrañarse, cuando el paso casual por determinadas coordenadas accionara automáticamente resortes secretos de la inteligencia.

La calle y los demás espacios urbanos del tránsito son escenarios de esa predisposición total al «ver venir», en la que un número infinito de potencialidades se despliega alrededor del transeúnte, de tal manera que en cualquier momento pueden hacer erupción, en forma de pequeños o grandes estremecimientos, acontecimientos en los que se expresa lo aleatorio de un ámbito abierto, predispuesto para *lo que sea*, incluyendo los prodigios y las catástrofes. Experiencia de André Breton en París, camino de la Ópera, sin prisas, observando como sin querer «rostros, vestimentas curiosas, maneras de andar» y, justo al pasar como cada día por el bulevar Bonne-Nouvelle, ve surgir de pronto del bulevar Magenta, no lejos del Sphinx Hôtel, la silueta de Nadja. En *Nadja*, en efecto, Breton auguraba todo tipo de coicidencias portentosas a quienes la lectura de su libro precipitara a la calle, «único campo de la experiencia válida».

El microsuceso urbano –accidente, incidente, microespectáculo deliberado o espontáneo– es una emergencia arbitraria de la que no se conoce nunca toda la génesis o todas las consecuencias. El referente es muchas veces el que podría brindarle la *performance* artística, que no sólo no dice nada, ni pretende conformarse en modelo de nada, sino que, de hecho, bien podríamos decir de ella que tampoco *hace nada.* Si el protagonista de la *performance* no es un actor sino un *actuante* es porque ésta no es un drama guionizado sino una acción, y una acción que no actúa, ni produce, sino que *acontece,* irrumpe como una cosa relativamente imprevista que pasa, como si dijéramos, *de pronto:* un *sobresalto.* La imagen más precisa sería la de un suceso sorprendente, un susto, algo que nos invita o nos obliga a exclamar «*¡¿Qué ha sido eso?!*» Marc Augé se refiere a ese distraído pasajero del metro que descubre repentinamente, en ciertos puntos de su itinerario subterráneo, algo capaz de excitar su geología interior, «una coincidencia capaz de desencadenar pequeños seísmos íntimos en los sedimentos de su memoria».[1] Puede ser un *accidente,* en el sentido de acontecimiento grave que altera el orden regular de las cosas. Pero también un *incidente,* como notaba Roland Barthes, mucho menos fuerte que el accidente, pero tal vez más inquietante, grado cero del acontecer que es tan sólo «lo que cae dulcemente como una hoja sobre el tapiz de la vida».[2]

Esos hechos excepcionales que se multiplican y generalizan en los espacios públicos han sido denominados de distintas maneras. Baudelaire los llamaba *éventrements,* sucesos que sacaban a la luz las entrañas de lo urbano. Abraham Moles hace referencia a estas emergencias imprevistas en tanto que *microacontecimientos,* desviaciones de la atención, salidas de lo trivial de las que el ámbito natural, por así decirlo, es la calle.[3] Los teóricos de la escuela sociológica de Chicago también pusieron el acento en la involuntariedad de las relaciones de tránsito en la ciudad, que llevaban a descubrir cosas y seres que no se esperaban. Las relaciones urbanas se centraban para ellos en individuos que en principio no formaban parte de ninguna de las relaciones significativas precedentes, pero a las que el azar podía llegar a hacer relevantes o incluso fundamentales en cualquier momento. Salir de casa siempre es iniciar una aven-

1. M. Augé, *El viajero subterráneo,* Gedisa, Buenos Aires, 1987, p. 12.

2. R. Barthes, *El grado cero de la escritura,* Siglo XXI, México DF., 1989, p. 226. También *Incidentes,* Anagrama, Barcelona, 1987.

3. A. Moles, *Labyrinthes du vécu. L'espace: matière d'actions,* Méridiens, París, 1982, p. 143.

tura en la que puede producirse un encuentro inesperado, una escena insólita, una experiencia inolvidable, una revelación imprevista, el hallazgo de un objeto prodigioso. Para designar ese tipo de fenómenos, tal y como eran percibidos por los chicaguianos, Ulf Hannerz emplea un término que adopta tomándolo del cuento de Horace Walpone, publicado en 1774, *Las tres princesas de Serendip:* la *serendipity,* hallazgo casual de algo maravilloso que no se andaba buscando.[1]

Las intuiciones de dadaístas y surrealistas, pero también de la Escuela de Chicago, a propósito de la experiencia del espacio público tuvieron su concreción militante en movimientos de los años cincuenta y sesenta, como el letrismo, Cobra y, muy en especial, los situacionistas. Para todos ellos el espacio público era un lugar plástico en el que podía verse desplegándose la paradoja, el sueño, el deseo, el humor, el juego y la poesía, enfrentándose, a través de todo tipo de procesos azarosos y aleatorios, a la burocratización, al utilitarismo y a la falsa espectacularización de la ciudad. Lucha sin cuartel contra una vida privada a la que se ha privado precisamente de ser vida. El espacio público ya no era sólo un decorado para el movimiento, sino un decorado *móvil,* un territorio inestable en el que era posible disfrutar plentamente del placer de la circulación por la circulación. La calle debía ser, para los situacionistas, un escenario *lleno,* incluso *lleno a rebosar,* puesto que la creatividad invocada era colectiva. Pero un escenario también *vacío,* única posibilidad de *llenarlo* de cualquier cosa, para dejar circular por él todo tipo de corrientes que sortearan, atravesaran o se estrellaran contra los accidentes del terreno –encuentros, sacudidas, estupefacciones, atracciones ineluctables–, remolinos en forma de espantos, revelaciones, fulgores, sobresaltos, experiencias, posesiones. El situacionismo cultivó dos formas básicas de conducta experimental. Una fue la *deriva,* en el doble sentido de *desorientación* y de *desviación.* El objetivo de tales incursiones a través de un espacio urbano usado como medio de conocimiento y medio de actuación, fue el de descubrir lo que Guy Debord llamaba «plataformas giratorias psicogeográficas», fórmulas consistentes en dejarse llevar

1. Hannerz, *Exploración de la ciudad,* pp. 136-137.

y, al mismo tiempo, dejarse retener por los requerimientos y sorpresas de los espacios por los que transita. La otra categoría fundamental del movimiento es la de *situación*, entendida, según la Declaración de Amsterdam, de 1958, como «la creación de un microambiente transitorio y de un juego de acontecimientos para un momento único de la vida de algunas personas». La *situación* situacionista es una unidad de acción, un comportamiento que surge del decorado en que se produce, pero que a su vez es capaz de generar otros decorados y otros comportamientos. Las situaciones constituyen intensificaciones vitales de los circuitos de comunicación e información de que está hecha la vida cotidiana, revoluciones y rupturas de lo ordinario, sin dejar por ello de constituir su misma posibilidad, a la vez exaltación de lo absoluto y toma de consciencia de lo efímero. También estaríamos hablando de lo que Félix Guattari, inspirándose en Bajtin, llama *ritornellos*, territorios existenciales individuales o colectivos, que funcionan a la manera de atractores en medio del caos sensible y significacional.

En New Babylon, la antiutopía diseñada por Constant, unos mínimos de organización *macro* eran compatibles con una complejidad infinita en todo lo *micro*. Se establecía la plena garantía de acceso de todos a todos sitios, y el planeta entero se declaraba abierto a todas las experiencias, a los ambientes más sorprendentes, a los juegos más increíbles con el entorno, a los encuentros más inverosímiles, las desorientaciones más creativas, todo lo que sirviera para la confección de *psicogeografías*, forma de cartografía capaz de reconocer y esquematizar los laberintos y los territorios pasionales por los que transcurrían las derivas.

En el proyecto de vida comunitaria de los situacionistas, que se configura en la dinámica de circunstancias imprevisibles y sometidas a constantes transformaciones, el modelo no era ningún sueño inalcanzable, sino la generalización y la institucionalización definitiva de lo que *ya* sucedía en la vida cotidiana en las calles. Cuando los situacionistas hablaban de la necesidad de facilitar los contactos entre los seres o de acelerar el hacerse y deshacerse sin dificultad los vínculos más imprevistos, estaban siguiendo un referente que ya aparecía desplegándose en la animación de una calle cualquiera. Aquello por lo que luchaban los situacionistas, y lo que en gran medida inspiró la revuelta de Mayo de 1968 en París, era el triunfo definitivo de una anarquía *que ya reinaba en las calles*. Los situacionistas siempre estuvieron seguros de ello: «La realidad supera la utopía.»[1]

Todo ello debería conducirnos a ciertas conclusiones. La ciudad, dicen, es un texto que puede ser leído, y, en efecto, ha habido intentos por percibir el paisaje urbano como un todo coherente en que se inscribe un discurso. Ahora bien, esa ciudad considerada como texto, ¿es realmente inteligible? Podría sospecharse que no, que sólo es un galimatías ilegible, sin significado, sin sentido –cuando menos sin *un* sentido o *un* significado–, que no dice nada, puesto que la suma de todas las voces produce un murmullo, un rumor, a veces un clamor, que es un sonido incomprensible, que no puede ser traducido puesto que no es propiamente un orden de palabras, sino un ruido sin codificar, parecido a un gran zumbido. La ciudad se puede interpretar, lo urbano no.

La ciudad puede ser vista estructurándose a la manera de un lenguaje. En cambio, lo urbano provoca una disposición lacustre, hecha de disoluciones y coagulaciones fugaces, de socialidades minimalistas y frías conectadas entre sí hasta el infinito, pero también constantemente interrumpidas de repente. En el espacio público no hay asimilación, ni integración, ni paz, a no ser acuerdos provisionales con quienes bien podrían percibirse como antagónicos, puesto que la calle es el espacio de *todos los otros*. Ningún individuo ni ningún grupo, en la ciudad, pueden pasarse todo el tiempo en su nido, en su guarida o en su trinchera. Tarde o temprano no les quedará más remedio que salir a campo abierto, quedar a la intemperie, a la plena exposición, allí donde cabe esperar el perdón, en forma de indiferencia, de los más irreconciliables enemigos. La calle encarna, hace realidad, aquella ilusión que el comunismo libertario diseñara para *toda* la sociedad: la sociedad espontánea, reducida a un haz de pautas integradoras mínimas,

1. *Textos situacionistas. Crítica de la vida cotidiana,* Anagrama, Barcelona, 1973, p. 16.

sin apenas control, autoorganizando automáticamente sus moléculas... Una calle *siempre* es así, una confusión autoordenada en la que los elementos negocian su cohabitación y reafirman constantemente sus pactos de colaboración o cuando menos de no agresión. Cualquier vagón de metro, de cualquier ciudad, a una hora punta cualquiera, es la realización del proyecto anarquista de sociedad, una apología instantánea de la autogestión.

El espacio público, el lugar por definición de lo urbano, puede ser entonces contemplado como el de la proliferación y el entrecruzamiento de relatos, y de relatos que, por lo demás, no pueden ser más que fragmentos de relatos, relatos permanentemente interrumpidos y retomados en otro sitio, por otros interlocutores. Ámbito de los pasajes, de los tránsitos, justamente por lo cual reconoce como su máximo valor el de la accesibilidad. No sabemos exactamente qué es en sí lo que sucede en todo momento en la calle, pero en ella, como en el *cuerpo sin órganos* sobre el que escribieron Gilles Deleuze y Félix Guattari, de pronto, cada uno de nosotros puede descubrirse «arrastrándose como un gusano, tanteando como un ciego o corriendo como un loco, viajero del desierto y nómada de la estepa», espacio en el que «velamos, combatimos, vencemos y somos vencidos..., conocemos nuestras dichas más inauditas y nuestras más fabulosas caídas, penetramos y somos penetrados, amamos».[1] El espacio público, abandonado a sus propios principios, es la negación absoluta de la utopía, apoteosis que quisiese ser de lo orgánico, de lo significativo, de lo sedimentado, lo cristalizado o lo estratificado. La calle, en cambio, no pertenece sino a un ejército compuesto por falsos sumisos y por replicantes camuflados, un torbellino que nunca descansa, autocentrado, asignificante, articulado de mil maneras distintas..., un cuerpo sólo huesos, carne, piel, musculatura, una entidad que sólo puede ser ocupada por intensidades que transitan por ella, que la atraviesan en todas direcciones.

La calle es un mecanismo digestivo que se alimenta de todo sin desechar nada: vehículos, fragmentos de vida, miradas, accidentes, sorpresas, naufragios, deseos, complicidades, peligros, ni-

1. Deleuze y Guattari, *Mil mesetas*, p. 156.

ños, huellas, risas, pájaros, ratas... De ahí la naturaleza *colectiva* de lo que ocurre en la calle, ámbito en el que es imposible estar de verdad *solo*. Y de ahí también la guerra a muerte que el espacio público tiene declarada contra todo aquello que pueda suponer tejido celular –particularismos, enclaves, elementos identificadores de barrio, de familia, de etnia–, puesto que lo constituye lo que está en sus antípodas: paseos, merodeos, comitivas sin objeto y sin fin, vagabundeos... Henri Lefebvre lo definía bien en el párrafo con que concluye *La production de l'espace:* «Una *orientación*. Nada más y nada menos. Lo que se nombra: un sentido. A saber: un órgano que percibe, una dirección que se concibe, un movimiento que abre su camino hacia el horizonte. Nada que se parezca a un sistema.»[1]

Hubo visionarios que intuyeron adónde conducía el avance de lo inorgánico en las ciudades. Uno de ellos, Oswald Spengler, entrevió lo que iba a comportar la instauración de una sociedad dominada por la epocalidad o suspensión de la historia respecto de la vida, en una ciudad sin memoria y por tanto sin esperanza.[2] Invocando a Goethe, Spengler invitaba a recorrer los senderos de una lógica de la «naturaleza viviente», a cuyo desarrollo le corresponde una necesidad de finales catastróficos. El ser de la metrópoli está condenado a devenir un *nómada espiritual*, una situación específica que «sin ritmo cósmico que la anime, conduce hacia la nada». La ciudad vive abandonada a fuerzas ciegas e irracionales, que pueden mucho más que el destino y el poder político. A la vida metropolitana, matemáticamente atemporal, mecanicista, que se repite cansinamente sólo en la perspectiva de la muerte, le corresponde también la interrupción del devenir orgánico. Se abre entonces paso el peregrinaje ciego y sin memoria, la entrega absoluta al azar y al *acaecer*. Acechanza constante del desastre final, del «amontonamiento inorgánico que, sin sujetarse a límites, rebasa todo horizonte». Consciencia de una catástrofe inminente.

Desde la Internacional Situacionista, Raoul Vaneigem había hablado de esa abominación terrible y liberadora que dormita bajo

1. Lefebvre, *La production de l'espace*, p. 485. El subrayado es suyo.
2. Spengler, *El ocaso de Occidente*, vol. II, pp. 128-129.

lo cotidiano. La llamó *intermundo*, un descampado en el que los residuos del poder se mezclaban con la voluntad de vivir, un lugar en que reina la crueldad esencial del policía y del insurrecto. «Guarida de fieras, furiosas por su secuestro.»[1] Llegado su día, el intermundo, la nueva inocencia, saldrá del subsuelo desde el que acecha y se apoderará de la vida, para desencadenarla.

## 3. UTOPÍA POLÍTICA Y HETEROTOPÍA URBANA

En la ciudad, todo orden político trata de alimentar como puede la ilusión de una identidad entre él mismo –la *polis*– y la urbanidad que administra y supone bajo su control –la *urbs*–. En cambio, como Isaac Joseph ha escrito, la *urbs* es «la ciudad antes de la ciudad, la ciudad superior y el paradigma de la ciudad».[2]

No se debe confundir, no obstante, la oposición entre la *urbs* y la *polis* con aquella otra, tan frecuentada desde el liberalismo y el libertarismo –difíciles de distinguir a veces–, entre *sociedad civil* y *Estado* que, en cualquiera de sus interpretaciones, sobrentiende siempre un contraste entre dos organicidades, una de ellas –la sociedad– anterior a la otra –el Estado– y superior en legitimidad. Así, el enfrentamiento que Pierres Clastres registra en las sociedades amerindias entre sociedad y Estado se parece, ciertamente, al que aquí se sugiere entre las prácticas de la urbanidad y la ciudad políticamente centralizada. Esa analogía no implica, con todo, una plena equiparación. La diferencia entre la oposición *sociedad/Estado* en Clastres y la de *urbs versus polis* estribaría, ante todo, en que la idea de *sociedad* en todos los casos se corresponde con el modelo de las estructuras conclusas y cerradas, trabajadas desde la sociología y la antropología funcionalistas. Lejos del referente sociológico tradicional –la sociedad como totalidad orgánica integrada funcionalmente–, la sociedad urbana es, por principio, concreción radical de lo que Lévi-Strauss llamaba *sociedad caliente*, es decir

1. R. Vaneigem, *Tratado del saber vivir para uso de las jóvenes generaciones*, Anagrama, Barcelona, 1988, p. 284.
2. Joseph, *El transeúnte y el espacio urbano*, p. 28.

sociedad dependiente de procesos caóticos, impredecibles y entrópicos. En ese sentido, la oposición *urbs/polis* sería análoga a la propuesta por Spinoza y retomada por Maffesoli y Negri de potencia/poder, ya comentada y sobre la que conviene regresar. La *urbs*, en efecto, sería –como la *potentia* spinoziana– una energía creativa y amoral, un puro funcionamiento sin funciones, dinamismo hecho de fragmentos en contacto, una pasión constante que se agitaría de espaldas a un orden político que intenta pacificarlo como puede, sin conseguirlo. Por su parte, la *potestas-polis* se pasaría el tiempo esforzándose por desactivar los fragores de la sociedad urbana, forzándola a confesar el sentido escondido de sus extravagancias.

Para resolver esa comparación imperfecta entre la oposición *sociedad versus Estado* y la de *urbs versus polis*, acaso sería conveniente considerar una tercera instancia conceptual, relativa a las territorializaciones elaboradas por una organización social institucionalizada al margen de la administración política y que conformarían las viejas *instituciones primarias* –parentesco, sistema de producción, religión–, funcionando en precario e insuficientemente en las sociedades urbano-industriales, pero vertebrando todavía una parte importante de la vida social. Se hablaría aquí de lo que Lefebvre llama la *Ciudad*, reservorio orgánico y corporativo heredado de la comunidad tradicional y que mantiene aún ciertas facultades estructurantes –insuficientes, como se ha visto antes– en los contextos urbano-industriales.[1] Más recientemente, Jairo Montoya se ha referido a esa misma entidad como *espacio colectivo*, distinto tanto del espacio público –o *civitas*– como del espacio político de la *polis*.[2] Cabría sugerir a la sazón un desglose que sustituiría la oposición diádica *urbs/polis* por una división triádica que distinguiera entre *administración política*, *sociedad estructurada* y *sociedad estructurándose*. De ahí se desprendería otra división en términos espaciales entre *territorios políticamente determinados*, *territorios socialmente determinados* y *espacios socialmente*

1. Lefebvre, *El derecho a la ciudad*, p. 19.

2. J. Montoya, «La emergencia de las subjetividades metropolitanas», *Revista de Ciencias Humanas*, Medellín, 24 (marzo 1998), pp. 91-133.

*indeterminados*, estos últimos disponibles y abiertos para que se desarrolle en su seno una sociabilidad inconclusa, por decirlo de algún modo *en temblor*, intranquila y, por tanto, intranquilizante. Un esquema simple podría resumir esta matización:

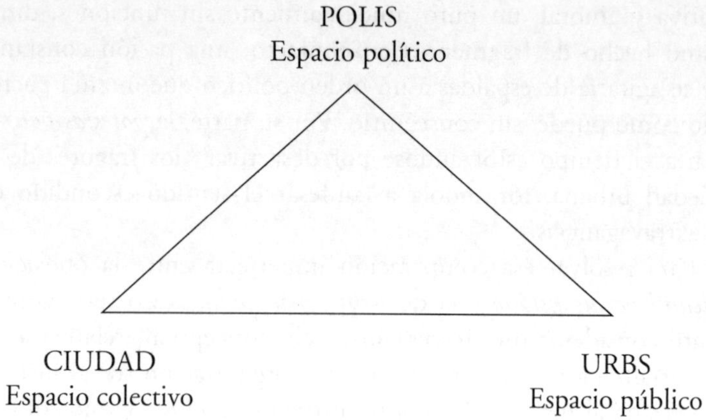


La idea, latente ya en la *potentia* spinoziana y que la oposición *polis/urbs* reactualiza, de una instancia que no es nada en sí, sino una pura posibilidad de ser, independiente de todo factor material o ambiental, aparece reflejada en el concepto que Hannah Arendt propuso de *poder*. El *poder* está asociado a lo que era para Arendt el *espacio de aparición*, lo que «surge entre los hombres cuando actúan juntos y desaparece en el momento en que se dispersan». El poder es la energía que mantiene ese espacio todo él hecho de posibilidades, algo que reúne todas «las potencialidades que pueden realizarse pero jamás materializarse plenamente». Para Arendt, «el poder sólo es realidad donde palabra y acto no se han separado, donde las palabras no están vacías y los hechos no son brutales, donde las palabras no se emplean para velar intenciones sino para descubrir realidades, y los actos no se usan para violar y destruir sino para establecer relaciones y crear nuevas realidades».[1] Ese *poder* –que Arendt identifica explícitamente con la *potentia* latina, y no con la *potestas*– es lo contrario de la *fuerza*. El poder, en

1. Arendt, *La condición humana*, p. 223.

Arendt, es siempre un poder potencial, y un poder potencial *de juntar*. La fuerza en cambio es intercambiable y mensurable, está ahí para ser ejercida sobre algo o alguien. Se asocia a la violencia, y si bien puede derrocar al poder jamás podría sustituirlo. La fuerza es, por definición, como la *potestas* spinoziana, como la *polis* moderna, impotente.

Los conceptos de *potencia* (Spinoza, Maffesoli, Negri) y *poder* (Arendt) se adecuan a la perfección a los principios activos que constituyen la *urbs* y cuyo marco natural es el espacio público urbano. ¿Cómo definir ese espacio público que constituye *lo urbano* de la ciudad?: un espacio paradójico, testimonio de todo tipo de dinámicas enredadas hasta el infinito, *abierto*, en el sentido de predispuesto a conocer y crear informaciones, experiencias y finalidades nuevas, y a concretarlas. Frente a esa realidad conformada por diferencias que se multiplican, de intensificaciones, aceleramientos, desencadenamientos súbitos,[1] acontecimientos imprevistos, se produce un continuado esfuerzo por convertir todo ello –la urbanización– en politización, es decir en asunción del arbitrio del Estado sobre la confusión y los esquemas paradójicos que organizan la ciudad. En esa dirección, y más allá de los dispositivos de control directo que no dejan de inventariar y analizar lo que sucede en las calles, la administración política de la ciudad sabe que resulta indispensable la proclamación de polos que desempeñen una tarea de integración tanto instrumental como expresiva, y que le resulten atractivos al ciudadano tanto en el plano de lo utilitario como en el de lo semántico y afectivo. Manuel Castells establecía cómo tras la idea de «centro urbano» lo que hay es la voluntad de hacer posible, sea como sea, lo que la administración política entiende que es una «comunidad urbana», en el sentido de «un sistema específico, jerarquizado, diferenciado e integrado de relaciones sociales y de valores culturales».[2]

Con ello se aspira a alcanzar la utopía de la ciudad ordenada y tranquila que el orden político ha venido soñando desde Platón. A

1. Arendt, *La condición humana*, p. 223.

2. M. Castells, *Problemas de investigación en sociología urbana*, Siglo XXI, Madrid, 1971, p.169.

partir de ahí, y de la mano de San Agustín, Campanella, Moro, Fichte, Fourier y otros, la utopía urbana se ha venido contemplando como la realización de un sistema arquitectónico cerrado, de tal manera que no nos equivocaríamos diciendo que la utopía urbana, la ciudad soñada, es sobre todo un orden social entendido como orden arquitectónico. En urbanismo, la geometrización de las retículas urbanas y la preocupación por los equilibrios y las estabilidades perceptuales se plantean, al igual que las retóricas arquitecturales, a la manera de máquinas de hacer frente a la segmentariedad excesiva, al desbarajuste de todas las líneas difusas que los elementos moleculares trazan al desplazarse sin sentido, al ruido de fondo que lo urbano suscita constantemente. Sedantes que intentan paliar las taquicardias y las arritmias de la autogestión urbana. Es decir: el urbanismo no pretende ordenar lo urbano de la ciudad, sino anularlo, y si no es posible, cuando menos atenuarlo al máximo.

Ahora bien, la sofisticación y la perfección de los dispositivos de fiscalización panóptica y las estratagemas de imposición de significados no tienen jamás garantizado el éxito. Una y otra vez ven desbaratada su intención por una hiperactividad urbana que, de un modo u otro, siempre acaba escapándoseles de entre las manos a las instancias encargadas de mirar y unificar. Dicho de otro modo, son constantes los desmentidos mediante los que la *urbs* advierte a la *polis* sobre lo precario de la autoridad que cree ejercer. En su manifestación más expeditiva, estas desautorizaciones pueden producirse cuando la *urbs* decide apearse del simulacro de su sumisión y deja de inhibirse ante los grandes propósitos arquitectónicos y urbanísticos, para pasar a exhibir su hostilidad hacia ellos y hacia las instancias políticas y socioeconómicas que los patrocinan, articulando por su cuenta modalidades específicas de acción sobre la forma urbana. Se trata de convulsiones que tienen como protagonista a las masas, ese viejo personaje de la vida urbana moderna, que decide llevar hasta las últimas consecuencias una lógica que se ensaya en cada fiesta y que consiste en que el poder político sea expulsado o marginado del escenario urbano, ocupado ahora de manera tumultuosa por sus propios usuarios que, reunidos para proclamar o hacer algo, pasan a convertirse en amos del lugar.

Esta ocupación inamistosa –antiurbanística y antiarquitectónica– del espacio público puede producirse masivamente, en forma de grumos que se proclaman a sí mismos en tanto que entidades colectivas dotadas de voluntad y dirección propia: manifestaciones, algaradas, insurrecciones, protagonizadas por lo que luego se presentará como *la turbamulta* o *el pueblo*, en función de la respetabilidad que se le quiera conferir. Pero el reconocimiento de una distancia irreconciliable entre la sociedad urbana y el orden político también puede darse en el desacato microbiano que ejecutan los usuarios ordinarios de la calle: paseantes, peatones, caminantes anónimos..., un ejército de merodeadores sin rumbo aparente, dispuestos a cualquier cosa, guardianes de secretos, conspiradores que usan *a su manera* los espacios por los que circulan.

La calle es el escenario de prácticas *–formas de hacer*, a la manera como lo expresara Durkheim– ajenas al espacio geométrico o geográfico que se ha construido según premisas teóricas abstractas. Tales operaciones hilvanan una *espacialidad otra*, punto ciego de una ciudad politizada que se quisiera apacible, pero que nunca lo es. Para las tecnologías y los discursos a ellas relativos, la ciudad debería ser un espacio confeccionado a partir de un número finito de propiedades estables, aislables y articuladas las unas con las otras, que harían de ella una maquinaria intervenida por todo tipo de estrategias que la racionalizan, que la colocan en el centro mismo de los programas políticos y de las ideologizaciones de cualquier orientación. En cambio, de espaldas a esos dispositivos discursivos y de control proliferan por miles micropoderes opacos, astucias combinadas hasta el infinito e irreductibles a cualquier manejo o administración.

Tales indisciplinas unicelulares, grupales o masivas deberían ser el objeto de una teoría de la cotidianeidad, de lo que Certeau llama un «espacio vivido y de una inquietante familiaridad de la ciudad», una teoría atenta a las motricidades peatonales, las instrumentalidades menores que se derivan del discurrir sin más, del errar sin objeto. En eso consiste la enunciación secretamente lírica de los viandantes, diseminadores y borradores de huellas, exploradores de indicios, colonizadores de continentes tan ignotos como breves. Son ellos quienes trazan trayectorias indeterminadas e impredecibles por los territorios edificados, escritos y prefabricados por los que se desplazan. Adoptando un término concebido para describir los usos espaciales de los niños autistas, Certeau habla de las deambulaciones ordinarias como *vagabundeos eficaces*, y lo hace para referirse al simple caminar por las calles como un acto radicalmente creativo e iluminador, de igual forma que el hecho mismo de abrir el portal para salir es un movimiento inicial hacia la libertad. En uno de sus relatos brevísimos, «Paseo repentino», Franz Kafka nos presenta a un hombre que parece decidido a pasar la velada en su casa. Se ha puesto el batín y las pantuflas y se ha sentado frente a la mesa para iniciar algún trabajo o algún juego, luego del cual se irá a la cama, como cada noche. Nada haría pertinente ni aconsejable salir en ese momento. A pesar de ello, e indiferente a la sorpresa e incluso a la ira despertada entre los miembros de su familia, el protagonista se levanta, se viste, da una excusa y sale. Entonces, ya en la calle, siente reunidas en sí todas las posibilidades de decisión, nota el poder de provocar y soportar los mayores cambios. «Por una noche, uno se ha separado completamente de su familia, que se desvanece en la nada, y convertido en una silueta vigorosa y de atrevidos y negros trazos, que se golpea los muslos con la mano, adquiere su verdadera imagen y estatura.»

El *decir* de los viandantes efectúa el lenguaje de los diseñadores urbanos y de los ingenieros de ciudad, lenguaje que en realidad es imposible sin ellos y que sólo se puede encarnar en la traición a que los hablantes le someten al apoderarse de él, expresando lo incompleto de la información con que los modeladores de espacios urbanos cuentan a la hora de concebir sus proyectos, su ignorancia. Las instituciones creen imponer su vocabulario y sus sintaxis. Las *frases* de los viandantes, en cambio, se infiltran entre todas las construcciones gramaticales y se amoldan a intereses y deseos bien distintos de los que generan las políticas urbanísticas. La imagen que Certeau propone es la de derivas o desbordamientos por un relieve impuesto, vaivenes espumosos de un mar que se insinúa entre los roquedales y los dédalos de un orden establecido: «De esta agua regulada en principio por las cuadrículas institucionales que de hecho erosiona poco a poco y desplaza, las estadísticas apenas si saben algo. No se trata en efecto de un líquido, que circula por entre los dispositivos de lo sólido, sino de *movimientos* otros, que utilizan los elementos del terreno.»[1]

Para describir las prácticas deambulatorias de los viandantes y su relación con las estructuras morfológicas prefijadas en que se dan, Certeau convoca la vieja dicotomía entre *habla* y *lengua*. Para Saussure la lengua es el sistema subyacente, la convención o norma, el orden clasificatorio que determina qué es y cómo hay que decir el lenguaje. El habla es simplemente la suma de lo que la gente dice, el empleo práctico-instrumental y ordinario del lenguaje y lo que, en último término, lo determina. Esa división lingüística básica conocerá otras conceptualizaciones. El valor *habla* se traduce, en la glosemática de Hjelmslev, por los de *proceso* y *uso lingüístico*, que definen la realización efectiva del lenguaje y se oponen a la noción de *esquema*, equivalente a la *lengua* saussuriana. Émile Benveniste se refiere al *discurso* como la lengua asumida y transformada por los hablantes, la intervención de éstos en y sobre el lenguaje. Para la lingüística generativa de Chomsky la *performance* es la realización de la lengua y contrasta con la *competencia*, que es su virtualidad. Antes, esa misma oposición se había planteado en términos de *código/mensaje* en la tradición lingüística norteamericana. En ese contexto Leon Bloomfield había propuesto su teoría situacional, según la cual la significación de una unidad lingüística no era sino la situación en la que el hablante la enuncia y la respuesta que provoca por parte del oyente. De ahí la tendencia conocida como etnografía de la comunicación, disciplina atenta a la primacía de la función y de las problemáticas contextuales sobre la estructura y el código. Todo ello había sido llevado por Wittgenstein a su fórmula más extrema: «Una palabra no tiene significación, sólo tiene usos.»

Todas estas oposiciones recuerdan la marxista entre *valor de uso* y *valor de cambio*, que, a su vez, extendida a la conceptualización del espacio social, le sirvió a Henri Lefebvre para contrastar el *espacio para vivir* del *espacio para vender*. En cualquier caso, los usos paroxísticos del espacio público por parte de los transeúntes equivaldrían a esa *función de uso* o realización física que reciben los

1. Certeau, *L'invention du quotidien*, p. 57. El subrayado es suyo.

signos –*habla, uso, discurso, proceso, performance, mensaje*–, operación por la que los hablantes «okupan» el lenguaje, práctica concreta de la comunicación de la que se deriva, en última instancia, todo significado.

Otro repertorio de conceptos aplicables a los usos ambulatorios del espacio público nos viene dado por la obra de Mijaíl Bajtin, el gran renovador del estructuralismo ruso. Bajtin empieza por concebir toda estructura literaria de una forma no muy distinta de como Certeau entiende el espacio, puesto que la palabra literaria no es nunca un punto fijo –un sitio propio–, sino un cruce de superficies textuales, un diálogo plurideterminado y polivalente entre escrituras. La palabra poética se asocia con lo que Bajtin llama un *discurso carnavalesco*, un movimiento polifónico que impugna o ignora la lógica de los discursos codificados y las censuras de la gramática. El discurso carnavalesco se relaciona con el plano sintagmático de la lingüística clásica, con la práctica, con el discurso, con la lógica correlacional, con la literatura que Bajtin llama *menipea* –Rabelais, Swift, Dostoievski, Joyce, Proust, Kafka– y que consiste en la exploración del lenguaje mismo, pero también del cuerpo y del sueño. Lo contrario es la historia oficial, el monólogo, el relato, la lógica aristotélica, el sistema, la ley, Dios. La estructuración carnavalesca es una cosmogonía sin sustancia, sin identidad, sin causa, sin identidad. Sólo existe en y por las relaciones que suscita y que, a su vez, lo suscitan. En él todo son distancias, conexiones, analogías, oposiciones no excluyentes, diálogos pluridireccionales. El sujeto de la carnavalidad en Bajtin se corresponde plenamente con el viandante en Certeau, ambos anonimato puro, creadores sorprendiéndose a sí mismos en el acto de crear, cada uno de ellos persona y disfraz, ellos mismos y todos los demás.

## 4. LA CALLE Y LA MODERNIDAD RADICAL

En las tramas que configuran la sociedad urbana, el protagonismo no corresponde casi nunca a elementos estructurados de forma clara. Ni siquiera se trata de seres con nombre y apellidos. Son personajes que clandestinizan todas y cada una de las estructuras en que se integran –siempre *a ratos*– para devenir nadas ambulantes, perfiles nihilizados, seres hipertransitivos, sin estado, es decir que no pueden ser contemplados estáticamente, sino sólo en excitación, trajinando de un lado para otro. He ahí un universo peripatético y extravagante que trae de cabeza a cualquier orden político, siempre preocupado por que no se descubra lo que todo el mundo sabe ya de sobras: su fragilidad, su impostura, su déficit de legitimidad. Es contra un personaje múltiple y mutante contra quien se instalan los sistemas de escucha y vigilancia. Es contra él contra quien se proclaman los estados de sitio y los toques de queda, que consisten en dejar el espacio urbano libre de sus naturales, los peatones, en acuartelar a quienes podrían verse asaltados por la tentación de *ir de aquí para allá*. No se sabe apenas nada de él, salvo que *ya ha salido pero todavía no ha llegado*, que antes o después de su tránsito era o será padre de familia, ama de casa, oficinista, obrero sindicado, funcionario, amante o panadero..., pero que ahora, *en tránsito*, es pura potencia, un enigma que desasosiega. Es cierto que se le ha contemplado desfilar en orden, simular todo tipo de sumisiones, adular en masa a los poderosos, pero se conoce su tendencia a insubordinarse, sea por la vía de la abstención, del desacato, de la deserción o del levantamiento. Por eso que es contra él, contra ese desconocido innumerable, contra quien se bombardean las ciudades y se colocan coches bomba. ¿Contra quiénes se disparaba desde las colinas en Sarajevo?: contra tipos que *iban por ahí, a sus cosas*. Ese ser sin rostro –puesto que los resume todos– es el héroe de las más inverosímiles hazañas. Se le ha visto cavar trincheras en Madrid, disparar contra los alemanes en París, correr a los refugios en Londres, conspirar en Argel, resistir en Grozni. Todo el mundo pudo ver al personaje, solo, de pie ante una columna de tanques, con bolsas de la compra en las manos, en una avenida de Pekín. Es verdad que *nadie sabe lo que puede un cuerpo*, pero tampoco, y por lo mismo, *nadie sabe lo que puede un transeúnte*.

Todas estas figuras representan modalidades de desobediencia o simplemente abstencionismo hacia el dominio del plan, que es lo mismo que decir el *plan de dominación*. Y ¿qué son?, ¿de dónde procede y en qué consiste esa energía bruta de lo urbano que toda *polis* teme por encima de cualquier cosa? Son todo y nada a la vez. Algo de lo que no se puede hablar en realidad, puesto que nadie ha visto su cara tras todas las caras que esa entidad abstracta reúne. Tampoco nadie ha escuchado su voz, o, mejor dicho, nadie ha entendido qué dice, hasta tal punto no es sino un murmullo indescifrable, a veces un vocerío ensordecedor, o acaso un alarido. La opacidad de lo urbano, la proliferación de sociedades interpuestas, entrecruzadas y efímeras que trazan ese plano ilegible, encuentra en las imágenes de la niebla o de la bruma espesa sus metáforas idóneas.

Una alegoría así, para describir la ilegibilidad de lo que sucede en las calles, ha encontrado su eco en la literatura. En el prólogo a un libro de fotografías sobre el nuevo Berlín, Alfred Döblin se refería en 1928 a cómo las ciudades poseen una opacidad absoluta e irrevocable: «En otras palabras: Berlín es mayormente invisible. Cosa curiosa: con Francfort del Meno, Munich no pasa esto, ¿o sí? ¿Acaso serán en su conjunto las ciudades modernas en realidad invisibles, y aquello que de visible hay en ellas sea meramente ese ropero usado que queda como legado?»[1] En su *Viaje al fin de la noche,* Céline compara la luz gris de las calles de Nueva York con la de la selva africana, luz «de abajo», que era «como un gran amasijo de algodón sucio». Julio Cortázar, en su cuento *El examen,* nos muestra a un grupo de intelectuales atrapados por una ciudad que les agobia, cuya marca es la permanente presencia de las muchedumbres en la calle, una masa a la que se desprecia: «... Y la gente, la otra niebla oscura y parda, al ras del suelo.» Un texto breve de Luis Cernuda, «El hombre de la multitud», recoge idéntica figura: «Vacío, anduve sin rumbo por la ciudad. Gentes extrañas pasaban a mi lado sin verme. Un cuerpo se derritió con leve susurro al tropezarme. Anduve más y más. No sentía mis pies. Quise cogerlos en mi mano y no hallé mis manos; quise gritar, y no hallé mi voz. La niebla me envolvía.» En *Las ciudades invisibles,* de Italo Calvino, el Gran Kan y Marco Polo reflexionan en silencio, mientras el humo de sus pipas evoca

1. Citado por S. Neumeister, «La ciudad como teatro de la memoria», *Revista de Occidente,* Madrid, 148 (junio 1993), p. 71.

el «humo opaco que pesa sobre la calles bituminosas» de las metrópolis.

El cine también ha reconocido lo urbano como *invisibilidad.* En *El quinto elemento* Luc Besson (1977) nos muestra una ciudad del futuro en que la que todo el mundo vive en las alturas, en pisos elevados o circulando en pequeñas aeronaves que se desplazan sobre el vacío. Abajo, a la altura de la calle, sólo hay una espesa bruma a la que van a ocultarse los fugitivos y entre la que la policía que les acosa *no ve nada.* Algo parecido lo encontramos en la imagen de un Los Ángeles de pesadilla en *Blade Runner,* por cuyas calles circula una masa impenetrable de extranjeros y seres inverosímiles, entre la que se ocultan los replicantes y frente a la que los agentes del orden se sienten con razón impotentes. Son los días de niebla los que les permiten a los habitantes de Sarajevo recuperar el espacio abierto, pasear, asistir a un concierto al aire libre, a cubierto de los puntos de mira de los francotiradores serbios, en *La mirada de Ulises,* de Theo Angelopoulos (1994). Al final de *La batalla de Argel,* la película de Gillo Pontecorvo (1966) sobre las expresiones urbanas de la guerra de independencia argelina, los ocupantes franceses se enfrentan a la insurrección inminente de los habitantes de la *cashba,* colosal embrollo humano en que ya encontrara refugio Jean Gabin en *Pepe-le-Moko,* el memorable film de Julien Duvivier (1937). Desde la línea de gendarmes y paracaidistas que se prestan a aplastar la rebelión, un agente, megáfono en mano, se dirige a los insurrectos para que depongan su actitud. Ante él, sin embargo, no hay nada que pueda distinguirse. Su perorata rebota en una especie de neblina que se extiende delante de él, un vaho denso en cuyo interior resuenan los gritos multiplicados por mil de las mujeres argelinas. Literalidad de la condición impenetrable de lo urbano, resistente a todos los intentos de la *polis* por hacer diáfana la trama viviente de la ciudad.

Idéntica apreciación en Michel de Certeau, que comentaba cómo desde el piso 110 del World Trade Center de Nueva York se puede vivir la ilusión de una legibilidad de lo que ocurre abajo, en las calles, cuyos elementos pueden parecer, desde lejos, dotados de cierto orden. En cambio, ese efecto óptico de transparencia escamotea la realidad de una opacidad total allá abajo. Esa visión desde 420 metros es la del urbanista o la del cartográfo, dios panóptico que cree verlo todo, pero al que, en realidad, todo se le oculta.

> Es «abajo» en cambio *(down)*, a partir de ese suelo en que cesa la visibilidad, donde viven los practicantes ordinarios de la ciudad. Forma elemental de esta experiencia son los andariegos, *Wandersmänner*, cuyo cuerpo obedece a los grosores y a las finuras de un «texto» urbano que escriben sin poderlo leer. Estos practicantes se mueven por espacios que no se ven; tienen de él un conocimiento tan ciego como el del cuerpo a cuerpo amoroso. Los caminos que se responden unos a otros en ese entrelazamiento, poesías ignorantes de las que cada cuerpo es un elemento firmado por muchos otros, escapan a la legibilidad. Todo pasa como si un encegamiento caracterizara las prácticas organizadoras de la ciudad habitada. Las redes de esas escrituras que avanzan y se entrecruzan componen una historia múltiple, sin autor ni espectador, formada de fragmentos de trayectorias y de alteración de espacios, se mantiene cotidianamente, indefinidamente, otra.[1]

El poder político puede arrogarse el dominio sobre la ciudad que lo aloja. Frente a la sociedad urbana, en cambio, ese poder político se revela una y otra vez incapaz de ejercer su autoridad. En las calles el protagonismo no le corresponde a un supuesto *animal político*, sino a esa otra figura a la que deberíamos llamar *animal público*, actor de esas formas específicamente urbanas de convivencia que son el *civismo* y la *civilidad*, valores que a veces se presentan –no por casualidad– bajo el epígrafe de *urbanidad*. La calle es el lugar en que se produciría la epifanía de una sociedad de veras democrática. Requisito: una inteligencia social minimalista, en el sentido, apuntado por Isaac Joseph, de una mínima congruencia que permita asegurar tanto una interpretación compartida de la escena en que se desarrolla la acción, es decir *dispositivos*, como de las competencias y protocolos relativos a su uso, esto es *disposiciones*. Premisa de una ética social no menos minimalista, un grado elemental

1. Certeau, *La invention du quotidien*, pp. 141-142.

de consenso basado en la reserva y en el distanciamiento –eso que a veces también llamamos *respeto*– y en la eventual interacción pragmática y cognitiva pacífica, pero no por fuerza desconflictivizada, entre individuos y comunidades. Exacerbación del derecho a negarse a declarar, a permanecer difuminado, sin identidad, ejerciendo y recibiendo los beneficios del derecho a la indiferencia, no respecto de lo que cada cual *hace*, ni mucho menos de lo que a cada cual *le pasa*, sino con respecto a lo que cada cual *es*. Exterioridad absoluta, contrato social fundado, al mismo tiempo, en la evitación y en el reencuentro, trenzamiento de subjetividades e intereses copresentes que coinciden episódicamente en lo que es –o debería ser– un horizonte abierto, intermitente, poroso y móvil: el espacio público.

Este elogio de lo urbano como dominio no encauzable de lo inopinado no tiene por qué ser incompatible con la lucha por una mejora en las condiciones de vida de los habitantes de las metrópolis, a la manera como pretende cierta exaltación de las energías que, desatadas, abandonadas a su propia inercia, supuestamente dan forma a la ciudad, aunque en realidad se plieguen a los proyectos de dominio del más salvaje de los liberalismos. Es lo urbano lo que no puede resultar más que opaco e inabarcable, lo que se resiste a una planificación total, puesto que está sometido a dinámicas en gran medida azarosas e indeterminadas. La ciudad, en cambio, es una realidad más amplia, que sí que puede y debe ser objeto de una mirada global y, a partir de ella, de programas que, más allá del enjambre de discontinuidades que cobija, garanticen los máximos niveles posibles de justicia e igualdad a sus habitantes. Es más, la articulación entre *polis* y *urbs* es del todo factible, siempre y cuando la primera sea consciente de su condición de mero instrumento subordinado a los procesos societarios que, sin fin, se escenifican a su alrededor, aquella sociedad prepolítica que constituyen los ciudadanos y de la que la *urbs* sería la dimensión más crítica y más creativa.

Se trata, al fin y al cabo, de retomar aquella *polis* que concibiera la Grecia clásica, como opuesta a la *oikos* o esfera privada de la domesticidad. Una *polis* bien distinta de aquella otra que hemos contemplado oponiéndose en términos de fuerza e impostura a la creatividad de lo urbano. Esa *polis* griega quizás no fuera históricamente real, pero le servía a Hannah Arendt y, en su senda, a Castoriadis para reconstruir la teoría política de Aristóteles y, a partir de ella, asociarla a una idea de espacio público –*ta koina*– como espacio «que pertenece a todos», escenario de un *logos* al servicio de la libertad de palabra, de pensamiento y del cuestionamiento sin trabas, espacio que remitía a la plaza pública, el *ágora.* Creación íntimamente vinculada a los dos rasgos de la ciudadanía democrática griega: la *isegoria*, derecho a la igualdad a la hora de hablar con plena libertad, y *parrhesia*, compromiso de cada cual de decir lo que piensa en relación con los asuntos públicos.[1] Proclamación también de la impersonalidad y la pura exterioridad como valores positivos. En un sistema social en que política y esfera pública coinciden plenamente, la dominación sólo se puede ejercer en relación con las actividades tecnoeconómicas organizadas a partir de la esfera doméstica, puesto que le corresponde –sobre las mujeres, los niños, los esclavos y las posesiones– al *oikodespotes*, el dueño de la casa y en aquellos procesos en que reine la necesidad: nacimiento, muerte, reproducción, subsistencia. En el espacio público, en el *ágora*, en cambio, la dominación es inconcebible y se plantea, al menos idealmente, como reino de la libertad, entendida como igual derecho de todos los ciudadanos a participar de los asuntos públicos. Anticipación acaso de ese otro *espacio público* que aparece en el siglo XVIII fundando la modernidad, reino de lo que Kant llamara la *publicidad* y cuyo valor habrá de vindicar doscientos años más tarde Jürgen Habermas:[2] ámbito del *dominio público*, en el que se institucionaliza la censura moral y racionalizadora de toda dominación política, fuerza exterior de la crítica, impulso que viene *de abajo* y que no cesa de pedir cuentas al poder.

La *polis* actual sólo se legitima, pues, cuando entiende su papel supeditado, toma conciencia de su incompetencia a la hora de in-

1. Arendt, *La condición humana*, pp. 222-230. C. Castoriadis, «La *polis* griega y la creación de la democracia», en *Los dominios del hombre: Las encrucijadas del laberinto*, Gedisa, Barcelona, 1988, pp. 97-132.

2. J. Habermas, *L'espace public. Archéologie de la publicité comme dimension constitutive*, Payot, París, 1978.

tegrar y hasta a entender la mayoría de experiencias sociales que se despliegan en torno a ella, y que se limita a procurar paisajes francos para esa espontaneidad autorregulada en que consiste la vida cotidiana, asegurando que nadie quedará excluido del derecho a su pleno disfrute. El espacio público, como ámbito físico y simbólico, esa arena para una vida social crónicamente insatisfecha, abandonada a una plasticidad sin freno, es lo que la *polis* debe mantener en buenas condiciones, asegurando su plena accesibilidad, deparándole escenarios y decorados. Es allí donde se desarrolla la acción pública, esto es la acción *del público, para el público* y *en público*, en un espacio de reuniones basadas en la indiferencia ante las diferencias –que no ante las desigualdades– y en el contrato implícito de ayuda mutua entre solitarios que ni se conocen. Proscenio en que se transustancian los principios que posibilitan la ciudad democrática –la ciudadanía, el civismo y la civilidad– y remiten al conjunto de derechos y deberes del ciudadano, pero también a «esa actividad que protege a las gentes entre sí y sin embargo les permite disfrutar de la compañía de los demás».[1] Ésos son los motores de una sociedad pura, al margen de las contingencias del poder político, que pone entre paréntesis la diversidad de formas de hacer, de pensar, de sentir y de decir para hacer prevalecer una única identidad significativa que a nadie le podría ser bajo ningún concepto escamoteada: la de ciudadano. La geografía en que esa sociedad elemental se institucionaliza es la calle y los espacios a ella parecidos, en los que cada cual obtiene la posibilidad de enmascarar o apenas insinuar su identidad, pero también de proclamarla en un momento dado, y en los que el objetivo de los concurrentes no es tanto el de «entender» a los demás como el de «entenderse» con ellos. Son esos parajes multiuso que conocen un diálogo, incesante y crispado, entre la sociedad de lo plural y el poder de lo único, en que la primera siempre está en condiciones de esgrimir ante el segundo una legitimidad primordial, anterior a lo político.

El espacio público ha devenido, es cierto, el marco de las peores desolaciones, de la desesperación, de la angustia y de la soledad. Todas las fuentes de ansiedad para el ser humano de nuestros

1. Sennet, *El declive del hombre público*, p. 327.

días parecen haber encontrado en las calles su escenario predilecto: la disolución de las certezas, la inseguridad física y moral, el estallido de la experiencia, la impotencia ante las tendencias contradictorias pero simultáneas hacia la unificación y la heterogeneización, el vaciamiento, la dimisión de toda ética. Sin negar lo que para muchos puede ser la evidencia de una desertificación progresiva de la vida cotidiana, no es menos cierto que en ese mismo espacio público puede realizarse lo que Anthony Giddens llamaba la *modernidad radical*,[1] posibilidad de avanzar las promesas de un proyecto moderno inconcluso y frustrado, todavía *por hacer*. Es en la calle, entre desconocidos, donde se pueden resolver las contradicciones entre familiaridad y sorpresa, entre distancia e intimidad, entre privacidad y compromiso. Es en la calle donde se produce en todo momento –a pesar de las excepciones que procuran de vez en cuando la policia y los fanáticos– la integración de las incompatibilidades, donde se pueden llevar a cabo los más eficaces ejercicios de reflexión sobre la propia identidad, donde cobra sentido el compromiso político como consciencia de las posibilidades de la acción y donde la movilización social permite conocer la potencia de las corrientes de simpatía y solidaridad entre extraños.

Es posible que, como se ha sostenido, la calle haya podido ser el escenario de la desintegración del vínculo social, del individualismo de masas, de la incomunicación y de la marginalización. Pero también lo suele ser de las emancipaciones, de los camuflajes, de las escapadas solitarias o en masa. Tierra sin territorio en que cada cual merece –como el más precioso de los regalos– la formidable posibilidad de *no ser nadie*, de esfumarse o mentir, de *desvanecerse en la nada*, convertirse en sólo el propio cuerpo y la propia sombra, una «silueta vigorosa de atrevidos y negros trazos». Puesto que la calle es una frontera, que encuentran en ella su nicho natural todas las gentes del umbral, todos aquellos que viven *anonadados*: el adolescente, el inmigrante, el artista, el desorientado, el enamorado, el *outsider*..., todos ellos dislocados, desubicados, sin dar nunca con *su sitio*, intrusos a tiempo completo: los tipos urba-

1. A. Giddens, *Consecuencias de la modernidad*, Alianza, Madrid, 1997, pp. 131-141.

nos por excelencia. La calle es –sin duda– la patria de los sin patria. Y ya que no se puede ser forastero en un espacio en que *todo el mundo es extraño*, debería lucharse denodadamente para que, en él, la exclusión resultara imposible, para convertirlo en una fortaleza indefendible, a merced de todas las invasiones imaginadas y hasta inimaginables, vulnerable a la irrupción masiva de desconocidos, precisamente para que en su seno todos vieran reconocido el derecho a serlo. He ahí por qué el exiliado y el extranjero son –como tan bien intuyera Hannah Arendt– los personajes en quienes mejor se resumen los valores cívicos, puesto que están en condiciones de reclamar derechos y obedecer deberes de ciudadanía en nombre de principios abstractos de justicia e igualdad que no están inscritos en tradición ni idiosincrasia algunas, sino que son la consecuencia del consenso impersonal entre desconocidos que deciden convivir. Negación total del baluarte.

No hay límites del espacio público, puesto que la calle siempre es un límite. Y se podría ir aún más lejos. Deleuze y Guattari proclamaban: «*El cuerpo es el cuerpo. Está solo. Y no tiene necesidad de órganos. El cuerpo nunca es un organismo. Los organismos son los enemigos del cuerpo.*»[1] A ello debería añadírsele, parafraseándolo: La *urbs* es la *urbs*. Está o podría estar sola. Y, en última instancia, no tiene necesidad de *polis*. La *urbs* nunca es una *polis*. La *polis* es enemiga de la *urbs*, a no ser que se someta a ella y la sirva.

1. Deleuze y Guattari, *Mil mesetas*, p. 163. El subrayado es suyo.

No es bueno
quedarse en la orilla
como el malecón o como el molusco que quiere calcárea-
[mente imitar a la roca.
Sino que es puro y sereno arrastrarse en la dicha
de fluir y perderse,
encontrándose en el movimiento con que el gran corazón
de los hombres palpita extendido.

Como ese que vive ahí, ignoro en qué piso,
y le he visto bajar por unas escaleras
y adentrarse valientemente entre la multitud y perderse.

VICENTE ALEIXANDRE

# ÍNDICE ONOMÁSTICO


Adair, J., 75
Adenauer, K., 145
Agustín, San, 196
Aleixandre, V., 211
Allen, W., 31
Althabe, G., 71n
Altman, R., 28
Andreotti, L., 70
Angelopoulos, Th., 80, 203
Antonioni, M., 79
Arantes, A. A., 51
Ardèvol, E., 76n
Arendt, H., 121, 122, 122n, 194, 194n, 195, 195n, 206, 206n, 209
Argam, G. C., 25, 26n
Aristóteles, 97, 206
Arnheim, R., 59
Arribas Castro, L., 55
Asch, T., 67, 68, 69, 69n, 76
Ashley, K. M., 72n
Augé, M., 40, 40n, 128n, 186n
Aumont, J., 80, 80n
Auster, P., 40

Bacon, Ll., 73
Bajtin, M., 188, 200
Balandier, G., 128n
Balzac, H. de, 27, 105
Barthes, R., 54, 186, 186n
Bataille, G., 90, 137, 137n
Bateson, G., 21, 62, 63, 81, 113
Baudelaire, Ch., 27, 51, 53, 53n, 120, 140, 145
Becker, H., 30
Beegle, J. A., 138n
Benjamin, W., 52, 54, 59, 60n
Benveniste, É., 199
Berger, P. L., 30, 143, 143n
Bergson, H., 110
Berman, M., 27, 27n
Bernard, C., 86
Bernstein, B., 134
Besson, L., 203
Bhaktivedamta, S., 174
Bichat, M. F. X., 86
Birdwhistell, R. L., 30, 63, 64, 80
Bloomfield, L., 199
Blumer, H., 30
Boas, F., 62, 76
Boissevain, J., 32
Booth, W., 159
Borges, J. L., 23
Bott, E., 32

Boudoun, R., 128n
Bourdieu, P., 25
Boyer, P., 127, 127n, 128
Brassens, G., 56
Brecht, B., 59, 184
Brecht, G., 77
Brel, J., 56
Breton, A., 185
Brooks, R., 149
Brown, N., 174
Bueno, G., 109, 109n
Burgess, E. E., 28, 37, 114, 152
Burckhardt, L., 53, 53n
Burroughs, W. S., 54
Burton, R. F., 148, 148n
Byrd, R. 16n

Cabet, E., 171
Caillois, R., 90, 137, 137n
Calvino, I., 54, 202
Campanella, T., 196
Canetti, E., 9, 16, 16n, 118, 118n
Cantón Delgado, M., 150
Capel, H., 150n
Cardín, A., 57, 166, 167n
Carnot, N. L., 92
Caro Baroja, J., 179, 179n
Carpenter, J., 16n
Castells, M., 195, 195n
Castoriadis, C., 96, 96n, 206, 206n
Cavalcantti, A., 71, 83, 130
Céline, L.-F., 177, 202
Cernuda, L., 202
Certeau, M. de, 19, 39, 39n, 40, 115, 122, 123, 123n, 124, 124n, 125, 126n, 127n, 197, 198, 199, 199n, 200, 203, 204n
Chagnon, N., 68, 69, 76
Chadin, Th. de, 164
Chevalier, M., 57
Chomsky, N., 199
Clair, R., 71
Clastres, P., 192
Clausius, R. E., 92
Cohen, L., 56
Coixet, I., 23, 48
Comolli, J.-L., 71n
Comte, A., 86, 89
Constant, 70, 188
Cortázar, J., 202
Costa, X., 70
Couperin, F., 127
Cox, H., 142n
Cuvier, G., 86

Daly, R., 72
Darwin, Ch., 29, 42, 139
Dassin, J., 73
David, T., 149
De Chirico, G., 122
De la Iglesia, Á., 74
De Sica, V., 73
Debord, G., 70, 70n, 187
Delaporte, Y., 119
Deleuze, G., 60, 78, 79, 85, 116, 116n, 190, 190n, 209, 209n
Delgado, J., 22
Depp, J., 109
Dickens, Ch., 27
Döblin, A., 202
Donen, S., 73
Dostoievski, F., 27, 200
Douglas, M., 110, 134, 173, 173n
Drew, R., 67
Dupuy, J. P., 128n
Durkheim, É., 21, 27, 31, 42, 85,

86, 86n, 87, 88, 88n, 89, 90, 91, 95, 96, 96n, 99, 100, 103, 128, 129, 136, 138, 139, 197
Duvivier, J., 203
Dylan, B., 56

Edison, Th. A., 60
Emerson, R. W., 171, 172
Engels, F., 27, 100, 124n, 183

Faris, E., 152
Fernández-Martorell, M., 28n
Fichte, J. G., 196
Filloux, J.-C., 89
Finkielkraut, A., 174, 180, 180n
Flaherty, R., 62
Fluxus, 77
Ford, H., 149n
Forsé, M., 128n
Foucault, M., 34, 180, 180n, 182
Fourier, Ch., 171, 196
France, C. de, 82, 82n
Franklin, H., 83
Fricke, R., 147
Fromm, E., 134
Fuller, S., 114

Gabin, J., 203
Gades, A., 73
García, J. L., 34n
García Jorba, J. M., 167n
Garfinkel, H., 30
Garfunkel, A., 131
Gaskin, S., 172
Gaudemar, J.-P., 34
Geertz, C., 80
Giddens, A., 25, 208, 208n
Ginsberg, A., 174
Giobellina, F., 103, 103n, 125, 125n
Gluckman, M., 106, 135n
Godard, J.-L., 74
Goethe, J. W. von, 191
Goffman, E., 19, 30, 38, 38n, 55, 80, 114, 119, 147, 170, 183
Gogol, N. V., 27
Goodman, P., 174
Greenfield, R., 162
Griaule, M., 79, 79n
Grierson, J., 80
Guattari, F., 116, 116n, 188, 190, 190n, 209, 209n
Guerra, P., 56
Gutwirth, J., 19, 26n, 48
Guys, J. C., 52

Habermas, J., 206, 206n
Halbwachs, M., 27, 90, 128
Hallyday, J., 56
Hannerz, U., 11, 11n, 136, 137n, 187, 187n
Harrison, G., 174
Hegel, G. W. F., 98
Heidegger, M., 98, 98n, 107n, 145
Herrera, D., 51
Hidalgo, A., 57, 57n
Hitchcock, A., 46, 47, 79
Hjelmslev, L., 121, 199
Hoffmann, E.T.A., 47
Hollier, D., 137n
Hooker, Th., 171
Horton, R., 135, 135n
Houssaye, A., 51
Hubert, H., 89, 101, 102

Iglesias, D., 150n
Ivain, G., 122n

Jacobs, J., 19, 19n, 38, 38n, 74, 74n

James, W., 111, 156, 156n, 157
Jarmush, J., 73, 74, 85, 109
Jefferson, Th., 153
Joseph, I., 19, 26, 26n, 33, 34n, 37, 37n, 44, 44n, 179, 179n, 192, 192n, 204
Joyce, J., 71, 200
Jünger, E., 145

Kafka, F., 27, 200
Kant, I., 115, 122, 206
Kaufman, M., 71
Kelly, Gene, 73
Kelly, Grace, 48
Kennedy, J. F., 67
Kracauer, S., 66

Lacan, J., 121
Le Bon, G., 90, 145
Leacock, R., 67
Lean, D., 73
Leary, T., 174
Lefebvre, H., 19, 29, 29n, 33, 33n, 38, 38n, 55, 70, 71, 71n, 72, 191, 193, 193n, 199
Leibniz, G. W., 85
Leiris, M., 21, 30, 101
Leroi-Gourhan, A., 37, 37n, 62, 63n, 66, 67, 79, 82n
Lesy, M., 81, 81n
Leutrat, J.-L., 80n
Lévi-Strauss, C., 21, 49, 75, 75n, 101, 101n, 102, 110, 112, 112n, 121, 193
Lewis, O., 43
Llobera, J. R., 44n
Lofland, L. H., 49
Lomax, A., 64
Loomis, P., 138n
Luckmann, Th., 30, 142, 142n
Lumière, A. y L., 61
Lung, Y., 38n
Lutero, M., 144

Mackenzie, K., 28, 76
Maffesoli, M., 92, 94, 94n, 96, 118, 128n, 193, 195
Magritte, R., 48
Maine, H., 139
Malinowski, B., 48, 79, 152
Mallart, Ll., 127n
Marcuse, H., 173
Marey, E. J., 61
Marshall, J., 65
Marx, K., 27, 91, 100, 121, 124, 124n, 139
Mauss, M., 21, 62, 62n, 89, 101, 102, 103, 112, 112n, 128
Maxwell, J. C., 87
Mayles, A., 67
Mead, G. H., 14, 14n, 19, 27
Mead, M., 62, 63, 75, 81, 81n
Mekas, J., 70
Mélies, G., 60
Mendoza, A., 149n
Merleau-Ponty, M., 40
Métraux, A., 21, 30, 39, 39n, 101
Metz, Ch., 77
Mills, C. W., 147, 147n, 173
Minelli, V., 73
Mitchell, C. J., 32
Moles, A., 186, 186n
Montoya, J., 21, 183, 193, 193n
Moreno, J. G., 21, 183n
Moretti, N., 75
Moro, Th., 196
Munters, Q. J., 167n
Musil, R., 31

Muybridge, E., 61
Negri, T., 94, 94n, 193, 195
Neumeister, S., 202
Nietzsche, F., 27
Nunes, J. A., 75

Oliveira, M. de, 71
Ortega y Gasset, J., 15, 15n
Owen, R., 171

Park, R. E., 28, 42, 55
Parsons, T., 30
Pasolini, P. P., 59, 75, 77, 78, 78n, 84
Pennebaker, D. A., 67
Pérez Tolón, L., 76n
Pesci, J., 83
Pétonnet, C., 19, 49, 50, 50n, 119
Piaf, E., 56
Platón, 97, 195
Poe, E. A., 27, 52
Poirier, J., 63
Pontecorvo, G., 203
Popper, K., 135, 139
Porter, E. S., 60
Potter, D., 57, 66
Powel, M., 80
Prat, J., 175
Prigogine. I., 87n
Proust, M., 200

Rabelais, F., 200
Radcliffe-Brown, A. R., 32, 32n
Rapp, G., 170
Ray, N., 67
Redfield, R., 24, 43, 139
Reed, L., 56
Regnault, F., 61
Régulier, C., 71n
Remy, J., 19, 23n, 37, 37n, 142n
Renoir, J., 67
Resnais, A., 56
Riaye, A. L., 81n
Riehl, A., 145
Rilke, R. M., 125
Rimbaud, A., 101, 120
Ripley, G., 171
Robbins, J., 73
Rodenbach, G., 180
Román, A., 71n
Ross, G., 139
Ross, H., 57
Roszak, Th., 173n
Rouch, J., 61, 61n, 64, 68, 70, 79
Rousseau, J.-J., 27, 144, 153
Rovira Beleta, J. A., 73
Rubert de Ventós, X., 105, 105n
Ruttman, W., 71, 83

Sachs, E., 68
Saint-Simon, H. de, 86, 86n, 89
Salabert, P., 21
Salarrullana, P., 168, 168n
Salinas, P., 13
Sánchez de Juan, J. A., 150n
Sánchez Pascual, A., 109
Santayana, G., 157, 157n
Sartre, J.-P., 96, 98, 98n, 99, 99n, 116n
Satie, E., 57
Saussure, F. de, 100, 121, 199
Schenkein, J. N., 81n
Schutz, A., 30, 110
Scott, R., 174
Sennet, R., 19, 19n, 47n, 120, 120n, 147n, 148n, 184, 184n, 207n
Serrat, J. M., 56
Shindo, K., 67

Simmel, G., 19, 27, 29, 29n, 69, 69n
Simon, P., 131
Singer, M., 24
Skinner, B. F., 172
Sontag, S., 77, 77n
Spencer, H., 87
Spengler, O., 146, 146n, 168, 191, 191n
Spielberg, S., 53
Spinoza, B., 94, 94n, 95, 97, 193, 195
Springsteen, B., 56
Starobinski, J. 128, 128n
Steiner, R., 146
Stengers, I., 87n
Stewart, J., 46
Strauss, A., 30
Swift, J., 200

Tarde, G., 15, 15n, 18, 38, 55, 85, 87, 87n, 88, 90, 91, 145
Tarrius, A., 38n, 124n
Terrolle, D., 119
Tharp, T., 74
Thomas, W., 28, 152
Thoreau, H. D., 127n
Thrasher, F. M., 135
Tönnies, F., 116, 116n, 138, 138n, 139, 145, 145n
Toole, J. K., 149
Trías, E., 109
Troeltsch, E., 153, 154
Truffaut, F., 57
Turner, V., 21, 106, 106n, 107, 107n, 108, 108n, 110, 110n, 111, 111n, 115, 116, 118, 119, 122, 124, 138, 138n, 140, 141, 145, 157, 165
Tylor, E. B., 151

Valéry, P., 183
Vallverdú, J., 170n
Van Dyke, W., 146
Van Gennep, A., 21, 102, 103, 105, 122, 138, 157, 177, 177n
Van Vlack, J., 64
Vaneigem, R., 191, 192n
Vartan, S., 56-7
Vertov, D., 70, 70n, 71, 83, 84
Vigo, J., 71
Virilio, P., 34
Visconti, L., 44, 67
Voye, L., 23n

Walpole, H., 187
Walser, R., 54
Wats, A., 174
Weber, M., 93, 151, 154, 155, 156, 156n
Weir, P., 139, 149n
Wells, H. G., 17
Wenders, W., 49, 74, 80, 83
Wesley, J., 158
Whale, J., 17
Whyte. W. H., 81n
Wilson, B., 155, 155n
Wirth, L., 28, 28n, 146
Wise, R., 73
Wiseman, F., 68
Witney, W., 16n
Wittgenstein, L., 199
Wolf, E. R., 136, 136n, 139,
Woodrow, J., 168, 169n
Woolrich, C., 47
Worth, S., 75, 76, 76n
Wycliffe, J., 173

Xibillé, J., 21

# ÍNDICE

*Prólogo:* El otro generalizado . . . . . . . . . . . . . . . . . . . . . . 9

I. HETERÓPOLIS. LA EXPERIENCIA DE LA COMPLEJIDAD
1. La ciudad y lo urbano . . . . . . . . . . . . . . . . . . . . . . 23
2. Espacios en movimiento, sociedades sin órganos . . . . 36
3. La observación flotante . . . . . . . . . . . . . . . . . . . . . 46

II. HACIA UNA ANTROPOLOGÍA FÍLMICA
1. Cuerpos en acción . . . . . . . . . . . . . . . . . . . . . . . . . 59
2. El cine y lo invisible . . . . . . . . . . . . . . . . . . . . . . . 68
3. La realidad restituida . . . . . . . . . . . . . . . . . . . . . . 76

III. LA SOCIEDAD Y LA NADA
1. Efervescencia y nihilización del ser social . . . . . . . . . . 85
2. Potencia y poder . . . . . . . . . . . . . . . . . . . . . . . . . . 92
3. Lógicas fronterizas . . . . . . . . . . . . . . . . . . . . . . . . 99
4. Los monstruos del umbral . . . . . . . . . . . . . . . . . . . 105
5. El espacio público como liminalidad generalizada . . . 118

IV. ACTUALIDAD DE LO SAGRADO
1. Religiones intersticiales . . . . . . . . . . . . . . . . . . . . . 131
2. Un espacio sin dios . . . . . . . . . . . . . . . . . . . . . . . . 141
3. Modernización y santidad de los corazones . . . . . . . . 153
4. El espacio público como tierra de misión . . . . . . . . . . 164

V. UNA NIEBLA OSCURA, A RAS DE SUELO

1. La sociedad interminable . . . . . . . . . . . . . . . . . . . . . . . . 177
2. La ciudad ilegible . . . . . . . . . . . . . . . . . . . . . . . . . . . . . . . 183
3. Utopía política y heterotopía urbana . . . . . . . . . . . . . . 192
4. La calle y la modernidad radical . . . . . . . . . . . . . . . . . . 200